Für jene, die einmal zerbrochen sind.
Für alle, die weitergemacht und gekämpft haben.

1. Kapitel

Adam Lambert – »Mad World«

Ava – Herbstanfang, Gegenwart

Wie lebt man ein Leben, das einmal perfekt erschien und nun in Scherben vor einem liegt?

Ich wusste es nicht. Wollte es nicht wissen. Gleichzeitig hatte ich Angst, es nie zu erfahren, oder es doch zu tun. Dieses Wissen konnte mich jedoch nicht aus meinem derzeitigen Zustand herausreißen, der sich wie ein Wachkoma anfühlte – ein belangloses, angenehm taubes Dahindriften. Und ich hatte keine Ahnung, ob ich das überstehen würde.

In dem einen Moment war noch alles in Ordnung gewesen: Familie und Liebe ein Teil meines Lebens, die Zukunft so reich und voller Möglichkeiten vor mir. Nur einen Wimpernschlag später war alles anders. Noch immer konnte ich das Quietschen und die Schreie hören, wobei ich nicht wusste, ob diese von mir gekommen waren. Zu einer anderen Zeit, in einem anderen Leben.

Nun war alles weg und es gab bloß noch Schmerz, Trauer und Einsamkeit. Letzteres hatte ich mir selbst ausgesucht und dabei würde es auch bleiben. Mir war bewusst, wie unfair es meinen Eltern und meiner Familie gegenüber war. Auch wenn man weiß, dass etwas falsch ist, kann man es oft nicht ändern. Genauso erging es mir, seit es passiert war, jeden Tag, und es halfen kein gutes Zureden, keine Therapien, die ich besucht hatte, oder Pillen, die ich einwerfen sollte, um mich aus der Depression zu reißen, die jetzt mein Leben war.

Es half auch eindeutig nicht, wie ein Idiot auf der kalten Tribüne zu sitzen und auf die Laufbahn zu starren. Besonders, wenn ein einsamer Läufer

Bahn um Bahn lief und jede weitere Runde meine Kehle verengte, mich immer weiter erstickte. Obwohl ich wusste, wie falsch es war, grub ich die Fingernägel in meinen linken Handballen, kratzte über den Schorf am Handgelenk und hörte erst auf, als ich eine warme Flüssigkeit spüren konnte. Beinahe erleichtert seufzte ich, als mir der brennende Schmerz Tränen in die Augen trieb, gleichzeitig jedoch den grausamen Druck in meinem Inneren entweichen ließ, ihn erträglicher machte, als könnte ich erst jetzt wieder richtig atmen.

Der Wind blies stärker, rollte vom Meer ausgehend über die Küste und das Universitätsgelände der Stadt San Francisco. Mir wehten die hüftlangen, rabenschwarzen Haare in die Augen, was sie kurz tränen ließ. Was natürlich *bloß* am Wind lag.

Nachdem ich mir die Strähnen und die feuchte Spur von der Wange weggewischt hatte, sah ich aus dem Augenwinkel, dass ich auf der Tribüne nicht so alleine rumsaß, wie ich gedacht hatte. In der untersten Reihe, am anderen Ende der Tribüne, saß ein Typ, mit den Ellbogen auf die Knie gestützt, sein Gesicht ebenfalls der leeren Rasenfläche zugewandt, die von der Laufbahn eingesäumt wurde. Dabei hatte er das Kinn auf seine verschränkten Finger gelegt und ich konnte nur sein Profil sehen. Vermutlich einer aus den verschiedenen Sportteams an der Uni, der im Geiste seine Spieltaktik oder Siegesrufe durchging.

Neid durchstieß meine Wut und Traurigkeit – ein Gefühl, das ich noch weniger leiden konnte als die anderen beiden. Aber diese drei gingen oft Hand in Hand wie Geschwister, die man nicht trennen konnte.

Da ich nicht länger alleine war, hatte ich keine Lust, sitzen zu bleiben und Trübsal zu blasen; das konnte ich auch in meinem Zimmer. Außerdem sollte ich langsam meine Sachen aus den Kartons auspacken, da in zwei Tagen mit Anfang September mein erstes Unisemester begann – der Start in mein neues Leben. Ob ich nun Freude dabei empfand oder nicht.

Mir war klar, wie erdrückend und undankbar ich war. Dieses Leiden ging mir genauso auf die Nerven wie wohl jedem anderen auch, doch ich konnte partout nicht aus meiner Haut.

Seufzend stand ich auf und schnappte beim Davongehen meinen schwarzen Rucksack, der mit Sicherheitsnadeln verziert war, um zumindest kleine Akzente in all dem Schwarz zu setzen. Auf diese hatte meine dreijährige Nichte bestanden, auch wenn ich sie nicht alleine damit hatte herumhantieren lassen. Sie war von ihrem Projekt ›Rucksack verzieren‹ nicht abzubringen gewesen, egal wie lange und oft ich »Nein« gesagt hatte oder wie mies ich sonst zu allen gewesen war. Aber es war eben meine Nichte Sookie und gegen ihre süßen, blonden Locken und ihr einnehmendes Lächeln konnte man einfach nicht bestehen. Oder ihrem Geschrei, wenn sie etwas nicht bekam und sich hysterisch auf dem Boden wälzte.

Der Wind strich erneut durch meine Haare und gab meine Sicht durch den dunklen Vorhang frei, wodurch ich beim Vorbeigehen einen raschen Blick auf den Typen werfen konnte, der nicht aufsah. Er musste definitiv ein Sportler sein, das verrieten mir sein Körperbau und das enge Shirt, das um seinen Brustkorb und die Oberarme spannte. Er sah jedoch nicht zu aufgeblasen aus, weshalb ich ihn nicht zu den übertrainierten Quarterbacks zählte. Seine Haare schätzte ich blond, was schwer zu sagen war, da er sie kurz geschoren trug. Und seine Augen waren … Ungelenk stolperte ich, behielt gerade noch mein Gleichgewicht, als ich dieselbe Sehnsucht und diesen tiefen Schmerz in seinen Augen las. Die gleichen Qualen, die ich selbst kannte, die mir jeden Tag aus dem Spiegel entgegenschrien.

Er blickte auf und für einen Moment fühlte ich mich wie in einem Vakuum, als würde die Zeit stillstehen und alles verschlucken, was um mich herum passierte. Was vollkommener Schwachsinn war und mich daran erinnerte, vielleicht doch bald wieder meinen Psychiater aufzusuchen. Nicht zum Reden, aber für neue Medikamente.

Der Bann, der mich eben überkommen hatte, brach jäh ab, als er den Mund aufmachte. »Hi. Alles in Ordnung mit dir?«

Er hatte einen ungewöhnlichen Akzent, den ich nicht zuordnen konnte, der jedoch deutlich machte, dass er nicht aus Amerika stammte. Was mir am meisten zu schaffen machte, war nicht diese unbeantwortete Frage seiner Herkunft, sondern dass es mich interessierte. Mich hatte schon lange nichts mehr interessiert.

»Hallo? Hast du dir was verknackst?«, fragte er erneut und dieses Mal trat sein Akzent noch deutlicher hervor, als würde dieser stärker durchkommen, wenn er sich sorgte.

Europäisch, aus dem deutschsprachigen Raum vielleicht? Weiter kam ich mit meinen Überlegungen nicht, denn er machte Anstalten aufzustehen. Was ich auf jeden Fall vermeiden wollte. Schnell schüttelte ich mit zusammengepressten Lippen den Kopf und schleppte mich fort Richtung Parkplatz, während ich bemerkte, wie mir die Hitze ins Gesicht stieg. Etwas, das ich eigentlich seit *damals* abgelegt hatte.

Nachdem ich einige Schritte davongehastet war, hörte ich ihn noch einmal nachfragen, ob mit mir alles okay wäre. Zu mehr als einem Wink mit der Hand, der alles hätte bedeuten können, war ich nicht in der Lage, und stakste davon. Das Knirschen der Sitzfläche der Holztribüne ließ mich erleichtert aufatmen. Das sichere Zeichen dafür, dass er sich wieder gesetzt hatte und mir nicht folgen würde. Zum Glück läutete in diesem Moment mein Handy und holte mich aus meinen Gedanken über diesen Typen, den ich hoffentlich nicht so schnell wiedersehen würde.

Nat – Zur gleichen Zeit

Ich war einmal ein netter Typ gewesen. Wirklich. Einer von den Guten. Aber das war Vergangenheit. In meinem Inneren war ich nun so dunkel wie schmieriges Öl, das sich nicht mehr abwaschen lässt, egal was man versucht. Da half kein Therapeut, kein Reden mit meiner Schwester Sarah oder ihrem Freund und meinem besten Kumpel Johnny, die es immer wieder versuchten. Ich machte es ihnen nicht zum Vorwurf, nicht aufgeben zu wollen, da sie in ihren Erinnerungen noch immer den *guten* Nat vor sich sahen. Der Nat, der gerne in einem Verein mit anderen Jungs Fußball spielte, backte, das Frühstück machte und andere aufheiterte, wenn es ihnen scheiße ging. Aber das war vorbei. Ich redete nicht mehr viel – machte schon gar keine Scherze –, hatte keine Hobbys, zog mich immer weiter in mich zurück und wollte nur meine Ruhe.

Willkommen im Schneckenhaus.

Seit einem Monat waren wir drei – Sarah, Johnny und ich – in Amerika, genauer gesagt in San Francisco, und hatten unsere Zelte im Domizil von Kelsey aufgeschlagen. Das Haus war der Hammer, lag unglaublich gut entlang der schicken South Bay und bot vom Obergeschoss aus einen einzigartigen Blick auf die in der Ferne liegenden Golden Gate Bridge. Kelsey war eine gute Freundin der beiden, die auch mit mir befreundet sein wollte. Sogar ziemlich vehement, egal wie oft ich murrte und versuchte, ihr verständlich zu machen, nicht der Richtige zu sein, um Spaß zu haben.

Bisher hatten Sarah und Johnny gut als Puffer fungiert und mit ihr Zeit verbracht, aber die beiden waren seit heute mit ihrer Zwei-Mann-Band ›Hallelujah's Rising‹ auf einer Musiktour durch den Bundesstaat und ich ahnte Böses. Solche Mini-Touren würden sie in der nächsten Zeit öfter unternehmen, da das Label der Shaw-Morrison-Group sie unter die Fittiche genommen hatte, deren Besitzer Kelseys Onkel war. Zwar betonten die beiden, nur für eine gewisse Zeit in den Musikhimmel zu schnuppern, weil sie eine andere Ausbildung und Jobs für ihre Zukunft planten, aber momentan genossen sie es.

Sarah hatte vor, später etwas in Webdesign, Gestaltung und Werbung zu machen, wohingegen Johnny aufgrund seiner Kindheit eine Ausbildung als Erzieher machen wollte, um später besonders im Bereich Jugend-Sozialbetreuung in Kinderheimen oder der Fürsorge zu arbeiten. Momentan lebten sie ihren Traum, den ich ihnen so wenig wie möglich vermiesen wollte. Daher hatte ich sie gestern Nachmittag breit lächelnd verabschiedet, Sarah mehrmals versichert, alles wäre in bester Ordnung und sie diese Zeit genießen und sich auf keinen Fall um mich sorgen sollte.

Zum Abschied hatte ich Sarah umarmt und ihr ins Ohr geflüstert: »Passt auf euch auf und meldet euch.«

Ihre Antwort war ein lächelndes Zwinkern gewesen und ich wusste, wie sehr sie sich freute, da wieder ein wenig meines besorgten Wesens durch die dunkle Fassade geschienen hatte. »Mache ich, großer Bruder.«

Als Nächster war Johnny an der Reihe gewesen, dem ich freundschaftlich auf den Rücken geklopft hatte. »Gib ja Acht auf sie und wehe, ich höre etwas

Negatives … Du weißt schon, ich will es zwar nicht, aber meine angedrohten Prügel werden dann immer noch zum Einsatz kommen.«

Sein wölfisches Grinsen wäre für mich Antwort genug gewesen, doch er wollte es dennoch genauer ausführen: »Keine Sorge, ich werde sie behüten wie meinen Augapfel und *alle* ihre Wünsche erfüllen. Ehrlich, damit meine ich *jeden* einzelnen.«

Typisch Johnny, er musste immer übertreiben, aber er tat es mit so einem gewinnenden Lächeln, bei dem man ihm nicht böse sein konnte. Ich wusste nicht, wie er das tat, doch er schaffte es jedes Mal. So wie kleine Kinder, die etwas anstellten, wie das ganze Wohnzimmer mit Schokoladeneis zu bekleckern oder weiße Wände mit Buntstiften zu bemalen. Aber wenn sie einen dann mit diesen unschuldigen Augen angrinsten, war alles vergessen.

Ich hatte daher bloß den Kopf geschüttelt und ebenfalls grinsend geantwortet: »So genau will ich das nicht wissen, Mann. Sie ist meine kleine Schwester. Wenn du nicht die Klappe hältst, kannst du die Prügel auch gleich beziehen.«

Schelmisch hatte es in Johnnys Augen gefunkelt. »Ach, du weißt doch, ich steh auf Schläge.«

»Idiot«, war es von mir und von ihm postwendend zurückgekommen: »Selbst.«

»Jungs, ich stehe wie immer neben euch, wenn ihr über mich redet. Hört auf damit, auch wenn ihr dabei ja wirklich süß seid. Aber es reicht, wir müssen los.«

»Ja, okay«, hatte Johnny geantwortet und war schlagartig wieder ernst geworden. Im Vorbeigehen hatte er mir auf die Schulter geklopft, nach Sarahs Hand gegriffen, um zum Wagen zu gehen. Nach einem kurzen Lächeln von ihr waren sie in ihren *Tourbus* gestiegen – ein teils verrosteter, blauer VW Polo mit etlichen Stickern beklebt, die Kelsey gesponsert hatte, um eben diese Rostflecken zu verbergen – und waren losgefahren. Kelsey hatte ihnen ein Leasingauto besorgen wollen, was die beiden vehement abgelehnt hatten, weshalb Kelsey ihnen nur auf diese Weise helfen konnte. Ich hatte ihnen noch lange hinterher gesehen, auch noch, nachdem sie längst aus meinem Blick verschwunden waren.

Es war wohl ganz gut, dass sie jetzt unterwegs waren, mich nicht ständig sorgenvoll musterten, und nicht mit ansehen mussten, wie ich immer mehr in die Dunkelheit abrutschte. Sie konnten mir nicht helfen, warum also sollte ich sie dabei zusehen und leiden lassen? Es alleine mit mir auszutragen, war das Einzige, das ich machen konnte, um sie zu beschützen.

Denn ich hatte mich vollkommen verloren, war ein anderer Mensch geworden, einer, den ich selbst nicht mehr im Spiegel erkannte. Nur die beiden wollten es nicht wahrhaben. Doch früher oder später würden sie es ebenfalls erkennen und mich, bei Gott, dann endlich in Ruhe lassen. Damit ich alleine vor mich hinvegetieren und das *Sein* über mich ergehen lassen konnte, das man Leben nennt.

Die erste äußerliche Veränderung hatte ich gestern Abend durchgezogen, nachdem sie weg waren: Ich hatte meine blonden Locken abrasiert, die Sarah oder meine Mum und Großmutter immer geliebt hatten. Jedoch erinnerten mich diese Haare im Spiegel daran, wer ich einmal gewesen war und nie wieder sein würde. In mir war etwas zerbrochen und es war an der Zeit, dies auch andere sehen zu lassen.

Und sie hatten mich gesehen – zumindest Kelsey. Denn wie ich bisher mitbekommen hatte, kannte sie das Wort Privatsphäre nicht, oder hatte es schon vor langer Zeit aus ihrem Vokabular gestrichen. Gestern Abend war sie einfach so in das zu meinem Zimmer gehörige Bad marschiert, um sich mit verschränkten Armen an den Türrahmen zu lehnen. Ich war gerade mit dem Abrasieren auf drei Millimeter Haarkürze fertig geworden und räumte die letzten Reste säuberlich weg.

»Was geht denn bei dir ab, Hübscher? Hast du einen Hitzeschlag bekommen oder machst du jetzt einen auf Vin Diesel? Versteh mich nicht falsch, du bist echt gut gebaut«, hatte sie gesagt, während ihr Blick eindringlich über mich hinweggestrichen war, um ihre Aussage noch weiter zu bekräftigen, »aber an Diesel reichst du leider nicht heran. Da hilft es auch nichts, dir wie er die Haare fast abzurasieren.«

Zur Antwort hatte ich unbeteiligt mit den Schultern gezuckt, als wäre es keine große Sache, obwohl es genau das war. Zumindest für mich. Wahrscheinlich auch für Sarah, bestimmt für meine verstorbene Mum und Großmutter – aber die waren beide nicht mehr da, also wen kümmerte es?

»Neuer Wohnort, neuer Haarschnitt. Macht man doch so. Außerdem müsste es gerade dir gut gefallen, immerhin ist deine rechte Seite auch geschoren. Wenn du dich beim Rest ebenfalls trauen würdest, könnten wir im Partnerlook gehen. Oder gefällt es dir nicht?«

Daraufhin hatte sie mich als erneute Anspielung auf Vin Diesel »Ach, Vinny, Vinny, Vinny«, genannt, weshalb ich kurz den Mund verzogen, mir aber sonst nichts hatte anmerken lassen.

Sie war näher getreten. »Ich find's, ehrlich gesagt, erschreckend gut. Aber du hast auch mit den ganzen Locken als blonder Engel nicht schlecht ausgesehen. Damit wirkst du jetzt viel härter, unnahbarer. Gibt dir so einen verruchten Touch«, plapperte sie weiter, tippte dabei mit dem Zeigefinger auf ihre Hüfte. Plötzlich bekam sie große Augen und streckte den Finger in die Luft empor. Dabei sah sie ein klein wenig aus wie Wickie aus der gleichnamigen Zeichentrickserie. Früher hätte ich diesen Gedanken laut geäußert und gelacht. Jetzt nicht mehr. Vermutlich hätte sie mir sowieso keine Zeit dafür gelassen, denn Kelsey fuhr unbeirrt fort: »Ah, deshalb mussten die Haare fallen! Du schlimmer Finger! Du willst wohl die Mädels, die auf böse Buben stehen, ansprechen. Sehr subtil, muss ich sagen.«

Mit ihren schlanken Fingern hatte sie über meine Stoppelhaare gestrichen, schließlich zufrieden genickt und ein Grinsen war auf ihrem Gesicht erschienen. »Zugegeben, fühlt sich richtig sexy an. Wenn ich nicht Frauen bevorzugen würde, hättest du gute Chancen, Vinny.«

Ich hatte geseufzt. Tief, sehr tief. »Witzig. Wie lange willst du das mit dem neuen Namen nun durchziehen?«

»Hm, bis es mir zu langweilig wird, was nie im Leben passiert. Oder einfach nur so lange, bis du wieder Engelshaare trägst. Und dann kann ich dich ja wie den Erzengel – Michael – nennen. Schön wie eine Heldenstatue, aber unnahbar wie ein Engel. Wahnsinn. Das wird ein Spaß!«, hatte sie lachend geantwortet, nur um im nächsten Moment aus dem Raum zu verschwinden und mich grummelnd und nachdenklich zurückzulassen. Seitdem dachte ich ständig nach und es nahm gar kein Ende mehr. *Würde es das je?*

***

Gerade eben kam ich mir selbst beinahe lächerlich und wie ein verheultes Weichei vor, wie ich hier auf die Rasenfläche in der Mitte der Sportanlage blickte. Es war jämmerlich, so richtig schwach, trotzdem konnte ich nicht aufstehen, noch nicht einmal den Blick abwenden. Dabei rasten immer wieder die letzten Momente an meinem geistigen Auge vorbei: die letzten Sekunden, bevor ich meine Mum gefunden hatte; die letzten Sekunden, bevor ich mich bis zur Besinnungslosigkeit besoffen hatte; die letzten Sekunden, bevor ich von der beschissenen Fahrbahn abgekommen war. Es hätte weit schlimmer ausgehen, ich hätte tot sein können, trotzdem saß ich hier und jammerte rum wie ein Mädchen.

Was ist nur aus mir geworden? Wie konnte das passieren?

Das Wissen, noch zu leben, half mir nicht über die Schmerzen hinweg, die ich in meinem linken Bein verspürte, nachdem es sich verdreht und einen mehrmaligen, offenen Bruch erlitten hatte. Oder über die Tatsache, dass ich meine Mum, Oma, Sarah und alle anderen enttäuscht hatte, schon vor dieser Sache mit dem Autounfall. Oder über den Wunsch, wie früher über diesen Rasen laufen zu können, um meiner Leidenschaft, dem Fußballspielen, nachzugehen – die Schmerzen würden das nicht zulassen, nie wieder. Dieser Sport war für mich Geschichte, zumindest auf professioneller Ebene in einem guten Verein.

Plötzlich riss mich eine Gestalt, die vor mir stolperte, aus meinen tristen Gedanken. Kurz befürchtete ich, sie würde komplett der Länge nach auf die Nase fallen, aber sie fing sich noch und blieb aufrecht stehen. Ich blickte in ihr Gesicht. Zwei hellgraue Augen starrten mich an, die mit dickem, schwarzem Lidstrich umrandet waren. Obwohl sie einen grimmigen Ausdruck zur Schau trug, der deutlich machte, man sollte sich von ihr fernhalten, hatte sie ein hübsches Gesicht mit feinen Zügen. Trotz dieser grässlichen, dunklen

Augenschminke, die beinahe wie eine Kriegsbemalung wirkte; eine Verkleidung, eine abwehrende Maske. Erst jetzt bemerkte ich auch ihre fast ausschließlich schwarzen Klamotten, was meinen Eindruck verstärkte.

Und obwohl sie äußerlich eine harte Schale um sich gelegt hatte, war da etwas sehr Zerbrechliches an ihr, etwas, das mich ansprach. Nicht als Mann oder auf irgendeine abartige, sexuelle Weise. Sondern meine alte Seite, den guten Nat, der ich früher gewesen war. Der mit Menschen gesprochen hatte, höflich und freundlich gewesen war und hatte helfen wollen.

Aus dem alten Drang heraus fragte ich sie deshalb, wie es ihr ging, ob alles okay wäre oder sie sich wehgetan hätte. Da sie nichts erwiderte, mich bloß für einen Moment anstarrte wie ein verschrecktes Rehkitz, machte ich mir schließlich tatsächlich Sorgen um sie. Erst als ich mich hochhieven wollte und noch mal fragte, ob alles klar wäre, wurde sie aus ihren Gedanken geholt und ihre düstere Miene trat wieder in den Vordergrund. Mehr als ein grimmiges Nicken – kein »Nein, danke« oder irgendein Wort – und einen kurzen Wink mit der Hand bekam ich nicht von ihr.

Sie verwirrte und stellte mich vor ein Rätsel, obwohl es mir egal sein sollte. Dennoch war ich neugierig, warum sie derart ablehnend auftrat, wieso kurz Panik in ihren Augen aufgeflackert war, als ich ihr hatte helfen wollen. War sie schon immer so gewesen? Oder war sie so jemand wie ich, ein Mensch, der sich grundlegend verändert hatte?

Auch als sie schon lange aus meinem Blickfeld verschwunden war, kreisten meine Gedanken noch eine Zeit lang um dieses Mädchen, das für einen flüchtigen Moment wieder das Gute aus mir herausgekitzelt hatte.

2. Kapitel

Vance Joy – »Best That I Can«

Ava – im Frühling zuvor

Bilder schießen vor meinem inneren Auge vorbei. Dunkelheit, Regen, ein Lichtblitz, auf mich zurasende Bäume, Schreie, Schreie, Schreie ...

Mit einem Aufkeuchen erwachte ich und stellte erleichtert fest, dass die Schreie nur in meinem Kopf widerhallten und ich nicht, wie so viele Nächte zuvor, im Schlaf geschrien hatte. Sonst wäre meine Mum längst in meinem Zimmer gewesen und hätte beruhigend auf mich eingeredet. Das ging mir durch den Kopf, als neben mir der Wecker zu läuten begann und mich nicht aus dem Schlaf, sondern aus meinen Gedanken riss.

Mit zittrigen Fingern strich ich mir den Schweiß von der Stirn und schüttelte den letzten Rest des Traumes fort. Mechanisch, wie an jedem anderen Tag, stand ich auf, zog mich an und machte mich für die Schule fertig. Nur dauerte es dieses Mal doppelt so lange wie früher und ich war viel nervöser. Wobei ich deutlich weniger darauf achtete, ob meine Klamotten zusammenpassten oder mein Make-up saß. Denn ernsthaft? Ich hatte definitiv andere Probleme.

Humpelnd stieg ich die Treppe hinunter und ging in die Küche, in der bereits meine Mum und mein kleiner Bruder Aston plauderten. Sie unterhielten sich über die bevorstehende Woche, über Schulprojekte von Aston und was sonst anstand.

Vor Schreck, mich zu sehen, hätte Mum beinahe die Kaffeekanne fallen lassen, fing sich aber im letzten Moment gerade noch. Dennoch zeichneten sich tiefe Sorgenfalten auf ihre Stirn, die wohl nie wieder weggehen würden. Und das alles wegen mir. Schuldgefühle, die nun immer Teil meines wachen

Zustandes waren, machten sich stärker bemerkbar. Ich hatte schon eine Familie zerstört, ich wollte dasselbe nicht bei uns anrichten.

Beschwichtigend lächelte ich ihr zu und versuchte ganz normal zu wirken, aufmunternd und gefestigt. Auch wenn ich mich überhaupt nicht so fühlte.

»Schatz, warum bist du denn schon auf? Willst du dich nicht noch ein wenig ausruhen und schlafen?«

Ich schluckte meine Widerworte hinunter und behielt eine neutrale, freundliche Miene bei, um Mum nicht zu verletzen. Für sie war es ebenfalls nicht leicht gewesen, aber manchmal übertrieb sie es einfach mit ihrer Fürsorge. Daher setzte ich mich an den Tisch, schnappte mir ein Brötchen und begann es mit Erdnussbutter und Marmelade zu bestreichen – alles ganz normal, wie an all den Tagen zuvor.

»Heute ist Schule und ich habe mich die letzten Wochen lange genug ausgeruht, Mum. Ich muss wieder raus und lernen, sonst hinke ich viel zu weit hinterher.«

Sichtlich unschlüssig schob sie sich eine hellbraune Strähne hinters Ohr, dieselbe Haarfarbe, die mein Bruder und ich ebenfalls teilten, und kam an den Tisch. Mum beugte sich vor und griff nach meiner freien Hand. Nachdrücklich spürte ich den Druck ihrer Finger. »Wegen der Schule. Darüber haben wir doch geredet, und dein Dad und ich fänden es wirklich am besten, wenn du die restliche Zeit, wie besprochen, zu Hause unterrichtet wirst. Das wäre für alle Beteiligten die beste Lösung.«

Ich konnte nicht anders, als bei ihren Worten kurz zusammenzuzucken, obwohl ich versuchte, mich so wenig wie möglich zu regen. Schämten sie sich für mich? Wollten sie nicht, dass mich andere sahen, oder hatten sie Angst vor dem Getratsche? Aber nein, das war sicher nicht der Grund und mein rationales Denken übernahm wieder die Oberhand. Sie machten sich bloß Sorgen, was ich verstehen konnte. Alles hatte sich verändert und ich war kein Kind mehr, ich musste ruhig und besonnen bleiben. »Danke, Mum, das ist lieb von euch, wirklich. Aber ich möchte zur Schule gehen. Ich packe das, bitte. Das ist mein *Abschlussjahr,* die letzten Monate. Und die will ich dort verbringen wie ein normaler Teenager.«

Obwohl der letzte Satz gelogen war. Eigentlich hatte ich Angst davor, nach der langen Zeit im Krankenhaus und der Rehabilitation wieder in die Schule zu gehen und mich dieser unangenehmen Situation zu stellen. Nicht nur, weil sich die anderen Schüler das Maul über mich und Sam zerreißen würden, sondern auch, weil ich unweigerlich auf seine kleine Schwester stoßen würde, meine ehemals beste Freundin Stephanie. Sein älterer Bruder Jordan war zum Glück schon am College, also hatte ich von ihm nur in den Ferien etwas zu befürchten.

Ich wusste nicht, wie sie nach den Geschehnissen zu mir standen, was sie über mich dachten, aber ich befürchtete so ziemlich das Schlimmste. Steph hatte sich seitdem mit keiner SMS, keinem Anruf bei mir gemeldet oder mich besucht. Jegliche Nachrichten meinerseits waren ignoriert worden. Ebenso wie bei meiner zweiten besten Freundin Chloe – wir waren immer ein Dreiergespann gewesen, das alles zusammen gemacht hatte. Anscheinend war das nun vorbei.

Obwohl ich keine Ahnung hatte, was auf mich zukommen würde, wollte ich es zumindest herausfinden und versuchen mit ihnen zu reden. Die Hoffnung stirbt zuletzt, nicht wahr?

»Ich weiß nicht … ich, ich weiß nicht, ob das gut für dich ist, Schatz. Wir sollten nichts überstürzen und die Sache noch etwas auf sich beruhen lassen«, entgegnete meine Mutter und lenkte mich von meinen Gedanken ab.

Statt einen weiteren Bissen von meinem Frühstück zu nehmen, schob ich den Teller mit dem halben Brötchen beiseite. Der Appetit war mir vergangen, meine Kehle wie zugeschnürt. Jedoch durfte ich jetzt nicht nachgeben, sonst wäre es in Zukunft immer so, dass ich Konfrontationen verlieren und sie mich wie ein rohes Ei behandeln würde.

»Mum, ich hab dich lieb, aber ich werde gehen. Ob ihr damit einverstanden seid oder nicht. Ich muss das machen, das weißt du.« Ich unterstrich meine Worte mit einem theatralischen Zurückrutschen des Stuhls, der über den Boden quietschte.

Meine Stimme klang deutlich entschlossener, als ich mich tatsächlich fühlte, was ich auf keinen Fall zugeben wollte. Daher stand ich entschieden, obgleich auch etwas zittrig auf und schlüpfte in meine Jacke, die ich vorhin über die Sessellehne geschmissen hatte. Zum guten Abschluss der ganzen Szene hängte ich mir demonstrativ den Rucksack über die Schultern, starrte sie an und wartete und wartete. Endlos, wie mir schien.

Aus Mums Gesicht wich jegliche Farbe und erneut fragte ich mich, ob sie sich Sorgen um mich oder um das Gerede der Leute machte, wenn sie mich sahen. In ihren Augen erkannte ich, wie sie nach einem Ausweg suchte, und ich sah auch das Aufleuchten, in dem Moment, als ihr eine Idee kam, mich von meinem Vorhaben abzubringen.

»Und wie willst du dorthin kommen, Schätzchen? Du kannst doch nicht mit einem ... ich meine ... wie ...« Sie unterbrach sich und suchte sichtlich nach dem richtigen Wort. Ich würde ihr dabei sicher nicht helfen, ich wollte selbst wissen, warum genau ich das nicht konnte. Schließlich schluckte sie und faltete ruhig die Hände im Schoß. »Du kannst so doch nicht mit einem Bus fahren.«

Sie meint es gut, sie meint es nur gut, redete ich mir ganz fest ein und wollte kurz die Augen zusammenkneifen, um nur das zu hören und alle anderen Vermutungen auszublenden. Stattdessen blickte ich hilfesuchend zu meinem kleinen Bruder, der die ganze Szene kommentarlos beobachtet hatte. Und es nebenbei geschafft hatte, eine Schüssel Müsli und zwei Brote zu verspeisen. Ach ja, und mein halbes Brötchen war auf magische Weise ebenfalls verschwunden – wahrscheinlich in den Magen seiner schlanken Gestalt. Wo aß er das nur hin, und auch noch so schnell?

Egal. Ich blickte ihm in die Augen und flehte stumm, als ich meiner Mutter Konter gab. »Aston nimmt mich mit. Jetzt, da er den Führerschein hat, haben wir ein Problem weniger. Stimmt doch, oder Aston?«

Mein Blick hakte sich an seinem fest, bis er mich schließlich erlöste, indem er schief grinste und Mum gewinnend zunickte. »Klar, bin der beste Taxifahrer aller Zeiten. Sind schon auf dem Weg.«

Schnell schnappte er sich noch ein trockenes Brötchen und schob es sich zwischen die Lippen, als er auch schon aufsprang, mit einer Hand seinen Rucksack schnappte und sich mit der anderen seinen hellgrauen Beanie über die zu langen Haare zog, die nun seitlich um die Ohren wegstanden. Ich hätte ihn küssen können, auch wenn er manchmal unglaublich nervte und mich zur Weißglut brachte. Aber genauso oft, wie wir uns zankten, so oft waren wir füreinander da. Wie gerade eben.

Bevor unsere Mutter noch einen Einwand hervorbringen konnte, humpelte ich hinter Aston die Haustür hinaus, und hoffte, der restliche Tag würde nicht so nervenaufreibend wie der Morgen sein. Natürlich war das reines Wunschdenken, und das wusste ich auch selbst.

Nat – im Sommer zuvor

Mit dem Rücken schob ich die Hauseingangstür unseres bald ehemaligen Wohnhauses auf, da beide Hände mit schweren Koffern beladen waren. Ächzend schleppte ich sie weiter, wobei es nicht an mangelnder Muskelmasse lag, sondern an den Schmerzen in meinem Bein, das auch Wochen nach dem Unfall bei jeder Bewegung noch höllisch wehtat. Dennoch biss ich die Zähne zusammen, um ein Stöhnen zu verkneifen.

Ich näherte mich dem bereits fast vollgestopften Wagen, an dessen Seite Sarah lehnte, an der wiederum Johnny hing und die sich ausgiebig küssten. Schon wieder. Ständig. Sie waren dermaßen glücklich, dass ich mir schon fast wie bei dem Ende eines kitschigen Disneyfilms vorkam, in dem Fanfaren im Hintergrund zu hören waren und alle lachend miteinander tanzten, während sich das Paar in der Mitte küsste. *Glücklich für immer und ewig oder so ein Schwachsinn …*

Auch wenn das jetzt anders klang, ich freute mich für die beiden. *Wirklich.* Sarah war meine kleine Schwester, einer der besten Menschen, die ich kannte, und Johnny mein bester Freund – ein aufrichtiger Kumpel. Die beiden hatten dieses Glück verdient, mehr als andere, und das wollte ich ihnen nicht madigmachen. Aber dennoch – es hielt mir immer wieder vor Augen, wie verflucht unglücklich ich mich fühlte. Wie zerrissen ich war, und wie verloren, obwohl ich jede Sekunde versuchte, diese Seite in mir wegzusperren, sie nicht nach außen dringen zu lassen.

Langsam machten sich kleine Risse in meiner Fassade bemerkbar und obwohl ich es nicht wollte, purzelten die nächsten Worte über meine Lippen:

»Leute, müsst ihr ständig vor mir rummachen? Nehmt euch ein Zimmer. Es will nicht jeder sehen, wie ihr euch gegenseitig abschleckt.«

Ich beobachtete, wie sich Johnny nur widerwillig von Sarah löste, ihr etwas ins Ohr flüsterte, das sie grinsen ließ, obwohl sie ihm gleichzeitig mit dem Handrücken auf den Oberarm schlug, und ich die Augen verdrehte. Ich wollte gar nicht wissen, was er gesagt hatte, besonders nicht, wenn es um meine kleine Schwester ging. Aber sie war längst erwachsen und ich war der Letzte, der ihr etwas vorschreiben sollte. Die Rolle des Aufpassers, des großen Bruders, desjenigen, der für diese Familie sorgte, damit sie nicht weiter auseinanderfiel, stand mir nicht mehr zu. Nein, diese Rolle hatte ich vollkommen vermasselt und es gab keinen Weg mehr zurück. Wegen mir waren wir bloß noch zu zweit.

Zuerst war unsere Großmutter gestorben, die immer auf uns aufgepasst hatte. Dann unsere Mutter, während ich auf sie hätte achtgeben müssen, als Sarah mit Johnny in Amerika gewesen war. Und was hatte ich getan? Genau das Falsche.

Johnny kam auf mich zu und half mir das erste Gepäckstück in den Kofferraum zu hieven. Gleichzeitig grinste er und seine blauen Augen strahlten – er sah so verdammt glücklich aus und ich fühlte mich immer mieser, dass ich mich nicht so für ihn freuen konnte, wie er es von mir als seinem besten Freund verdient hatte, mein Lächeln nicht echt war, und ich es nicht fühlte, obwohl ich mich wirklich bemühte. Aber Gefühle konnte man nicht verändern, die waren einfach da.

»Ach Nat, ich mache wie immer nur, was du mir aufgetragen hast. Schon vergessen? Ich soll sie glücklich machen und das ist sie nun mal nur, wenn sie meine Lippen auf ihren hat. Das unwiderrufliche Gesetz der Natur. Da kann man nichts gegen machen.«

Im Hintergrund stöhnte Sarah, aber dennoch war ein Lächeln in ihrer Stimme zu hören: »Johnny, hörst du dir manchmal auch selbst zu? Man könnte meinen, du seist ein wenig selbstverliebt.«

»Ein wenig?«, prustete ich und hob gleichzeitig den letzten Koffer hoch. Schnell griff Johnny ebenfalls zu und grinste blöd. Ich begriff immer noch nicht, wie sie sich ständig gegenseitig aufziehen konnten und es Johnny gefiel, von Sarah veräppelt zu werden. Da hatten sich zwei gefunden.

»Leute, das habe ich nie bestritten. Wo ist also das Problem?«, antwortete er und funkelte zu Sarah hinüber.

Ich gab ihm mit einem »Danke« einen Schulterklopfer und machte einen Schritt zurück, da ich noch einmal in die Wohnung musste. Noch bevor ich ging, war Johnny wieder bei Sarah angelangt, also seufzte ich gespielt und legte so viel gute Laune in meine Stimme, wie ich aufbringen konnte: »Na gut, dann kommt schon. Küsst euch wieder. Und Johnny, lass dir dabei durch die langen, schwarzen Haare streichen. Es gibt ja viele, die darauf stehen, wenn zwei Mädels miteinander rummachen.«

Während Johnny gespielt verletzt antwortete »Mann, keine Tiefschläge«, gleichzeitig dabei lächelte, strich Sarah durch seine kinnlange Mähne. »Hör nicht auf ihn, ich steh auf deine Haare.«

Johnny zwinkerte mir zu und ich winkte ihm, dann verschwand ich im Wohngebäude, während die beiden da weitermachten, wo ich sie unterbrochen hatte.

Oben in der Wohnung angekommen, ging ich einen letzten Rundgang durch die leeren Zimmer, in denen wir, seit ich denken konnte, gelebt hatten und die wir endgültig verlassen wollten. Zum Teil war ich traurig darüber, zum anderen erleichtert. Hier war meine Mum gestorben, hier hatten wir Dinge erlebt und gesehen, die ich gerne vergessen würde. Vielleicht half es auch, über die Schuldgefühle hinwegzukommen, wenn ich nicht immer diesen Ort sehen musste.

Einige Wochen, nachdem Sarah und Johnny aus Amerika zurückgekommen waren, hatte Kelsey ihnen ein Angebot gemacht, das sie nicht ausschlagen konnten. Während sie als Vorband eine Tour begleiten sollten, würde ich mit Kelsey in San Francisco wohnen und dort die Uni besuchen. Daher befanden wir uns nur noch wenige Stunden vor einem neuen Leben in Amerika entfernt. Wie auch immer das aussehen würde.

Ein letztes Mal wollte ich die Taubheit in diesen Räumen meiner Kindheit abschütteln. Mit raschen Schritten ging ich zum großen Fenster des leerstehenden Wohnzimmers, öffnete die breiten, weißlackierten Holzflügel, zog mich mit den Armen hoch, setzte mich mit geschlossenen Lidern auf das Fensterbrett und hörte auf die Geräusche der Straße, die gleich um die Ecke des Wohnhauses lag.

Erst als ich mich mit dem Oberkörper nach vorne über den Abgrund lehnte, öffnete ich wieder die Augen, starrte in die asphaltierte Gasse drei Stockwerke unter mir. Der Wind zerrte wie gierige Arme an meinen Locken und an den Klamotten. Er musste bloß ein wenig stärker an mir reißen, oder ich mit meiner Hand einen Zentimeter am Fensterrand abrutschen, und ich würde fallen – tief fallen. Adrenalin schoss angetrieben vom Nervenkitzel durch meine Venen, was ein heftiges Hämmern in meiner Brust auslöste. *Wumm, wumm, wumm.*

Ja, genau so. Für einen Augenblick fühlte ich mich lebendig, wie verrückt es erscheinen mochte. Einen tiefen Atemzug später rutschte ich wieder in die Wohnung, schloss die Fensterflügel und wandte mich zum Gehen. Gerade als ich nach meiner Jacke griff, klingelte das Haustelefon. Ich hob ab und das Einzige, worüber ich mich wunderte, war die Tatsache, noch einen funktionierenden Anschluss zu haben.

»Hallo, bei Familie Steger«, sprach ich in das Telefon und spürte ein komisches Kribbeln im Nacken, als mein Gegenüber antwortete: »Guten Tag, hier spricht Notar Dr. Kirchner. Sind Sie Nathan Steger, der Sohn der verstorbenen Frau Lisa Steger und Herrn Nawin Muangyai?« Ich bejahte. »Sehr gut, ich bin für die Hinterlassenschaft Ihrer Mutter zuständig und würde gerne einen Termin mit Ihnen vereinbaren, um diesbezüglich etwas zu besprechen, wenn Sie es zeitlich einrichten könnten.«

Das Kribbeln in meinem Nacken wuchs zu einer unbestreitbaren Nervosität an. Meine Stimme klang dennoch überraschend fest. »Um was geht es? Ein Termin wird sich leider nicht mehr machen lassen, da meine Schwester und ich nach Amerika gehen. Der Flug ist heute Nachmittag.«

Zuerst herrschte absolute Stille auf der anderen Seite der Leitung, als wäge dieser Dr. Kirchner ab, wie er die Sache weiter angehen sollte. Während ich wartete, legte ich die freie Hand in den Nacken und strich über die angespannten Muskeln, um das Prickeln zu vertreiben. »Hören Sie, wenn es wichtig ist, können Sie es mir am Telefon sagen. Oder ich gebe Ihnen meine neue Adresse und Sie senden mir einen Brief.«

Ein kurzes Seufzen war zu hören und ein Klopfen, so als würde er mit einem Stift spielen und damit auf eine Tischplatte tippen. »Na schön, Sie haben Recht. Das ist wohl die beste Lösung, auch wenn ich Ihnen diese Neuigkeit lieber persönlich unterbreitet hätte. Die genauen Daten werde ich Ihnen per Einschreiben senden. Könnten Sie mir dazu bitte Ihre neue Adresse nennen?«

Zwar wollte ich endlich erfahren, was verdammt noch mal los war, dennoch blieb ich ruhig, rasselte ich die Adresse herunter und wurde genau in dem Moment fertig, als Sarah zur Wohnungstür hereinkam und nach mir rief. Jedoch konnte ich ihr nicht antworten, da Dr. Kirchner endlich zum Punkt kam.

»Nach dem Tod Ihrer Mutter haben wir in ihrem Namen einen Brief versendet. Daraufhin hat sich bei uns eine Familie gemeldet, und wie sich nun herausgestellt hat, handelt es sich dabei um die Eltern Ihres verstorbenen Vaters – also um Ihre Großeltern. Ich gratuliere Ihnen herzlich, Sie haben noch Verwandte und diese möchten sich mit Ihnen treffen.«

Ich war sprachlos, vollkommen angespannt, trotzdem bemerkte ich, wie mein Kopf wie ein Wackeldackel auf- und abging und nickte, obwohl dieser Dr. Kirchner mich nicht sehen konnte. Noch immer hatte ich nichts erwidert, doch als Sarah in die Küche stürmte und mich sah – ich musste wohl jegliche Gesichtsfarbe verloren haben –, wurden ihre Augen riesig und holten mich aus meiner Benommenheit.

Ich musste mich regelrecht dazu zwingen, Worte zu formen, als Dr. Kirchner noch einmal nachfragte, ob es in Ordnung wäre, alle Kontaktdaten per Post zu senden. Dabei nannte er in kurzen Worten die Daten dieser lang verschollenen Großeltern und wartete auf eine Antwort von mir. Verdattert nickte ich erneut, bis mir Schwachkopf einfiel, dass er mich nicht sehen konnte. Mit den Worten: »Ja, danke. Alles bestens. Ja, das machen wir. Vielen Dank. Auf Wiedersehen«, legte ich entgeistert auf und starrte auf das Telefon in meiner Hand. Das alles fühlte sich so surreal an. Wir hatten Familie? Jemanden, der sich für uns interessiert? Der sich sogar mit uns treffen wollte?

»Was ist los?«, fragte Sarah besorgt, die näher getreten war und mir eine Hand auf den Unterarm legte.

»Das war der … der Notar, der mit Mums Erbe beauftragt war. Tja, nach der ganzen Abwicklung hat sich … Es hat sich jemand bei ihm gemeldet.«

Langsam blickte ich ihr wieder ins Gesicht und ich wusste nicht, ob ich lachen oder weinen sollte – ich fühlte nur puren, durchs Mark gehenden Schock.

»Okay, und was hat das mit uns zu tun? Wer war es und was wollte er?«

Früher war ich ein kleines, fröhliches Plappermaul gewesen, aber in den letzten Wochen musste man mir alles aus der Nase ziehen – das wusste ich selbst. Wie jetzt, als ich Sarahs Ungeduld spüren konnte, also riss ich mich zusammen. »Die Eltern unseres Vaters haben ihn kontaktiert. Sie meinten, sie haben erst jetzt von uns erfahren und wollen sich mit uns treffen. Uns kennenlernen.«

Sarah stockte wie mir zuvor der Atem – vor Glück, Schock, Angst oder Freude? Ich wusste es nicht. Ich wusste ja nicht einmal, was ich selbst empfinden sollte, außer Unglauben. Die Fragen, was wir mit dieser Information machen sollten, ob wir sie wirklich treffen wollten, konnte ich zu diesem Zeitpunkt ebenso wenig beantworten. Zum Glück mussten wir das jetzt noch nicht. Wir hatten die letzten 20 Jahre nichts von ihrer Existenz gewusst, also kam es auf ein paar Tage mehr oder weniger auch nicht an. Zuerst mussten wir diese Information verarbeiten, erst dann konnten wir planen.

Dennoch sah ich die Neugierde in Sarahs Augen aufblitzen, als sie fast atemlos fragte: »Wo leben sie?«, und ich ihr antwortete: »In Amerika.«

3. Kapitel

Damien Rice – »The Greatest Bastard«

Ava – Gegenwart

Bei meinem Wagen angekommen, stieg ich erleichtert ein und ließ mich in die weichen Lederpolster sinken. Angehaltene Luft strömte mit einem tiefen Seufzer aus meinem Mund, was mir wieder bewies, wie aufgewühlt ich mich fühlte. Zweimal stieß ich mit dem Kopf nach hinten gegen die Stütze und versuchte mich wieder einzukriegen.

Wie immer, wenn ich mich so fühlte, begann meine rechte Hand ganz automatisch an meinem linken Handballen zu kratzen, gleich an der Stelle, die sonst meine breite Lederarmbanduhr versteckte. Unruhig, als ob mich jemand aufgezogen hätte, fuhren die Nägel kräftig über meine wunde Haut. Erst als ich blutig war, und der körperliche Schmerz mich aus diesem Zwang heraus wie durch Wasser an die Oberfläche beförderte, konnte ich wieder Luft holen.

Was sollte dieser Mist und warum reagierte ich so stark darauf? War es die Panik vor einem fast peinlichen, filmszenenmäßigen Bauchklatscher vor einem attraktiven Typen? Oder schämte ich mich inzwischen selbst so, um niemanden mein Bein sehen zu lassen? Vielleicht war auch gar nichts zu sehen gewesen und wenn doch, na und? Ich hatte schon Schlimmeres in meiner alten High-School durchgemacht, und ich hatte es überstanden.

»Ich habe es geschafft. Ich habe es geschafft«, flüsterte ich stetig wie ein Mantra leise zu mir selbst. Deshalb würde ich genauso alles andere überstehen. Die Frage war nur, wann ich endlich die Kraft fand, über diesen Dingen zu stehen, und es wirklich zu fühlen, anstatt es nur nach außen hin so wirken zu lassen.

Schließlich ließ ich von meinen Gedanken ab, stellte auf ›Drive‹ und fuhr langsam los. Zwei Mal wurde ich auf dem Weg zur Wohnung angehupt, weil ich zu langsam fuhr, und das, obwohl ich bloß zehn Minuten unterwegs war.

Bevor ich nach oben eilte, weil heute A-cappella-Abend war, bei dem Lourdes zwei ihrer Freunde eingeladen hatte und ich mich immer lieber schon vorher in meinem Zimmer verbarrikadierte, ging ich schnell in den kleinen Lebensmittelladen, der im Erdgeschoss des Apartmenthauses lag. Unsere Wohnung befand sich gleich über diesem und einem Chinarestaurant, was mehr als nur praktisch für die kurzen Wege war, die ich neuerdings zu gehen vermochte.

Nachdem ich mir ein paar Gemüsesorten, Salat, Brot und Orangensaft geholt hatte, stakste ich die zwei Stufen zur Eingangstür hoch. Während ich mit einer Hand die schwere Tüte hielt, sperrte ich mit der anderen die Tür auf. Obwohl sich meine Augen noch nicht an das schwache Licht im Hauseingangsbereich gewöhnt hatten, trat ich bereits ein paar Schritte ein.

Schneller, als ich es mich versah, stieß ich mit der rechten Schulter gegen etwas, was mir kurz die Luft nahm. Dabei fiel mir die Tüte mit meinen Einkäufen runter, deren aufklatschendes Geräusch mit einem Ächzen und wüsten Fluch begleitet wurde. Was beides nicht von mir kam, denn ich starrte frustriert und still auf meine Sachen auf dem Boden. Erst als ich »Entschuldigung« murmelte, im Geiste jemandem da oben dankte, da mein Saft nicht aufgeplatzt war, blickte ich hoch, um in ein hübsches Gesicht mit langen, sandfarbenen Haaren zu blicken.

Nun ja, mein Gegenüber hätte wirklich ein Hingucker sein können, doch das Mädchen hatte grimmig den Mund verzogen und die Augen funkelten auch nicht gerade einladend. *Reizend. Fehlt nur noch Dampf, der ihr aus den Ohren kommt,* dachte ich amüsiert, als sie mich im nächsten Moment ankeifte.

»Was bist du denn für ein Freak? Hast du keine Augen im Kopf! Du hättest mich fast mit deinen … deinen Sachen beworfen und eingesaut. Einfach unglaublich! Pass das nächste Mal auf, wo du hinlatschst. Aber passt wohl zu dir, wenn du dort oben bei diesem Emo wohnst.«

Okay, da hat wohl jemand ein schweres PMS-Syndrom.

Wie von der Tarantel gestochen, wirbelte sie herum, wodurch ihre glatten Haare um ihre Schultern flatterten, und marschierte aus dem Gebäude, bevor ich irgendeine Antwort formulieren konnte. Was auch besser war, denn sonst hätte ich etwas ebenso Unfreundliches zurückgeschossen.

Zähneknirschend sah ich über die Sache hinweg, konzentrierte mich statt auf diese Tusse lieber auf meine verstreuten Einkäufe, die ich mühsam aufhob. Was sich als nicht so leicht herausstellte, wie sich das anhörte. Gerade als ich mich nach dem Salat und dem Orangensaft bücken wollte, griff eine weitere Hand danach und kam mir somit zuvor.

»Hi, was ist los? Ich habe so ein Biest schreien gehört. Hattest du was damit zu tun?«, fragte mich meine Mitbewohnerin Lourdes, die mir half die Sachen in meine Tüten zu packen.

»Danke, alles gut. Frag mich nicht. Ich dachte, ich wurde von einem Chihuahua angegriffen, so wie sie mich angekläfft hat. Hab mir schon überlegt, wo ich ein Leckerli finden kann, um es nach ihr zu werfen, aber hab leider keines gefunden.«

Etwas verwirrt blickte ich auf das Gemüse in meiner Hand, das ich bereits vom Boden gefischt hatte, und zuckte die Schultern. »Vielleicht mag sie keine roten Paprika?«

Lourdes lächelte schwach. »Das war Kimy Kinsky. Sie wohnt ein Stockwerk über uns. Geh ihr besser aus dem Weg. Spart dir Nerven.«

»Keine Angst, wir werden keine besten Freundinnen. Ich habe in der kurzen Zeit, die ich mit ihr so nett verbracht habe, nicht das Bedürfnis verspürt, ihr meine dunkelsten Geheimnisse zu verraten oder ihre Haare flechten zu wollen. Heißt sie tatsächlich Kimy Kinsky? Oder hat sie sich den Namen selbst verpasst, um Mitleid zu erregen?«

Lourdes lächelte breiter. »Nein, der ist echt. Ihre Eltern haben entweder Humor oder wollen ihre Tochter leicht bekleidet in billigen Filmchen sehen. Eine andere Erklärung gibt es nicht.«

»Autsch. Das war fast schon gemein«, entgegnete ich, konnte jedoch das Grinsen nicht zurückhalten.

Nun wurden ihre Augen vor gespieltem Entsetzen groß. »Vielleicht. Aber du hast keine Ahnung, was ich mit dem Täubchen die letzten beiden Semester durchstehen musste. Es gibt einen Grund, warum ich sie nur noch Biest oder Satan nenne.« Während Lourdes die restlichen Sachen vom Boden hochhob, erklärte sie weiter: »Vermutlich hat sie mitbekommen, dass du mit mir zusammenwohnst, und war deshalb so *freundlich*. Tut mir leid.«

Auf dem Weg rauf in die Wohnung zuckte ich die Schultern. »Ich komme schon damit klar. Kann es sein, dass sie diese reizende Person ist, die jedes Mal die Musikanlage über uns so laut aufdreht, dass einem das Trommelfell platzt, wenn deine Freunde kommen?«

»Richtig erkannt, Sherlock. Tja, sie ist ein richtiger Goldschatz.«

Schließlich hatten wir das Ende der Treppe und somit die Wohnung erreicht, die sich zum Glück gleich im ersten Stock befand. Ohne noch weiter zu plaudern, machte ich mir mein Abendessen aus Salat, Gemüse und Tofu, während Lourdes sich einen Gemüseshake zubereitete.

Mit dem Essen in Händen wollte ich mich gerade in mein Zimmer verkriechen, bevor Lourdes singenden Freunde kamen, doch sie hielt mich kurz zurück. Wie immer fragte Lourdes, ob ich mich ihnen anschließen wollte, wenngleich sie die Antwort bereits kannte. Es war nämlich die Gleiche wie die letzten zwei Wochen, in denen mich Lourdes gefragt, aber nie bedrängt hatte. Obwohl ich mich gut mit ihr verstand, wollte ich dennoch die meiste Zeit alleine verbringen und nicht mit einem Haufen Fremder, die mich vielleicht komisch anguckten. In deren Augen womöglich Mitleid aufglomm. Nun lag wie immer keine Wertung in Lourdes' Augen, als ich dankend ablehnte – bloß Verständnis.

Nach außen hin wirkte Lourdes schnell etwas rau mit ihrem gepiercten Nasenloch, dem Tattoo, das sich bunt schillernd über ihre rechte Schulter bis zum Unterarm zog, und den blau gefärbten, langen Haaren, die mit violetten Strähnen durchzogen waren. Außerdem redete sie nicht viel. Nicht, weil sie nicht wollte, aber das, was sie sagte, reichte einfach aus, als bedachte sie jedes Wort.

Sie war jemand, auf den man sich verlassen konnte, der zu einem stand, wenn einem das Leben nicht so leicht von der Hand ging. Anders als andere, die mich enttäuscht hatten. Nicht nur Freunde, auch Verwandte, wie zum Beispiel meine Cousine. Dennoch drängte Lourdes mich nie und genau deswegen ergänzten wir uns so perfekt.

Wie auf das Stichwort piepte mein Handy und zeigte erneut die Nummer meiner besagten Cousine an. Seit ich in San Francisco war, rief sie ständig an, wollte mit mir reden und wiedergutmachen, was sie die Monate zuvor versäumt hatte. Nach dem Unfall hätte ich sie gebraucht, nicht nur am Telefon, sondern bei mir. Aber sie war nur ein einziges Mal gekommen, um mich zu besuchen. Als Ausrede diente ihr, nicht in die Stadt kommen zu wollen, um dort nicht ihrem Dad oder ihrer Stiefmutter über den Weg zu laufen. Doch das war mir egal. Sie hatte mich hängen lassen und nun würde ich es ihr nicht so leichtmachen, sich wieder in mein Leben zu stehlen.

Mit dem Essen ließ ich mich auf mein Bett sinken und dachte daran, wie das alles eigentlich gekommen war, hier in einer fremden Stadt zu landen. Zusammen mit Lourdes, die ich zuvor so lange nicht mehr gesehen hatte.

Ava - im Frühsommer zuvor

Schnell hastete ich nach Hause und schob den Kloß immer weiter und weiter den Hals hinunter. Dabei biss ich so fest auf meine Lippen, bis ich bereits einen eisernen Geschmack im Mund spüren konnte. Ich wollte nicht glauben, was heute passiert war, und dabei war das noch nicht einmal das Schlimmste gewesen. Seit Wochen hatte es Stephanie, meine ehemals beste Freundin Steph, auf mich abgesehen. Der heutige Tag setzte dem Ganzen eines drauf – und das vor der gesamten Schule.

Mit Schwung stolperte ich durch die Haustüre und biss mir auf die Zunge, da die Tür gegen die Wand krachte. *Verdammt, hoffentlich ist Mum nicht zu Hause.*

»Hallo, wer ist da? Ava? Aston? Seid ihr das?«, rief sie von der Küche aus. Mist, so viel zu meinem Wunschdenken.

»Ja, ich bin's Mum. Tut mir leid, der Wind hat die Tür zu heftig aufgestoßen.«

Rasch – für meine Verhältnisse zumindest – schlüpfte ich aus den Schuhen und steuerte zielgerichtet auf die Treppe zu, die nach oben führte. In mein

Zimmer, in meine Höhle, in meinen sicheren Hafen. Doch Mum hatte andere Pläne und erschien am Treppenabsatz, als ich noch nicht einmal die Hälfte der Stufen bewältigt hatte.

»Was ist denn mit dir passiert«, keuchte Mum und als ich mich umdrehte, hatte sie die Hand auf ihre Brust gelegt. Ein Bild der Verwirrung.

»Hab mich beim Essen angekleckert. Nichts weiter.«

Mein Zimmer, mein Zimmer, nur noch ein paar Stufen, redete ich mir gut zu, meine Mutter wollte jedoch nicht lockerlassen.

»Und bist dabei kopfüber in dein Essen gefallen?«, fragte Mum strenger und ich sah, wie sich die Hand in ihrer hellrosanen Bluse verkrampfte. »Waren das wieder die Leute aus deiner Schule? Soll ich den Direktor anrufen? Das kann doch so nicht weitergehen.«

»Nein, Mum, bitte. Lass es, ich komme schon klar, danke.«

Sie sah nicht überzeugt aus, was ich verstehen konnte, da ich ein trostloses Bild abgeben musste. Mein Shirt und meine Haare waren mit roter Spaghetti Sauce bekleckert und ich hatte den bösen Verdacht, in meinen Haaren oder am Rücken sogar Nudeln zu finden.

»Bitte Mum, lass es gut sein. Ich brauche nur etwas Ruhe«, flehte ich ein weiteres Mal, was ihre stoische Miene eine Spur erweichte.

»Na schön, das eine Mal lasse ich es denen noch durchgehen. Sollte wieder etwas vorfallen, bin ich in deiner Schule. Damit du es weißt.«

Folgsam nickte ich. Was mir nicht schwerfiel, da nur noch eine Woche Schule war. Nur eine einzige Woche, in der ich diese Martyrien über mich ergehen lassen musste, und das, was heute passiert war, war nur ein Teil des großen Ganzen. Seit jener Nacht hassten mich die Geschwister von Sam – nein, wahrscheinlich die ganze Familie. Sogar einige aus meiner Schule, die mit ihm oder den Geschwistern befreundet waren, hassten mich jetzt, und sie machten kein Geheimnis daraus. Jeder gab mir die Schuld, wie ich mir selbst.

Trotzdem tat es viel mehr weh, das alles, die Schuldgefühle und den Hass, von anderen zu hören, auf ihren Mienen zu lesen und zu wissen: *Ja, ihr habt Recht.* Wenn das noch nicht reichte, halfen sie mit anderen Mitteln nach. Einige Male war zum Beispiel unser Garagentor mit eindeutigen Schriftzügen verunstaltet gewesen, genauso wie mein Spind in der Schule. Zum Glück half mir mein Bruder jedes Mal beim Abdecken mit Farbe, was wir meist schweigend hinter uns brachten. Nun ja, ich mehr schlecht als recht, aber Aston war dabei jedes Mal ziemlich flott. Dabei waren ›Hau ab‹, ›Mörderin‹, ›Freak‹ oder ›Schlampe‹ noch das Netteste, was ich bisher gelesen hatte.

Daher nein, ich würde die Schule oder die Leute darin nicht vermissen, wenn die High-School endlich hinter mir lag, denn somit würde auch dieser Terror aufhören. Die Frage war nur, ob es im Herbst im gleichen Ton weitergehen würde. Immerhin konnte ich davon ausgehen, einige von ihnen an der gleiche Uni hier in der Stadt zu sehen.

Ich hatte in den letzten Wochen mit niemanden meine Pläne besprochen, da ich meist abseits saß, um nicht gemobbt zu werden oder mit niemandem reden zu müssen. Die einen hassten mich, die anderen sahen mich mitleidig an, und jene, die noch immer meine Freunde hatten sein wollen, um mir beizustehen, waren bald von mir vergrault worden. Ich war einfach nicht mehr gesellschaftskompatibel und je eher das die anderen bemerkten, desto leichter für sie und für mich.

Schwerfällig schleppte ich mich die letzte Stufe hoch, den schweren Rucksack noch über den Schultern, und sonnte mich bereits in der glückseligen Einsamkeit.

Mum hielt mich noch einmal auf. »Ava?«

»Ja, Mum?«, fragte ich zurück und fühlte mich genervt, weil sie nicht einfach die Frage stellte, anstatt vorher meinen Namen als Frage zu formulieren. Wo war der Sinn dabei? Mein Blick fiel durch die Sprossen des Treppengeländers auf Mum, die auf ihre Armbanduhr sah.

»Heute ist doch Donnerstag. Solltest du dich nicht auf den Weg zu Dr. Bennett machen?«

Ach ja, mein lieber Therapeut, der mich mit diesem verständnisvollen, leichten Lächeln ansah und sich jedes Wort, jede Silbe aus meinem Mund notierte, obwohl ich fast nichts sagte. Schon gar nicht über meine Gefühle oder Dinge, die in mir vorgingen. Trotzdem behauptete er, mich verstehen zu können, was so was von verkehrt war, denn niemand konnte mich oder das, was ich durchmachte, *verstehen*. Ich verstand es ja nicht einmal selbst. Außerdem versprach er mir, es würde mit der Zeit besser werden. Er war der Meinung, dass alles irgendwann heilte, und so würde es auch bei mir sein. *Von wegen*. Ich war kaputt, und das in mehr als nur einer Hinsicht.

»Fühl mich nicht so gut, ich lege mich ins Bett«, antwortete ich kurzangebunden und in einem Tonfall, aus dem sie hoffentlich heraushören konnte, dass ich darüber nicht diskutieren würde.

In meinem Zimmer angelangt, knallte ich die Tür hinter mir zu und sperrte ab. Etwas, das ich früher nie getan hatte. Warum auch – ich war ein Sonnenschein gewesen, hatte keine Gründe gehabt, allein sein zu wollen.

Als ich mich umdrehte und mich mit dem Rücken gegen die Tür lehnte, fiel mein Blick direkt auf den Spiegel, der an die Schranktür gegenüber montiert war. Meine Haare waren wegen der Soße stellenweise rot, genauso wie mein hellblaues Top. Die Farbe würde ich nie mehr rausbekommen. Mit einem Kloß im Hals zog ich mir das Shirt über den Kopf und pfefferte es durch das Zimmer Richtung Wäschekorb. Klarerweise ging das Kleidungsstück meilenweit daneben und landete auf dem Boden neben meinem Bett. *Klassisch!*

Beinahe hätte ich deswegen laut aufgelacht – oder geheult. So genau war das nicht auszumachen. Ein paar Mal atmete ich tief ein und aus, um mich zu sammeln, und wischte die tränenfeuchte Spur von meinen Wangen. Ich würde damit aufhören, jetzt und sofort: Wegen dieser Aasgeier würde ich nicht mehr heulen. Ich hatte genügend andere Dinge, die ich beweinen konnte, nachts in meinem Bett, bevor mich die Träume hinfort nahmen, um mir kurze Zeit Frieden zu schenken. Solange, bis ich von Albträumen geweckt wurde, meist mit feuchten Augen. Tränen der Ungerechtigkeit, des Verlusts, Tränen der Scham und vor allem der Schuldgefühle, die mich immer begleiteten, mich erdrückten und aufzufressen drohten.

Unwillkürlich schüttelte ich den Kopf, um meine Gedanken freizubekommen, und widmete mich meinem nächsten Projekt: schmutziges Shirt. Ich bückte mich umständlich, um das Ding wieder hochzuheben, dabei sah ich aus dem Augenwinkel unter dem Bett eine Packung Haarfärbemittel. Ich holte es hervor und setzte mich auf die Bettkante.

Vor einem Jahr wollten meine ex-beste Freundin Stephanie und ich uns zu Halloween die Haare schwarz tönen, hatten aber erst zuhause bemerkt, eine permanente Farbe und nicht bloß eine Tönung erwischt zu haben. Mit meinen hellgrauen Augen hätten die schwarzen Haare einfach Bombe zum Halloweenkostüm für die Party einer Freundin ausgesehen. Aber eine permanente Farbe, die langsam rauswachsen musste? Meine Mum hätte einen Anfall bekommen. Wahrscheinlich würde sie auch heute noch ausrasten, doch das war mir inzwischen egal. Nachdenklich ließ ich die Packung in meinen Händen hin und her rollen, bis ich kurz entschlossen aufsprang und mich in mein angrenzendes Bad einsperrte.

Eine dreiviertel Stunde später hatte ich die Haare gefärbt und bürstete mit den Fingern durch die feuchten, dunklen Strähnen. Dabei fiel mein Blick wieder auf mein Spiegelbild. Durch die Feuchtigkeit war der dünne, dezente Eyelinerstrich, den ich am Morgen gesetzt hatte, verwischt und wirkte dadurch viel dicker und intensiver.

Kurz hielt ich in meiner Bewegung inne und betrachtete dieses fremde Mädchen im Spiegel. Verschwunden waren der sanfte Ausdruck, das freundliche helle Braun und das schlichte Make-up, um nicht aufzufallen. Vor mir stand eine harte Person mit langen, schwarzen Haaren, stark schwarz geschminkten Augen zu einer hellen Augenfarbe. Ich fühlte mich wie in einer Rolle. Nein, falsch, es sah aus wie eine Maske – eine Maske, die ich tragen konnte, die mir Schutz bot und die ich nicht mehr absetzen wollte. Plötzlich fühlte ich mich wieder stark und nicht so armselig und verloren wie seit dem Unfall.

Noch immer in Gedanken über diese neue Möglichkeit, läutete mein Handy. Seit Monaten rief mich außer meiner Familie niemand mehr an, dennoch hob ich wie im Reflex ab, ohne nachzusehen, wem die Nummer gehörte.

»Hallo?«, fragte ich, was zwar nicht sehr originell war, aber in diesem einen Wort lag mehr Schärfe, als je über meine Lippen gekommen war. Während ich wartete, sah ich weiterhin das Gesicht dieser fremden Person im Spiegel an. Feuchtigkeit tropfte langsam von meinen Haaren, auf den BH und das Dekolleté, was mich nicht kümmerte. Nicht nur mein Aussehen hatte sich verändert, sondern auch meine Haltung, mein Auftreten. Und wie ich gerade festgestellt hatte, auch mein Reden.

»Ava?«, ertönte eine weibliche Stimme aus dem Handy.

Okay, meine Anruferin war ebenfalls nicht die Originellste. Früher hätte ich wohl lächelnd drauflos gequatscht, höflich gefragt, wer da wäre und normal geredet. Aber ich war nicht mehr normal, und langsam wurde ich argwöhnisch. Wollte mir jemand einen Streich spielen – schon wieder? Wer sonst aus meinem früheren Leben hatte meine Handynummer und fragte, ob ich es wäre, als würde ich etwas Idiotisches antworten?

Da ich in den letzten Monaten gelernt hatte, Angriff war die beste Verteidigung, tat ich genau das und meine neue Maske half mir dabei, hart zu klingen, um die Wort zu unterstreichen. »Hör mal zu. Ich habe keine Ahnung, wer da dran ist, und, ehrlich gesagt, keine Lust, das herauszufinden. Also lach dich jetzt einfach schlapp oder erzähl deinen Freunden von deiner tollen Verarsche. Lass. Mich. In. Ruhe!«

Ich hatte bereits fast das Gespräch beendet, als die Stimme hastig dazwischenrief: »Nein, warte! Ich bin es, Lourdes. Ganz ruhig, du musst nicht deine Klingen wetzen.«

Lourdes, Lourdes, fragte ich mich selbst, bis es plötzlich in meinen Gehirnwindungen ›Klick‹ machte und ich fast tonlos »Lourdes!«, ausstieß, was mit einem »Ja, genau, Lourdes«, quittiert wurde.

Ich hatte Lourdes seit mehr als einem Jahr nicht mehr gehört, geschweige denn gesehen. Sie war vor zwei Jahren nach der High-School an die Uni in San Francisco gegangen, statt in Reno zu studieren, wie es viele taten. Auch ich hatte vor zu bleiben und an diese Uni zu gehen. Wobei ich keinen blassen Schimmer davon hatte, was ich studieren wollte.

Lourdes war mit Jordan, dem älteren Bruder von Sam, zusammen gewesen und dabei hatten wir uns angefreundet. Aber als sie auf die Uni gegangen war, hatte sie nicht nur mit Jordan Schluss gemacht, sondern ich hatte schließlich immer weniger von ihr gehört, obwohl wir zu Beginn noch öfter telefoniert hatten. Nach meinem Unfall war der Kontakt vollkommen abgerissen, was zum größten Teil meine Schuld gewesen war.

Wusste sie darüber Bescheid oder warum rief sie an? Die zweite Frage stellte ich ihr laut.

»Ich weiß, wir haben lange nicht telefoniert, was mir leidtut, aber ich war froh, von zuhause weg zu sein. Doch mit dir habe ich mich gut verstanden, daher wollte ich dich fragen, ob du Lust hättest, hier zu studieren? Meine Freundin hat abgebrochen. Wir haben uns eine Wohnung geteilt und nun hätte ich ein freies Zimmer. Lust darauf?«

Sprachlos. Ich war tatsächlich vollkommen sprachlos und musste mich auf den Wannenrand setzen. So sehr verwirrte mich ihre Frage, obgleich sich auch sofort Freude empor schlängelte. Ich musste vielleicht gar nicht in Reno studieren, wo mich alle kannten, mit dem Finger auf mich zeigten. Bei ihr könnte ich ein neues Leben beginnen, eine neue Rolle spielen.

Sofort kamen Zweifel auf und dämpften meine Euphorie.

»Wie bist du auf mich gekommen? Du wirst doch sicherlich viele Freunde haben. Warum fragst du ausgerechnet mich? Was soll ich dort? Ich dachte immer, dass ich in Reno studieren werde wie meine Eltern, wie später Aston«, gab ich etwas lahm zu bedenken, wobei meine Stimme zum Ende hin immer leiser wurde.

Am anderen Ende der Leitung hörte ich ein tiefes Einatmen, als würde das Nächste, was sie mir zu sagen hatte, nicht leicht für sie sein.

»Weißt du, es hat damals einen Grund gegeben, warum ich nach San Francisco geflohen bin. Ich hab dir das nie erzählt und will es auch jetzt nicht tun, aber ich wusste, dass ich von dort weg muss, um mir hier etwas Neues aufzubauen. Weg von den Leuten dort, weg von Jordans Familie. Ich weiß zwar nicht, was du durchmachst, aber ich kann mir vorstellen, dass sie nicht nett zu dir sind. Vielleicht würde es dir guttun, für eine Weile dort wegzukommen. Denk darüber nach.«

»Danke, das ist wohl die Unterreibung des Jahrhunderts. Vielleicht hast du Recht«, überlegte ich laut und fühlte mich noch immer verdattert, über ihr Angebot, wie über ihre Andeutungen. Sie hatte keine Ahnung und trotzdem wollte sie mir helfen. Noch einmal bedankte ich mich bei ihr, bis mein Gedankenkarussell sich wieder verlangsamte.

»Ich werde darüber nachdenken, wirklich. Danke. Aber ... wieso? Wie ...«, stotterte ich und konnte einfach keine richtige Frage formulieren.

Als spürte sie es, gab sie mir die Auskunft, nach der zu fragen ich nicht im Stande war. »Aston hat mich angerufen.«

***

Nach dem Telefonat ging ich zurück in mein Zimmer, saß einige Zeit auf der Bettkante und starrte verwirrt und gerührt auf mein Handy. Ein wenig war es zwar ein Davonlaufen vor Problemen – das war mir bewusst – anderseits war das Angebot zu verlockend, um es abzulehnen. Ich musste das auch meinen Eltern begreiflich machen. Aston würde klarerweise hinter mir stehen. Er war schließlich derjenige, der das alles eingefädelt hatte. Mein kleiner, verträumter Bruder, der immer so tat, als bekäme er nichts rund um sich und von der Welt mit. Obwohl meine Kehle erneut etwas eng wurde, schluckte ich die Tränen der Rührung vehement hinunter und lächelte. Statt Skateboarden und Computerspiele hatte Aston doch einiges mehr im Kopf, nur zeigte er das ungern. *Kleines Äffchen!*

Aston war schon seit langer Zeit mein kleiner Affe. Aber so nannte ich ihn heute nur noch, wenn wir unter uns waren. Schon seit damals, als wir einen Sommer lang heimlich die *Planet der Affen*-Filmreihe aus den Siebzigern gemeinsam gesehen hatten und er gar nicht mehr aufhören wollte, davon zu reden. Obwohl ich ihn böse angeguckt hatte, wann er davon zu plappern begann und unsere Eltern in der Nähe waren. Sie hatten uns die Filme ausdrücklich verboten, weil wir in ihren Augen dafür zu klein gewesen waren. Aber ehrlich? Gerade das, was verboten wird, ist doch für Kinder am interessantesten.

Also tat ich, was meine Pflicht als große Schwester war. Ich hatte einen Weg gefunden, die Filme heimlich aufzutreiben. Es konnte ja keiner ahnen, dass Aston so begeistert auf sie reagieren, und danach ständig darüber quatschen wollen würde. Die Filme selbst waren für mich enttäuschend und gewöhnungsbedürftig gewesen. Eher lächerlich mit den total unechten Affenkostümen. Immerhin hatte sich der Spitzname *Äffchen* bis heute gehalten und zauberte uns immer noch ein Lächeln auf die Lippen. Selbst jetzt, nachdem sich alles andere geändert hatte.

Wenn man vom Teufel spricht – soeben hörte ich Aston die Treppen raufpoltern und mit Mum reden. Wobei er ihre Fragen eher rufend beantwortete, weil er es wohl eilig hatte, in sein Zimmer zu kommen. Wahrscheinlich, um beim nächsten Online-Computerturnier irgendeines gerade angesagten Ego-Shooters mitzuspielen. Dazu musste er an meiner Tür vorbei. Schnell hievte ich mich hoch und humpelte in den Flur hinaus, genau in dem Moment, als er vorbeigehen wollte. Mit großen Augen sah Aston mich an, lächelte dann aber, nachdem er meine Tränen – eindeutige Freudentränen – sah. Schneller, als er blinzeln konnte, warf ich mich auf meinen jüngeren Bruder und umarmte ihn fest.

»Danke, danke. Mein kleines Äffchen«, flüsterte ich und küsste sein ganzes Gesicht, obwohl er sich lachend versuchte zu befreien.

»Iiih, hör auf damit, bevor ich noch voller Ava-Sabber bin. Ist ja schon gut. Habe ich gern gemacht.«

4. *Kapitel*

Snow Patrol – »Chasing Cars«

Nat – Gegenwart

Am Montagmorgen schulterte ich meinen Rucksack, stieg aus dem Bus und kletterte die Stufen hinunter, wodurch ich direkt vor der Uni zum Stehen kam, auf den Eingang blickend. Hinter mir drängten weitere Leute aus dem Fahrzeug, links und rechts von mir ergoss sich ein Strom aus Studenten, die in die eine oder andere Richtung hetzten, als würde ihr Leben davon abhängen, pünktlich in den ersten Kurs zu kommen. Vor zwei Jahren war ich genauso gewesen. Beinahe der Erste im Kurs für angewandte Betriebswirtschaft zu meiner allerersten Vorlesung. Wie aufregend und wie wichtig mir die Ausbildung damals erschienen war.

Kurz schnaubte ich und schüttelte, mich selbst belächelnd, den Kopf. Obwohl die Krankheit und die Drogenprobleme meiner Mum mir schon immer zu schaffen gemacht hatten, war ich ein Idealist gewesen. Hatte versucht, die positiven Dinge zu sehen und mich nicht von der Verantwortung und den Sorgen niederdrücken zu lassen. Nachdem sie gestorben und fort war, waren diese Gefühle nicht verschwunden, ich fühlte mich nicht leichter, sondern war einfach nur in ein dunkles Loch gefallen. Alles um mich herum hatte an Bedeutung verloren. Die Menschen strahlten für mich weniger, waren von einem grauen Schleier überzogen. Ich fühlte mich sprichwörtlich wie begraben, nicht mehr richtig lebendig.

Daher blieb ich am Rand des Gehsteigs der Bushaltestelle mit dem Rücken zur Straße stehen, machte sogar einen Schritt an die Kante, als ich ein heranfahrendes Geräusch hörte und die Luft anhielt. Mit quietschenden Reifen kam der nächste Bus nur wenige Zentimeter hinter mir zum Stehen, was ich durch die Windböe spüren konnte, und die Gefahr schickte einen lebendigen Funken, einen Adrenalinschub durch meine Venen. Endlich gestattete ich mir wieder zu atmen, tief und fest.

Im selben Moment öffnete der Busfahrer die Tür und brüllte: »Hey, du Arschloch. Geh von der beschissenen Kante weg. Ich hätte dich beinahe über den Haufen gefahren. Wichser!«

»Danke«, meinte ich nur und ging endlich weiter.

Ich reihte mich zwischen die Meute aus Studenten voller farbenfroher Klamotten, die sich gegenseitig etwas zuriefen, sich auf die Schulter klopften, neben mir lachten und laut redeten, während ich durch sie hindurchsah und mich schweigend mit der drängenden Menge durch die Türen, die Gänge und in den Vorlesungssaal treiben ließ.

Eine Zeit lang hatte ich nach dem richtigen Wort gesucht, wie ich mich die meiste Zeit fühlte, bis mir die richtige Beschreibung entgegengesprungen war: *Betäubt!* Ein Gefühl, schwebend wie unter Wasser. Nur diese kurzen Momente bei Gefahr, vor dem Abgrund, wenn blitzartig für einige Sekunden Adrenalin durch meine Venen floss, spürte ich wieder etwas Anderes als dieses taube Dahinsiechen. Die Dauer dessen war immer viel zu kurz.

Wie auch jetzt, da ich längst wieder gefühllos auf meinem Platz beim Eingang, am Rand in der dritten Reihe des Saals saß und ohne nachzudenken das Skript sowie Stifte hervorholte. In gleicher Weise vergingen die nächsten Vorlesungen, ein Strudel aus unbedeutendem Stoff. Doch plötzlich, in der letzten Stunde vor der Mittagszeit, erweckte etwas meine Aufmerksamkeit.

Was nicht an einer grellen Farbe oder an einer lauten Stimme lag, wie jene, die durch den Raum hallten, sondern an der Bewegung. An diesem leichten Humpeln und dem langsamen Hochsteigen der Stufe, um zu einem Stuhl in der ersten Reihe zu gelangen.

Vorsichtig hob ich den Blick, genau in dem Moment, als sich das Mädchen, das ich vor zwei Tagen bei der Laufstrecke gesehen hatte, mit dem Blick auf den Boden setzte. Dabei hätte ich fast gelächelt, da unter all den vielen Sinneseindrücken gerade jemand meine Aufmerksamkeit erregte, der komplett schwarz gekleidet war. Der einzige kleine Farbklecks waren ihre rot-schwarz karierten Chucks.

Ich ließ meinen Blick auf der Person zwei Reihen vor mir ruhen. Dieser glitt dabei über die schwarzen, dicken Strümpfe, den knielangen Rock, Shirt und die beinahe hüftlangen, offenen Haare – alles schwarz. Doch ich hatte ihre Augen gesehen, und die waren von einem hellen Grauton.

Ich runzelte die Stirn. Über sie und darüber, mir überhaupt Gedanken zu machen. Noch während ich sie anstarrte, bewegte sie sich und nahm plötzlich eine angespannte Haltung an. Zuerst dachte ich, sie hätte meinen Blick gespürt, doch dann bewegte sie leicht ihren Kopf und ich sah in die gleiche Richtung – zu einer anderen Studentin, die durch die Tür herein stolzierte, als wäre sie Paris Hilton und ginge über den Red Carpet. Anstatt Bücher oder einem Rucksack hielt sie ein kleines Täschchen in der Hand und hatte den anderen Arm bei einem Typen eingehakt, der nicht minder großkotzig durch die Gegend spazierte. Obwohl sie hellbraune Haare hatte, statt blonde, waren die beiden für mich auf der Stelle Barbie und Ken.

Sie suchten sich einen Platz in der Mitte des Saals, wo bereits einige andere ihrer Clique saßen, da sie sich abklatschten und laut zu tratschen begannen, damit es alle hören konnten. Mich hätte diese Meute nicht interessiert, aber das Mädchen vom Sportplatz wirkte so angespannt, wodurch ich nicht anders konnte, als ihren Blicken zu folgen. Dabei wurde ich Zeuge einer ausgewachsenen Knutscherei und eines Gesabbers, was man oft nicht mal im bezahlten Fernsehen zu sehen bekam. Barbie saß rittlings auf seinem Schoß – keine Ahnung, wie sie das bei den engen Sitzen und dem kurzen Rock hinbekam – und leckte sein Gesicht von oben bis unten ab.

Von wegen prüdes Amerika! Das musste ich mir dann doch nicht geben und sah zurück in die erste Reihe. In der Zwischenzeit hatte das Mädchen ihren Blick auf einen Block vor sich gesenkt und die langen Haare nach vorne gelegt. *Vielleicht ist das ihr Exfreund?*, ging es mir durch den Kopf.

Endlich traf der Professor ein, was den Softporno im Saal zum Glück beendete, bevor es zu einer richtigen Sauerei kommen konnte.

Nach ein paar kurzen Späßen zur Auflockerung begann er eine Anwesenheitsliste vorzulesen. Kurz bevor mein Name an der Reihe war, rief er »Ava Shaw« auf und das schwarz gekleidete Mädchen meldete sich. Obwohl ich mir bei dem Namen Ava eher eine hübsche Blondine vorstellen würde, passte er dennoch irgendwie zu ihr. So wie die roten Chucks und die hellgrauen Augen zu dem Gesamtbild, das irgendwie zusammenpasste, aber gleichzeitig auch nicht. Hübsch war sie allemal, nur eben auf die dunkle, nachdenkliche Art. Was ich hundert Mal einer adrett gekleideten, hellen Barbie vorzog. Ich konnte mir keinen Reim auf Ava machen und hätte fast meinen eigenen Namen verpasst, als ich etwas lauter »Nathan Steger« hörte. Wobei der Professor meinen Namen richtig mit ›ae‹ aussprach. Ungerührt meldete ich mich und rutschte anschließend wieder bequemer auf meinem Sessel zurück.

Das war – wenngleich banal – definitiv einer der Vorteile in Amerika, wenn die Eltern auf die irrwitzige Idee kamen, ihren österreichischen Kindern einen englischstämmigen Namen zu verpassen. Wie oft hatten mich die Kinder oder sogar Lehrer früher *Natan* gerufen, also mit einem normalen ›a‹. Auch Sarah konnte als Kleinkind nicht meinen Namen aussprechen und nannte mich für eine Zeit lang immer nur *Nati*. Was sie sich zum Glück wieder abgewöhnt hatte. Über die Namensproblematik musste ich mir hier keine Gedanken mehr machen. Doch dafür hatte ich andere Probleme, die ich nicht so leicht würde abschütteln können.

***

Nach der Stunde eilten die Studenten aus dem Saal, als hätte jemand Feuer gerufen, und ich reihte mich in den Strom der Studenten ein, die nach draußen trieben. Ava trottete hinter ihnen her, wie ich aus dem Augenwinkel erkannt hatte, und ich weiß nicht, was mich ritt, aber ich schlenderte ebenfalls langsamer aus der Tür und später durch den Gang, um sie weiterhin zu beobachten. Was nicht weiter auffiel, da ich mein verletztes Bein seit dem Unfall etwas nachschleifte und sowieso nicht schnell gehen konnte.

Im selben Augenblick rannte Barbie, rascher als ich es mit diesen hochhackigen Dingern – die man auch Schuhe nannte für möglich gehalten hatte, an mir vorbei. Im Schlepptau ihren Sabber-Freund. Dabei sah ich, wie sie absichtlich einen Schwenk nach rechts machte und mit ihrer Schulter Ava rempelte, die erschrocken hochsah und ins Straucheln geriet. *Was zum Teufel ...?*

Bevor ich wusste, was ich tat, hatte ich die Fäuste geballt und war schnell näher getreten. Ich war kein Typ, der Schlägereien anzettelte, eine Frau würde ich schon gar nicht anrühren. Aber wenn Ava mit dieser Barbie eine Konfrontation einging, wäre ich ganz klar auf ihrer Seite. Anscheinend war ein Teil meines alten Ichs, der sich gegen Ungerechtigkeiten auflehnte und helfen wollte, noch immer da. Irgendwo tief in mir vergraben.

Doch entgegen aller Erwartung schwieg Ava, schob bloß ihren Rucksack höher, um in ihre Tasche zu greifen und ein bimmelndes Handy hervorzuholen. Während sie ranging, blieb ihr Blick an Barbie und Ken haften, die einige Schritte weiter auf der linken Wand des Flurs lehnten und wieder mit dem Gesabber angefangen hatten. Das war mein Zeichen, doch nicht gebraucht zu werden und in Richtung Aula zu verschwinden.

Ava – Gegenwart

Ausgerechnet Kimy Kinksy saß im selben Kurs wie ich, dröhnte es in meinem Schädel wieder und wieder. Kimy war mir nach dem Einkaufstüten-Fiasko vor wenigen Tagen ein weiteres Mal im Treppenhaus begegnet, wobei sie mich grimmig angeguckt hatte, als hätte sie saure Milch getrunken. Oder als wäre ich ein schimmeliger Pilz, was auch nicht besser war. Irgendwie hatte sie mich auf dem Kieker und ich wusste nicht warum. Lag es wirklich nur daran, weil ich mit Lourdes zusammenwohnte und die beiden sich nicht ausstehen konnten? Nach den Blicken zu urteilen – eindeutig.

Außerdem war Kimy nicht das einzige bekannte Gesicht in der letzten Vorlesung gewesen. Obwohl ich versucht hatte, mir nichts anmerken zu lassen, hatte ich einige Reihen hinter mir den attraktiven Typen vom Sportplatz gesehen. Der, vor dem ich beinahe so glorreich wie Don Quijote der Länge nach hingeknallt wäre. Zwar hoffte ich, von ihm nicht wiedererkannt worden zu sein, das bohrende Gefühl im Nacken, von hinten beobachtet zu werden, ließ diesen Wunsch wie Seifenblasen in sich zerplatzen.

Gedankenverloren ging ich weiter, als ich plötzlich einen heftigen Stoß gegen die linke Schulter bekam, der mich gefährlich stolpern ließ. *Nicht schon wieder – verdammtes Bein!*

Schmerz drückte kurz, aber heftig auf meinen rechten Oberschenkel, während ich mich ohne zu stürzen gerade noch abfing. Er verebbte schnell wieder, da die Erleichterung um einiges größer war. Irritiert wanderte mein Blick auf der Suche nach dem Übeltäter umher und blieb an dem *Biest* haften. Der Name passte wirklich perfekt. Kimy lehnte einige Schritte weiter an der Wand. Dabei grinste sie höhnisch zu mir rüber, bevor sie sich ihrem Spielgefährten widmete, als würde sie das alles nichts angehen. Meine Finger wollten sich zur Faust ballen, dort rüber marschieren und ihr eine scheuern.

Ja klar, ich und eine Schlägerei. Stattdessen fischte ich mein penetrant klingelndes Handy hervor und ging ran, da ich Lourdes Namen stehen sah, anstatt dem meiner Cousine. »Lust auf ungesundes Mensa-Futter?«

Bei dem Gedanken an frittierte Speisen, die mich fünf Jahre früher ins Grab brachten, hatte ich mir heute Morgen Gemüsesticks und Hummus in einer Tupperdose eingepackt. Dennoch könnten wir uns dort treffen und gemeinsam abhängen. Mein Blick glitt erneut zu Kimy und ihrem Typen, wie sie sich mit schmatzenden Geräuschen gegenseitig auffraßen, was jegliches Hungergefühl erstickte.

Bekommen die überhaupt noch genügend Luft dabei oder haben die Kiemen?

»Ava?«, ertönte es aus dem Handy.

Ich weiß nicht, was mich in diesem Moment ritt – vermutlich der Zorn, weil sie mich schon zwei Mal über den Haufen gelaufen hatte –, denn ich antwortete genervt und dabei so laut, wodurch mich die Umstehenden hören konnten: »Tut mir leid, kann nicht, mir ist übel. Ich muss mir nur kurz die Augen ausstechen und mein Hirn anzünden, um diese gespeicherten Bilder von meiner Festplatte zu löschen. Daher leider nein, der Appetit ist mir gerade eben gründlich vergangen.«

»Was ist passiert?«, fragte Lourdes sofort und obwohl ich wusste, es war besser lieber die Klappe zu halten, sprudelte es aus mir raus wie bei einem gebrochenen Damm. »Ach, so ein Kampf mit sabbernden Zungen. Wobei ich noch nicht weiß, wer gewinnt oder wer dabei erwürgt wird. Da versucht nur gerade jemand vor mir im Gang einen anderen zu inhalieren. Wusstest du eigentlich, wie weit man dem Gegenüber die Zunge reinschieben kann? Faszinierend. Ich fühle mich wie bei *Jackass*. Ich sage nur: *Kinder – das ist gefährlich und nicht fürs Nachahmen zuhause geeignet.*«

Neben mir ertönten ein paar Lacher, da ich anscheinend nicht die Einzige war, die sich von den beiden gestört fühlte. Ich hätte mich von meiner Wut nicht hinreißen lassen, sondern weiterhin die *Eisprinzessin* bleiben sollen, wie ich einige Male gegen Ende der High-School genannt worden war. Sofort überkam mich ein schlechtes Gewissen, und ich bereute meine Worte. Das tat ich noch viel stärker, als Kimy aka *Biest* sich wirbelnd umdrehte und mich mit zusammengekniffenen Augen fixierte.

»Wie war das?«

Schau mal einer an, vielleicht würde ich doch noch ›Schlägerei‹ auf meiner Bucket-Liste abhaken können, wenngleich ich das nie vorgehabt hatte. In diesem Moment erinnerte sie mich so sehr an meine ex-beste Freundin Steph, an ihren Terror und ihre Gemeinheiten, wodurch sich meine Fingernägel schmerzhaft in meinen Handballen kratzten und die Wunden aufrissen. Schlagartig war ich an das Ende meiner High-School-Zeit zurückerinnert worden, in der ich am Schluss begriffen hatte, dass Angriff die beste Verteidigung war. Genau das wollte ich auch jetzt tun. Nicht körperlich, sondern einen verbalen Konter ausstoßen.

Gerade legte ich mir eine patzige Antwort zurecht, da streifte mich etwas am Arm. Sanft und sachte. Jemand stand plötzlich neben mir, doch ich erschrak nicht, sondern fühlte Wärme in mir hochkommen. Denn auf der Stelle erkannte ich diese Stimme, sowie den Akzent, als er ganz unschuldig statt mir erwiderte: »Ach nichts, sie hat bloß mit mir geredet. Das nenne ich mal einen fetten Korb, wenn ich sie zum Essen einlade und so eine Antwort bekomme. Ziemlich scheiße für das Selbstvertrauen, das kann ich dir versichern.«

Gutmütig zuckte Nathan – wie ich seit der Vorlesung wusste – mit den Schultern, und der Geruch von sauberer Wäsche und einem Hauch Rasierwasser schlüpfte in meine Nase. Unverwandt blickte er zu Kimy hinüber, was wie eine Herausforderung wirkte, seine Worte anzuzweifeln. Sie schien etwas verwirrt. Tja, mir ging es nicht anders.

Kimy fing sich jedoch rasch wieder und strich durch ihre sandfarbene Mähne, als sie uns musterte. »Ist das so?«

Ich öffnete den Mund, um ihr doch noch eine unfreundliche Antwort zu geben, dass ich mich von ihr nicht länger piesacken ließ und sie das nächste Mal besser achtgeben sollte, wo sie hinlief, anstatt mich ständig anzurempeln. Aber erneut war ich zu langsam.

»Absolut. Sieht so aus, als ob ich hier Pech habe. Echt schade drum, ich wäre wirklich gerne mit dir essen gegangen«, erwiderte Nathan locker und sah mich an.

Statt bloß zu starren, wie ich es eigentlich tun wollte, ignorierte ich die Hitze in meinen Wangen und lächelte eine Spur erhaben, um meiner Rolle als *herzlose Korbverteilerin* gerecht zu werden. Zumindest hoffte ich, es sah wie ein Lächeln aus und nicht wie eine undefinierbare Fratze. Aber es hatte so lange keinen Grund dazu gegeben, weshalb es sich nun merkwürdig anfühlte, die Mundwinkel zu heben. Einen Moment blieb sein Blick noch an mir haften, und dort, wo ich in seinen braunen Augen beim letzten Mal nur Schmerz hatte sehen können, erschien ein kleiner Funke Amüsement.

So schnell, wie das alles passiert war, ging es auch wieder vorbei, als er sich mit der Hand über Nacken und Haarstoppeln fuhr und schließlich mit einem kleinen Zwinkern davon marschierte. Was mir endgültig die Sprache verschlug, wie auch Kimy, die ihm ebenso erstaunt nachschaute, um kurz darauf mit ihrer Flamme abzuschwirren.

Das war … *interessant* gewesen. Warum hatte er mir geholfen? Er kannte mich nicht. Außerdem hatte er es geschafft, dass ich mir dabei nicht minder oder wie ein Krüppel vorgekommen war. Meine Mum war leider eine Meisterin darin. Er nicht – im Gegenteil.

Grübelnd begab ich mich hinkend zu meinem nächsten Kurs und rieb fast wie geistesabwesend mein Handgelenk. Eine Gänsehaut hatte sich auf meinen Armen gebildet und ich wusste nicht, was das alles zu bedeuten hatte.

Nat – Gegenwart

Seit der Szene im Flur vor einigen Tagen hatte ich Ava nicht mehr gesehen. Auch nicht Barbie und Ken, wobei mich bloß Letzteres freute. An diesem Nachmittag stand für mich Therapie auf dem Plan. Wie zuhause in Österreich, besuchte ich sie hier regelmäßig, um den Schmerz im Bein einzudämmen, den ich bei starker Belastung oder beim Wetterumschwung spürte. Vielleicht würde mit der Zeit auch die Steifheit im Knie verschwinden.

Zwar hatte ich wenig Zuversicht und mir wäre es auch egal gewesen, da ich an dieser Misere selbst schuld war. Warum sollte ich auch versuchen mich besser zu fühlen, weniger Schmerzen zu haben, obwohl andere wegen mir gestorben oder verletzt worden waren? Meine Situation war nur gerecht. Doch Sarah würde das anders sehen und mir ganz schön in den Hintern treten. Das konnte sie sogar richtig gut, obwohl sie so klein war. Außerdem wollte ich sie nicht noch mehr beunruhigen, deshalb machte ich weiter – ihr zuliebe.

Mit Kelseys Hilfe hatte ich rasch eine Physiotherapeutin namens Anne in der Nähe gefunden. Anne war okay, zumindest nachdem ich ihr verklickert hatte, nicht der gesprächige Typ zu sein und ich lieber schweigend die Therapie über mich ergehen lassen wollte. Das hatte ich ihr gesagt, nachdem sie in der ersten Stunde nach einem zehnminütigen Redeschwall kurz Luft geholt hatte. Seitdem sah sie mich immer etwas pikiert an, während sie nach außen hin freundlich blieb. Ihren Gesprächsvorlieben nach zu urteilen, hätte sie vielleicht eher Friseurin oder Lehrerin werden sollen. Oder mit Kelsey zusammenwohnen – die beiden würden sich blendend verstehen.

Mürrisch wie immer, wenn ich zur Stunde musste, öffnete ich die weiße Eingangstür des Gebäudes, in der sich die Gemeinschaftspraxis befand. Licht flackerte mithilfe eines Bewegungsmelders klinisch weiß auf und beschien einen hellen Gang, der mit einem hellgrauen Teppich ausgelegt war. Sofort schlug mir der typische Geruch nach altem Turnsaal entgegen, gewürzt mit

Desinfektionsmittel und einem Hauch Chlor, da es im Erdgeschoss auch ein Schwimmbecken für Wassertherapien gab.

Bisher hatte ich zum Glück nur einmal das *Vergnügen* gehabt. Man fühlte sich dann doch etwas unmännlich, wenn man auf den Rücken gedreht lag und eine Frau einen durch das Wasser gleiten ließ. Gut, dass mich Johnny so nicht hatte sehen können. Ich war kein Macho, aber das war mir doch zu heftig, beziehungsweise die Sprüche zu blöd, die darauf unweigerlich folgen würden. Immerhin gab es gegen Ende auch noch Übungen im Wasser, die das Bein geschmeidiger und die Muskeln lockerer machen sollten. Das hatten sie trotz meiner Skepsis tatsächlich bewirkt. Dennoch, diese Erfahrung musste ich nicht unbedingt so schnell wiederholen.

Meine Hand drückte die Klinke zur Männergarderobe auf, gleichzeitig wurde die Tür daneben wild aufgerissen und eine wütend aussehende Ava stand plötzlich vor mir. Sie wirkte wie auf der Flucht. Ihre Wangen waren leicht gerötet und ihre fast hüftlangen, offenen Haare zerzaust, als hätte sie sich in großer Hast umgezogen. Rasch fing sie sich in ihrer Hektik ab und stemmte die Beine fest in den Boden, woraufhin sie zitternd zum Stehen kann. Dennoch hatte ich bereits nach ihrem Ellbogen gegriffen, um sie gegebenenfalls aufzufangen.

Als hätte sie sich an mir verbrannt, schüttelte sie meine Hand schnell wieder ab, obwohl die Wärme ihrer Haut auf meinen Fingerkuppen zurückblieb. Kurz wunderte ich mich, sie hier zu treffen, doch dann erinnerte ich mich daran, dass sie wie ich leicht humpelte, obwohl sie es besser verbergen konnte. Wenn man jedoch an so etwas Einschneidendem wie an einem schmerzenden Bein litt, bemerkte man diese Anzeichen bei anderen. Trotzdem war es überraschend, sie in der gleichen Praxis anzutreffen.

»Hallo. Tut mir leid. Habe ich dich erschreckt?«, fragte ich in die angespannte Stille hinein, in der ihr Duft nach süßer Blumenwiese meine Sinne berauschte.

»Hi. Alles … alles klar, kein Problem.«

Statt mich anzusehen, starrte sie Löcher in den Teppich, zupfte am Saum ihres Rockes, sichtlich unwohl, mit mir in dem ansonsten leeren Flur herumzustehen.

Okay, das war dann wohl alles, stellte ich nüchtern fest, da sie bereits weitergehen wollte. Um die Situation nicht noch peinlicher zu machen, drehte ich mich ebenfalls zur Garderobentür um, doch dann hielt sie mich zurück.

»Warte, Nathan. Richtig?«

»Ja. Schuldig im Sinne der Anklage.«

Wow, wo kam denn dieser Mist her? Ebenfalls irritiert von meinem Spruch kniff sie ihre Augen zusammen. Ich fühlte mich nicht weniger verwirrt – ich stammelte nur Blödsinn, wenn ich nervös war. Aber ich dachte, diese Art von Gefühl wäre längst verlorengegangen, wie der Rest von mir.

»Was ich sagen wollte«, begann sie vorsichtig und sprach dann schnell weiter, als wollte sie es einfach hinter sich bringen: »ist, danke. Dafür, dass du mir neulich geholfen hast. Das hättest du nicht tun müssen.«

»Kein Ding. Gern geschehen.«

»Warum ... hast du mir geholfen?«

Keine Ahnung, weil ich nicht anders konnte? Weil du mich faszinierst und ich mich eigentlich von dir fernhalten sollte? Stattdessen zuckte ich bloß nonchalant mit den Schultern und antwortete: »Weil es das Richtige war. Ich habe gesehen, wie sie dich absichtlich angerempelt hat. Das war echt mies. Du hättest ihr noch einiges mehr an den Kopf werfen können, so wie sich die beiden aufgeführt haben. Ich bewundere deine Stärke.«

»Meine was?«, lachte sie, da sie sich anscheinend nur auf den letzten Satz konzentrierte und große Augen bekam.

»Ich weiß nicht, ob andere auch so cool reagiert und stattdessen nicht einen richtigen Streit vom Zaun gerissen hätten. Aber ich finde, du bist ruhig geblieben und hast Größe bewiesen.«

»Ich habe sie vor all den anderen schlechtgemacht. Das nenne ich nicht wirklich ruhig bleiben.«

Ava kratzte sich wie abwesend am linken Handgelenk und sah dabei tatsächlich zerknirscht aus. Ihr schlechtes Gewissen war beinahe spürbar und mein Mund fand die Worte wie von selbst, damit sie sich wieder besser fühlte.

»Doch, das bist du. Die anderen haben zuvor schon ganz andere Dinge über die beiden gesagt, die du nicht gehört hast. Deine waren definitiv *jugendfreier*«, erwiderte ich und seit langem schlich sich ein echtes, wenngleich auch kleines Lächeln auf meine Lippen, als sie verstand und ebenfalls ein süßes Grinsen aufsetzte, das so gar nicht zu ihrer ansonsten äußeren, harten Schale passte.

»Nun, ich kann jetzt nicht behaupten, dass sie nichts dafürkönnen. Das nenne ich reine Gerechtigkeit. Jeder bekommt, was ...«, begann Ava und als sie ihren Satz mit »... er sät« beendete, rutschte mir gleichzeitig unabsichtlich »... er verdient", über die Lippen.

Erstarrt blickten wir uns stumm in die Augen, in ihren zuerst ein verwirrter, dann ein verstehender Ausdruck. Obwohl es mir bisher nicht klar gewesen war, hatten wir nicht nur unsere körperliche Einschränkung gemein, sondern teilten noch etwas Anderes: ein dunkles Geheimnis.

Aus Sekunden wurden Minuten, oder auch nicht, ich konnte es nicht mehr sagen. Schließlich war sie die Erste, die ihre Stimme wiederfand. »Also ... ich ... ich muss jetzt los. Mach's gut. Bye.«

Damit ließ sie mich mit meinen Gedanken in der Garderobe zurück. Um ihr nicht noch länger hinterher zu starren, wandte ich mich ab und begann mich umzuziehen. Gerade damit fertig, läutete mein Handy. Es war meine Großmutter. Nein, nicht meine verstorbene Großmutter, die mich und Sarah großgezogen hatte, sondern meine neue, die wir erst vor kurzem kennengelernt hatten.

»Hallo Nathan. Schön dich zu erwischen. Ich habe es auch bei Sarah probiert, aber ich konnte sie nicht erreichen.«

»Hallo Malie«, antwortete ich, weil ich das Wort Oma nicht über die Lippen bekam. »Ja, sie ist momentan auf Musik-Tour. Du weißt doch noch, sie spielt Gitarre und tritt gemeinsam mit Johnny als Band *Hallelujah's Rising* auf. Sie hatte wohl keinen Empfang, aber sie ruft dich bestimmt zurück. Kann ich dir auch helfen?«

Meine freundliche Antwort – ich hatte nach unserem ersten Treffen einiges wiedergutzumachen – nahm sie als Anlass, um die nächsten Minuten von ihrem letzten Bridgeabend und der Einkaufstour mit ihrem Mann in einer großen Mall in der Großstadt zu berichten.

»Jedenfalls wollte ich euch wieder zu uns einladen. Dieses Mal übers Wochenende. Wie wäre es mit dem Columbus Day im Oktober? Ich weiß, es ist kein richtiger Feiertag, aber wir können ihn ja zu einem machen, mit gutem Essen, Trinken und dergleichen«, schloss sie ihren Monolog mit dem eigentlichen Grund ihres Anrufs. Am Ende folgte ein herzhafter Lacher, dem man nichts abschlagen konnte. Daher war die einzige Antwort: ein »Ja«, wenngleich es mir schwer über die Lippen kam.

Anschließend plauderte ich kurz mit ihr, da ich wirklich versuchen wollte, eine richtige Beziehung aufzubauen. Doch so was brauchte Zeit und konnte man nicht erzwingen, schon gar nicht mit mir. Doch Malie tat alles dafür, um uns besser kennenzulernen und unsere verwandtschaftlichen Bande zu festigen.

Würde sie das auch noch wollen, wenn sie wüsste, was ich unserer Familie und mir angetan hatte? Ich bezweifelte es. Obwohl ich ihr lassen musste, doch eine ziemlich hartnäckige Person zu sein. Das war mir bereits bei unserem ersten Treffen bewusst geworden.

5. Kapitel

Paramore – »Brick by boring Brick«

Nat – im Spätsommer zuvor

Nervös dribbelten meine Finger auf dem angespannten Oberschenkel. Zum gefühlt hundertsten Mal strich ich mir durch meine blonden Locken, bevor ich meine Hand vorsichtig wieder auf Sarahs Schultern legte. Ich konnte mich einfach nicht dazu durchringen zu entspannen, egal wie oft ich den Versuch startete.

Am Steuer saß Johnny und summte zur Musik im Radio, was Sarah vor zwei Stunden hatte einschlafen lassen und mich ebenfalls etwas ruhiger gemacht hatte. Er tat das, seit ich ihn kannte, und versetzte mich dadurch in eine Zeit zurück, in der es zwar nicht immer leicht, aber noch nicht alles den Bach runtergegangen war.

Bevor wir eingestiegen waren, hatte ich angeboten, das erste Stück zu fahren, aber Johnny hatte bloß feixend abgelehnt und großspurig gemeint, er kenne das Land wie seine Westentasche und ich solle lieber ein wenig dösen.

Ich wusste, ihm war ebenfalls klar, wie sehr mir das bevorstehende Treffen an die Nieren ging, ohne es zu sagen. Er kannte mich neben Sarah wie kein anderer, doch Sarah redete mit ihm über die Geschehnisse der letzten Monate, konnte es dadurch verarbeiten. Ich nicht. Auch wenn es die beiden immer wieder anboten. Doch ich hatte kein Recht dazu, mir das alles von der Seele zu reden, mich danach womöglich besser zu fühlen. Es war alles meine verdammte Schuld, also sollte ich es spüren und leiden, jede verfluchte Minute. Die Schuldgefühle waren Teil jedes Atemzugs, jeder Bewegung und, so verrückt es klang, irgendwie fühlte sich das genau richtig an.

Natürlich versuchte ich diese Gedanken zu verbergen, indem ich mich an Gesprächen beteiligte, mit ihnen lachte und versuchte Scherze zu treiben, aber manchmal sah mich einer der beiden so an, als könnten sie meine dunklen Gedanken erahnen. Vermutlich wusste Johnny über meine Schlafprobleme Bescheid und hoffte, dass ich wenigstens im Auto eine Weile pennen würde. Was aber unmöglich war, dazu rasten meine Gedanken zu sehr, so wie damals, als ich im Wagen gesessen hatte und der Baum immer näher ...

Plötzlich legten sich warme Finger auf meine zappelige Hand und umschlossen sie fest. »Tut mir leid, aber damit machst du mich echt nervös«, entschuldigte sich Sarah, die sich hochrappelte, da sie mit dem Kopf in meinem Schoß geschlafen hatte.

Ich zuckte ungerührt mit den Schultern. »Mir tut's leid. Ich konnte nicht schlafen. Habe ich dich geweckt?«

Sarah schüttelte den Kopf, was ihre braunen Locken zum Wippen brachte. »Ich glaube, so richtig habe ich auch nicht geschlafen, nur gedöst. Mir gehen so viele Dinge durch den Kopf. Was ist, wenn sie sich uns anders vorstellen? Wenn wir sie enttäuschen oder, ich weiß auch nicht, sie uns nicht mögen?«

Der Druck ihrer Finger um meine Hand wurde fester und am liebsten hätte ich sie umarmt, sie vor allem Schlechten bewahrt. Doch man musste nur in die Vergangenheit blicken, um zu sehen, wie sehr ich das bereits verkackt hatte. Daher strich ich nur kurz mit dem Daumen über ihren Handrücken und versuchte mich an einem breiten Lächeln.

»Das ist doch absurd. Du bist der liebenswürdigste und freundlichste Mensch, den ich kenne. Aufopferungsvoll und geduldig, sehr geduldig. Ich habe nämlich überhaupt keine Ahnung, wie du es sonst mit dieser Nervensäge da vorne aushalten würdest. Dafür gebührt dir eigentlich ein Orden. Ein großer! Mit Gold und so Glitzerzeugs drauf.«

»Hey, du Knalltüte, ich kann dich hören. Und Sarah weiß eben, was gut ist. Sag's ihm Baby, wie gut ich bin", bettelte er theatralisch und Sarah lächelte dümmlich neben mir. Ein Lächeln. Genau das, worauf ich und vermutlich auch Johnny gebaut hatten.

Ich drückte noch einmal ihre Hand, bevor ich sie losließ. »Keine Angst. Sie werden dich lieben. Das geht gar nicht anders. Außerdem sind wir bald da und dann kannst du dich selbst davon überzeugen, wie sehr sie dir verfallen sind und ich Recht habe.«

»Wow, Nat, bist du wie der Typ aus *The Sixth Sense*?«, fragte Johnny.

Verwirrt blickte ich nach vorne, wo ich im Rückspiegel Johnnys Blick begegnete. »Wieso?«

»Weil wir da sind. Gerade eben angekommen«, antwortete er, als der Wagen auch schon in eine Einfahrt abbog und zum Halten kam.

Johnnys Stimme klang gut gelaunt, obwohl die Anspannung darin und in der Haltung seiner Schultern zu sehen war. Konnte er durch unsere jahrelange Freundschaft ebenso leicht in mir lesen? Bei dem Gedanken wurde mir übel, doch anstatt darin zu verweilen, stellte ich eine blöde Frage, um die Realität noch einen Moment auf später zu verschieben. »Warum der Typ aus Sixth Sense? Der konnte doch tote Menschen sehen.«

»Echt? Ich dachte, das war ein Wahrsager«, gab Johnny zurück und Sarah lachte erneut. »Jungs, euch darf echt keiner zuhören.« An mich gewandt fuhr sie fort: »Johnny kennt sich nicht mit Filmen oder generell … mit Fernsehern aus«, lächelte dabei aber in seine Richtung, der ebenfalls diesen Ausdruck im Gesicht hatte, als würden sie ein Geheimnis teilen.

Da das Glück der beiden förmlich durch den ganzen Innenraum des kleinen Autos schwappte, riss ich die Tür auf und sprang hinaus.

Die Einfahrt war gepflastert, links und rechts mit kleinen Büschen versehen, und führte direkt zur großen Hauseingangstür, die dunkelgrün gestrichen war. Mit goldenem Türklopfer, wie ich aus der Entfernung erkannte. Generell war das Haus größer als alles, in dem ich bisher gewohnt hatte – außer natürlich Kelseys Heim. Dort hatte alles andere Dimensionen, die mir noch immer nicht begreiflich waren.

Dennoch wirkte das Haus meiner Großeltern viel heimeliger. Es war zweistöckig, in hellem Grau gestrichen, wobei die Fensterläden in Dunkelgrün gehalten waren, und oben drauf saß ein dunkelrotes Dach, das vor allem durch zwei Dachgiebel an den Seiten besonders zur Geltung kam.

Das Gespräch neben mir ließ mich den Blick von dem Zuhause meines thailändisch stämmigen Vaters Nawin abwenden, da Sarah gerade Johnny erklärte, er könnte sehr wohl mitkommen.

Doch er winkte ab. »Lasst mal, ihr braucht etwas Zeit mit euren Großeltern. Alleine. Ich fahr in der Zwischenzeit ein wenig in der Gegend herum. Schau mal, wo ich einen Happen essen kann, und komme später wieder.«

Nachdem wir uns von ihm verabschiedet hatten und ich das nächste Mal zum Haus blickte, war die Tür offen und dort standen sie. Es gab sie tatsächlich – unsere Großeltern väterlicherseits: Malie und Praphat Muangyai. Egal ob wir schon miteinander telefoniert hatten, irgendwie hatte ich bisher immer noch Zweifel gehegt, dass es sie wirklich gab, wir doch noch nicht vollkommen auf uns alleine gestellt waren.

Sarah ging auf sie zu, redete ein paar Worte und umarmte sie sogar. Ich hingegen beobachtete die ältere, sehr schlanke und sehr kleine Frau vor mir. Die Größe hatte Sarah eindeutig von ihr, da ich und Mum sie schon immer um einen Kopf überragt hatten. Außerdem hatte Malie leicht schräge Mandelaugen, da sie halb Thai, halb Amerikanerin war, und deren Form mich an die Bilder meines Vaters erinnerten. Besonders jetzt, wenn sie lächelte und die faltigen, aber grazilen Hände über Sarahs Haare strichen, dabei einen verwunderten Ausdruck im Gesicht.

Ihr Mann Praphat – mein Großvater – wirkte grimmiger, obwohl er sichtlich von Gefühlen überwältigt wurde, was ich an seinem ständigen Schlucken und dem dünnen Strich seiner zusammengepressten Lippen erkennen konnte, im Versuch jegliche Freudentränen zurückzuhalten. Beschützend legte er einen Arm um Malie, als könnte diese Blase des Glücks jederzeit zerplatzen. Sie lächelte noch immer strahlend, wobei gleichzeitig ihr ganzes Gesicht tränennass war. Dass es Sarah genauso ging, musste ich nicht einmal überprüfen.

Und ich? Was fühlte ich, während ich das alles wie ein Außenstehender beobachtete und analysierte, als wäre das eine Reality-Show und nicht mein eigenes Leben? Nicht meine Großmutter, oder in diesem Fall meine Großeltern, die ich erneut nicht retten konnte. Nicht meine Schwester, die ich wieder enttäuschen würde. Alles in mir war stumpf, leer und es fühlte sich an, als gehörte ich nicht hierher. Könnte ich ihnen ein besserer Enkelsohn sein? Sollte ich sie in mein Leben lassen? Wollte ich das?

Diese Fragen wurden mir nicht beantwortet, stattdessen riss mich Malie ohne Vorwarnung in ihre dünnen Arme. »Oh, Nathan. Endlich sehen wir uns. Es ist so schön, dass ihr gekommen seid. Wir können euch nicht sagen, wie froh wir sind. Das ist alles noch so unglaublich. Wenn wir nur schon früher von euch gewusst hätten …«

Sie lachte, weinte, und obwohl mein Oberkörperumfang es ihr schwermachte, mich vollständig zu umarmen – sie war wirklich kurz geraten –, drückte sie mich so fest, dass ich fast keine Luft mehr bekam. Diese Kraft hätte ich der kleinen Lady nicht zugetraut. Was ihr noch eine Ähnlichkeit mehr zu Sarah verschaffte, mich zum Lächeln brachte und endgültig meinen Widerstand brechen ließ.

Einmal strich ich über meine Hosentasche, in welcher der Brief steckte, den ich seit Wochen mit mir herumschleppte und der mich stets verfolgte. Dann ließ ich los und umarmte sie ebenfalls, als ich in das Haar meiner neu gefundenen Großmutter antwortete: »Danke, dass ihr uns eingeladen habt. Es ist schön, euch kennenzulernen.«

***

Nach zwei Stunden kam Johnny wieder, der ebenfalls freundlich begrüßt wurde. Obwohl er vermeintlich einen Happen essen gefahren war, stürzte er sich ziemlich stürmisch auf die thailändische Hausmannskost, die Malie uns auftischte. Zuvor hatten sie uns das Haus gezeigt, auch das alte Zimmer meines Vaters, das noch unverändert geblieben war, seit dem Tag, nachdem er für immer gegangen war.

Ein normales Jugendbett, Schrank, Schreibtisch, Stuhl – alles aus weißlackiertem Holz. Blauer Teppichboden, zwei Poster von Bands aus den 80er-Jahren an den Wänden und Pokale in den Regalen. Einige Fotos in silbernen Rahmen standen ebenfalls auf dem Tisch oder in den Regalen und zeigten unseren Dad als Kind, Jugendlichen, alleine oder mit Freunden und später als Erwachsenen. Nirgendwo war ein Bild meiner Mutter oder von uns Kindern zu entdecken. Es war, als hätte es diese Zeit mit meiner Mutter in seinem Leben gar nicht gegeben. Für unsere Großeltern definitiv nicht.

Erst beim Dessert packte Sarah einige Fotos aus, auf denen wir als Kinder zu zweit oder gemeinsam mit unserer Mutter zu sehen waren. Leider hatten wir keines gemeinsam mit unserem Dad. Dazu waren unsere Eltern wohl nie gekommen, denn all diese Fotos hatte unsere Großmutter gemacht und als mein Dad noch gelebt hatte, hatten sie woanders gewohnt. Wo, wusste ich selbst nicht mehr, da ich noch zu klein gewesen war. An vieles konnte ich mich nicht mehr erinnern, nur an einige winzige Momente, Erinnerungen, die wie kurze Filme aufflackerten und sein Gesicht zeigten, bevor sie wieder verschwanden. Aber immerhin hatte ich diese.

Sarah war noch kleiner gewesen, als er gestorben war und wir zu unserer Großmutter kamen, die von dieser Zeit an den Hauptanteil der Erziehung übernommen hatte. Mum war dazu nie richtig in der Lage gewesen, ihre Krankheit und auch der Drogenkonsum hatten das so gut wie unmöglich gemacht. Zumindest hatte sie alles getan, was ihr möglich war, auch wenn ich ihr nie verzeihen würde, welchen Ausweg sie am Ende gewählt hatte, mit welchen Worten sie sich im Brief von mir verabschiedet hatte. Zeilen, die sich für ewig in mein Hirn eingebrannt hatten. Zuspruch, den ich nicht verdient hatte.

Ich bin stolz auf dich ..., du hast unsere Familie zusammengehalten ..., ich weiß, dass aus dir ein großartiger Mann wird ...

Von wegen. Der Abschiedsbrief brannte wie immer in meiner Hosentasche. Seit ich ihn geöffnet hatte und nicht loslassen konnte, nahm ich ihn überall mit hin, er steckte ständig in meiner Tasche, wie eine mahnende Erinnerung. Obwohl er verschlissen aussah, hatte ich ihn bloß einmal gelesen. Dennoch kannte ich ihn auswendig.

In diesem Moment riss mich Sarah aus meinen Gedanken, die unsere Fotos an Malie und Praphat reichte, die sie staunend betrachteten. »Hier. Ich dachte, ihr hättet vielleicht gerne welche? Wenn ihr wollt, könnt ihr sie gerne behalten, ich habe für euch Abzüge machen lassen.«

Sturzbäche aus Tränen, wie es mir vorkam, rannen wie zuvor über Malies Gesicht. Erst als sie sich wieder beruhigt und hundert Mal bedankt hatte, erzählte sie uns ihre Sicht der Geschehnisse und erlöste das Dunkel der Unwissenheit.

»Wir haben nie von euch erfahren. Wenn wir gewusst hätten, dass Nawin euch hatte, hätten wir alles getan, um euch zu finden oder Kontakt aufzunehmen. Wir haben so viel aufzuholen.«

Über den Tisch hinweg sah ich, wie Sarah erneut feuchte Augen bekam und Johnny unterm Tisch nach ihrer Hand griff.

Ich kniff die Augen zusammen und wandte mich an Malie: »Warum habt ihr das nicht? Ich meine, von uns gewusst. Warum ist unser Dad, ohne sich bei euch zu melden, verschwunden?«

Ich konnte es mir denken, aber keine Ahnung warum, ich wollte es aus ihrem Mund hören. Sie machten hier auf glückliche, wiedervereinte Familie und übersahen dabei, wie kaputt wir waren. Sofort verdüsterten sich die Mienen aller am Tisch Anwesenden und schlagartig hatte ich ein schlechtes Gewissen, weil ich es nicht auf sich beruhen lassen konnte.

Anstatt Malie antworten zu lassen, ergriff ihr Mann das Wort. »Wir haben ihm verboten eine wildfremde Frau aus Europa zu heiraten. Sie haben uns ganz am Anfang besucht. Sie war eine weiße Frau, die nicht einmal richtig Englisch sprechen konnte, und sie haben uns gesagt, dass sie heiraten wollen. Nach nur einem Monat! Vielleicht könnt ihr euch vorstellen, dass dieses Zusammentreffen nicht gut verlaufen ist.«

Das war ein Anfang, mit Sicherheit nicht alles. Da steckte mehr dahinter. Meine Mutter hatte die beiden nie – mit keinem einzigen Wort erwähnt. Bei Gott, ich kannte meine Mutter, alle ihre Fehler – als Beweis trug ich eine lange Narbe an meinem Unterarm –, trotzdem habe ich fast immer zu ihr gehalten und versucht, Sarah so gut es ging davon abzuschirmen. Dennoch war es nicht okay, wenn sie mies behandelt worden war, und schon gar nicht, wenn man das unter den Teppich kehren wollte.

»Und, weiter?«

Praphats Lippen wurden schmal, während wir uns eine Augenschlacht lieferten. Er wollte nicht damit herausrücken und ich würde nicht nachgeben.

Auf keinen Fall. Dies sah er wahrscheinlich auch in meinem Blick und er seufzte tief. »Na schön. Als wir ihn das nächste Mal am Telefon hatten, haben wir ihn gezwungen, mit eurer Mutter Schluss zu machen. Ansonsten ...«

Er machte eine Pause, in der ich kurz zu Sarah blickte, die gebannt an seinen Lippen hing. Sofort bereute ich das ganze Theater und meinen blöden Willen, sie die Wahrheit laut aussprechen zu lassen. Ich war der größte Arsch, den ich kannte. Dennoch war diese Einsicht zu spät, Sarah würde verletzt werden. Wieder – wegen mir.

»Wir haben ihm gedroht, sich hier nicht mehr blicken zu lassen und ihn zu enterben, falls er eure Mutter heiraten sollte.«

Sarah zog scharf die Luft ein, Malie schluchzte und Praphat legte einen Arm um ihre dünnen Schultern. Gleichzeitig starrte er mich finster an, mit einem Blick, der so viel sagte wie: »Zufrieden?« – *Nein, überhaupt nicht.*

Alles, was er noch laut dazu sagte, war: »Das war das letzte Mal, dass wir mit ihm geredet haben.«

Ich muss wohl nicht extra erwähnen, dass der Abend danach gelaufen war und wir rasch aufbrachen. Auf dem Rückweg sprachen wir drei nicht mehr viel miteinander, obwohl ich mich bei Sarah entschuldigt hatte, was mir einen halb mitleidigen, halb verletzten Blick von ihr einbrachte.

6. *Kapitel*

Alanis Morissette – »Uninvited«

Ava - Gegenwart

Ich bin nie ein Mensch gewesen, der etwas für Fantasy übrighatte, sei es in Büchern oder Filmen. Lief irgendein *Herr der Ringe*-Film oder eine Serie mit Gestaltwandler und andersartigen Monstern, war ich diejenige, die umschaltete. Auf einen guten Krimi, bei dem man mitraten musste, oder noch besser eine kitschige Liebesschnulze. Die hatten es mir speziell angetan, obwohl ich das eher für mich behielt, besonders jetzt, da mein schwarzes Erscheinungsbild noch weniger zu den zuckerrosafarbigen Filmen passte.

Daher war es naheliegend, nicht zu abergläubisch sein, nicht im Geringsten. Das sollte sich an diesem Tag ändern, obwohl ich beim Aufstehen wie immer keinen Gedanken daran verschwendete, dass heute *Freitag, der 13.*, war.

Mit meinem Rucksack ging ich wie gewohnt zur Uni, passte in den Vorlesungen auf, schrieb mit und ignorierte ansonsten alle anderen Studenten, die neben mir herliefen, sich miteinander in einem ständigen Lärm aus Gemurmel unterhielten und mich nicht weiter beachteten. So wie es mir am liebsten war.

Nat blieb ebenso die ganzen Stunden verschwunden. Zwar wollte ich nicht nach seiner großgewachsenen Gestalt und seinen kurzblonden Haaren Ausschau halten, tat es aber dennoch. Wir hatten nichts ausgemacht oder dergleichen, doch während der letzten Tage nach unserem Gespräch im Flur hatten wir ein zartes Band geknüpft, von dem ich hoffte, es mir nicht nur einzubilden.

Es war nämlich zur Gewohnheit geworden, gemeinsam an den Außentischen im Freien zu Mittag zu essen. Anstatt eingepfercht in der Aula mit den anderen Studenten zu sitzen, die uns und die wir ignorierten. Natürlich saßen wir nicht direkt beieinander. Nat saß an einem Tisch an einer Seite außen auf der Bank, ich auf der gegenüberliegenden Außenseite. Wir nickten uns jedoch kurz zu, redeten ein paar Worte, obwohl er mir nach wie vor ein Rätsel blieb.

Ich kannte zwar seinen ganzen Namen, wusste, woher er kam und wie seine Schwester hieß oder Dinge von seinem Studienzweig, das war es auch schon wieder. Denn die Gespräche blieben allesamt kurz, oberflächlich, als hielte er sich zurück, um nicht in die Tiefen vorzudringen. Mir ging es ähnlich. Könnte ich mich wieder öffnen? Wollte ich das? Und wenn, dann mit jemandem wie Nat, der offensichtlich sein Päckchen zu tragen hatte? Oder war genau das der Grund, warum wir uns beinahe wortlos verstanden?

Manchmal, wenn ich von meinem mitgebrachten Brot oder Gemüse abbiss, blickte ich von meinem Buch hoch, um zu ihm hinüberzulinsen. Oft las er während des Essens in Unibüchern, rieb über sein Knie oder starrte gedankenverloren über die Wiese, die mit Tischen und Bäumen bestückt und mit herumlungernden Studenten bevölkert war. Oder er guckte ebenfalls zu mir, nur um rasch wegzusehen. Manchmal hatte ich das Gefühl, gleich würde er aufstehen und zu mir rüberkommen, etwas Bedeutsames sagen. Dieser Eindruck konnte aber auch täuschen, denn jedes Mal stand er stattdessen auf und verabschiedete sich. So war es zumindest die letzten Tage gewesen, doch gestern hatte sich irgendwas verändert, etwas Neues lag in der Luft.

Der Morgen hatte stressig begonnen und dieses unruhige Gefühl den ganzen Vormittag angehalten. Als ich schließlich zu Mittag mit dem Essen fertig war, hatte ich Heißhunger auf etwas Süßes. *Irgendetwas!* Also sah ich missmutig in meine leeren, ausgefutterten Behälter und seufzte laut. So laut, dass Nat fragend von seinen Unterlagen aufsah, während er sich gerade einen Löffel köstlich aussehenden Obstsalat in den Mund schob. »Alles klar?«

Ich glaubte sogar einen lächelnden Funken in seinen Augen aufblitzen zu sehen, als er runterschluckte. Obwohl ich nichts sagte, sah er wohl meinen sehnsüchtigen Blick auf den Löffel, den er noch in die Luft hielt und soeben zurück in den Behälter steckte. Mit einem Zwinkern nahm er sich noch eine Portion und hielt mir dann einen Löffel Obstsalat hin.

»Ernsthaft?«, fragte ich wenig geistreich nach.

»Klar, warum nicht?«

Hm, lass mich nachdenken. Weil du gerade davon gegessen hast und wir uns überhaupt nicht kennen?

Warum hatte ich ein Flattern in der Brust, als ich daran dachte, dass er ihn gerade benutzt und seine Lippen ihn berührt hatten? Statt wie eine kindische Idiotin diese Antwort zu geben, griff ich selbstbewusster, als ich mich fühlte, nach dem beladenen Löffel. Mit einem kurzen »Danke«, steckte ich ihn in den Mund und süße Frische spülte meinen Gaumen. *Mmh, köstlich.*

Nachdem ich ihn zurückgegeben hatte, konnte ich nicht anders, als Nat ganz genau zu beobachten, wie er den Löffel ungezwungen erneut belud und sich selbst bediente. Okay, ich war doch ein Idiot, denn irgendwie fühlte es sich unglaublich intim an, wie ein kleiner Kuss, den man heimlich tauschte.

Belustigt hielt er in seinem Essen inne. Nat deutete meinen Blick, der womöglich Bände sprach. »Du denkst jetzt aber nicht, das wäre, als würden wir einen Kuss teilen? Genauso guckst du nämlich gerade.«

»Was nein, wieso? Nur weil das in Büchern, Filmen oder sonst wo immer der Fall ist?« Oh ja, und diese Filme hatte ich vermutlich alle gesehen, mit Popcorn auf dem Schoß und einem Taschentuch in der Hand.

Er zog auf meine Verteidigung hin die Stirn kraus, schüttelte dann leicht belustigt den Kopf. »Nein, das nicht. Ich dachte nur nicht, dass wir beide so kindisch sind.«

Ha, also hat er sich dasselbe gedacht!

Plötzlich sank meine Stimmung jedoch, das Flattern erstarb und auch sein Ausdruck wurde wieder ernst. Schlagartig fiel mir auf, gerade nicht die ganze Zeit über Tod, Schmerz und Verlust nachgedacht zu haben, sondern vollkommen in einer neuen, besseren Welt gewesen zu sein. An dieser wollte ich festhalten, so lange es ging, daher zuckte ich lässig die Schultern. »Warum nicht? Das Leben ist hart genug. Vielleicht sollte man gerade deswegen hin und wieder kindisch sein?«

Erkennen leuchtete in seinen braunen Augen auf, die mich zum ersten Mal richtig anlächelten, und Nat hatte ein umwerfendes Lächeln, wenn er es denn zeigte.

»Das hört sich sogar logisch an. Wenn, dann lass uns gemeinsam kindisch sein«, neckte er mich schelmisch, nahm den Löffel in den Mund und reichte mir anschließend den nächsten Happen, den ich grinsend annahm. So leicht, so verspielt, so frei von allem. Ich wollte in diesem Moment, in dem Gefühl, ertrinken.

Und so saßen wir einige Minuten auf der Bank, aßen gemeinsam seinen Obstsalat und beobachteten uns dabei mit amüsiertem Funkeln in den Augen. Als wir ihn schließlich vollständig verputzt hatten, war ich sogar etwas enttäuscht. Doch dann hob Nat seine Wasserflasche, trank davon und reichte sie mir grinsend. »Auch Lust darauf?«

Lächelnd streckte ich über den Tisch meinen Arm aus, um nach ihr zu greifen. »Klar! Dann also auf eine zweite kindische Runde! Wusste gar nicht, wie viel Spaß das macht.«

Nat nahm ebenfalls noch einen Schluck, bei dem ich ihn genau beobachtete, wie sich seine Lippen um die Flaschenöffnung legten, die ich gerade eben berührt hatte, und sich seine Kehle beim Schlucken bewegte. Dabei wurde mein eigener Mund staubtrocken.

Dann war er auf einmal schnell aufgestanden und hatte seinen Rucksack geschultert. Mit einem Zwinkern hatte er sich umgedreht und die Worte »Kommt wohl immer darauf an, mit wem« in der Luft schwebend bei mir zurückgelassen, bevor er in dem Gewühl der anderen Studenten verschwunden war.

Deswegen konnte man sagen, dass ich an diesem Nachmittag etwas nervös war, während ich zum Platz mit den Tischen ging und die Szene von gestern durchspielte. Außerdem war ich heute spät dran, die meisten Plätze frei, weil viele bereits nach Hause gefahren waren und der Rest in der nächsten Vorlesung saß. Mein nächster Kurs war erst in einer Stunde und diese Zeit wollte ich in der Sonne verbringen. Nat saß an einem der Tische und kurz überlegte ich, mich direkt neben ihn zu setzen, verwarf den Gedanken gleich wieder.

Als ich wie immer gegenüber Platz nahm, sah er auf und lächelte leicht. »Hallo. Ich dachte schon, du kommst heute nicht, weil ich gestern zu kindisch war.«

»Zu kindisch gibt es nicht«, gab ich zurück und sah mit einer gehobenen Augenbraue auf eine durchsichtige Plastikflasche vor ihm, die gerade noch mit zwei Schluck einer braunen Flüssigkeit befüllt war. Meinem Blick folgend, seufzte er. »Okay, das ist jetzt tatsächlich lächerlich. Ich habe heute nichts Essbares dabei. Aber ich habe dir etwas von meinem Proteinshake übrig gelassen …«

Neugierig griff ich danach, doch er wedelte mit den Armen. »Nein, du musst das jetzt nicht trinken. Das war nur ein Scherz …«, erklärte er und wirkte für seine sonst distanzierte, harte Schale direkt verlegen.

Dennoch kostete ich das Getränk und konnte seinen intensiven Blick auf mir spüren. Zart, beinahe wie ein Streichen über meine Haut. »Danke. Gewöhnungsbedürftig, aber schmeckt nicht so schlecht, wie ich erwartet habe.«

Nachdem ich ihm die Flasche zurückgegeben hatte und mein Essen hervorholen wollte, hörte ich plötzlich das laute Organ und Gekicher von Kimy Kinsky. Dieser Namen ging einfach nur im Doppelpack. Unwillkürlich zog ich den Kopf ein, ließ die Haare nach vorne rutschen und konzentrierte mich übertrieben intensiv auf meine Finger. Die Hoffnung, sie würde mich übersehen, zerplatzte jäh, nachdem ihre übertrieben hohe Stimme an mein Ohr drang. »Wen haben wir denn da? Wenn das keine *nette* Überraschung ist!«

Wobei bei ihr nett eher so klang, als wäre ich ein schleimiger Frosch, der ihre Lieblingsbluse ruiniert hatte. In meinem Magen zog sich alles zusammen, doch ich würde mir lieber einen Finger abbeißen, anstatt sie meine Furcht zu zeigen. Also drehte ich mich in ihre Richtung und lächelte ebenso süßlich. »Ganz meinerseits.«

Gemeinsam mit einem ebenso geschminkten Püppchen und einem neuen Schönling hatte sie sich zwei Tische weiter platziert. Nat schwieg, starrte

Kimy aber fast genauso feindselig an wie sie mich. Wobei Kimy mit dem Hintern auf der Tischplatte saß, die Füße übereinandergeschlagen auf die Sitzfläche gestellt. Ihr Romeo für diese Woche stand dicht neben ihr, beachtete mich gar nicht, sondern küsste ihren Hals, während eine Hand ihren Oberschenkel streichelte, dabei ungeniert unter ihren Rock wanderte. *Eklig.*

Ihre Freundin hatte soeben noch desinteressiert ihre Haare auf Spliss kontrolliert, sah nun gehässig in meine Richtung, als Kimy fortfuhr: »Weißt du eigentlich, was man heutzutage alles so im Internet findet, wenn man einen Namen eingibt? Ich wusste gar nicht, dass du so etwas wie eine Berühmtheit bist.«

Ich kniff leicht die Augen zusammen. Meinte sie meine Familie, weil meinem Onkel eines der bekanntesten Musiklabels der Westküste gehörte? Darauf hoffte ich.

»Willst du jetzt ein Autogramm oder soll ich raten, was genau du von mir möchtest?«, gab ich gelangweilt zurück. Zumindest hoffte ich, so zu klingen. Meine Handflächen begannen zu schwitzen, aber ich hütete mich davor, sie an meinem schwarzen Rock abzuwischen, der mir über die Knie reichte. Obwohl mir heiß war, widerstand ich zusätzlich dem Drang die Ärmel meines rot-schwarz karierten Hemds hochzukrempeln, unter dem ich ein weißes Top trug.

Kimys Lächeln verzog sich, doch es blitzte gefährlich in ihren Augen auf, was mich schlucken ließ. Warum konnte ich nicht einfach die Klappe halten? Und was dann? Mich ungeniert von so einem Biest terrorisieren lassen? Nie im Leben. Diese Restwürde hatte ich mir immerhin noch erhalten, die jedoch augenblicklich in sich zusammensackte. Kimy holte aus ihrer Tasche den Ausdruck eines Zeitungsausschnittes hervor und wackelte damit in meine Richtung. »Ja, bitte hier drauf. Das würde sich gut in meiner Sammlung verrückter Schlampen machen, mit denen ich auf die Uni gehen muss.«

Meine Augen mussten riesig sein, meine Atmung beschleunigte sich, obwohl es sich anfühlte, ich bekäme zu wenig Luft. Ich kannte diesen Artikel, ohne die Überschrift genau lesen zu können. Das Bild darauf reichte, um das zu wissen. Es zeigte meinen alten Wagen, der nach dem Unfall vorne ein einziges, eingedrücktes Knäuel aus Blech, Metall und Schläuchen war. Darunter zwei kleine Bilder – von mir und Sam. Sams Bild hatte diesen unverkennbaren schwarzen Rand, der mir das Blut in den Adern gefrieren ließ, und die Trauer, neben all den anderen Gefühlen, zurück an die Oberfläche katapultierte. Dabei hatten sich die letzten Minuten, die beiden vergangen Tage, wieder so schön normal, so leicht angefühlt. Was für ein unsinniger Traum …

Wie eine Schlange, die meine trostlosen Gefühle witterte, richtete sich Kimy triumphierend auf. Hatte sichtlich nicht genug. »Bist du deshalb hierhergekommen, arme, kleine Ava? Um deiner Vergangenheit zu entfliehen? Aber weißt du, Karma ist eine Bitch und man kann vor solchen Dingen nicht einfach davonlaufen. Besonders wenn die Leute es herausfinden.«

Für ihr Lächeln gab es nur die Bezeichnung bösartig und ich konnte mir sehr gut vorstellen, wie sie diesen Bericht zu gerne mehrfach kopieren würde, um ihn auf dem gesamten Unigelände aufzuhängen. Wenn sie das nicht schon längst getan hatte. Mich fröstelte.

»Was willst du von mir?«, knurrte ich grimmig. Ansonsten wäre mir wohl bloß ein Schluchzer entkommen. In der Zwischenzeit war ich aufgestanden, unschlüssig, ob ich auf sie zugehen und ihr das Papier wegnehmen oder davonlaufen sollte.

»Weiß noch nicht, aber ich bin mir sicher, mir fällt etwas ein. Fangen wir doch mit deiner Mitbewohnerin Lourdes an, sag ihr, sie soll –«

Doch weiter kam sie nicht. Ohne es bemerkt zu haben, war Nat aufgesprungen, stand direkt vor ihr und riss Kimy den Zettel aus der Hand. »Lass sie in Ruhe! Was bildest du dir eigentlich ein hier auf Superschlampe zu machen? Hast du zu viele High-School Teeniefilme gesehen?«, fauchte Nat und ich konnte das Zittern seiner Unterarme bis hierhin erkennen. Als würde er sich zurückhalten und wäre so angespannt wie ein Bogen kurz vor dem Reißen.

»Was geht es dich an, was ich tue? Bist du ihr Freund, oder was?«

Ihre Stimme war abfällig, als wüsste sie die Wahrheit, was auch nicht schwer zu erraten war. Wer würde nach allem mit mir zusammen sein wollen? Niemand. Egal, ob wir herumgeplänkelt hatten. Das war nur Spaß gewesen, keine ernsthafte Sache.

»Ja! Bin ich.«

Überrascht sah ich zu Nat hinüber, versuchte die Augen nicht erschrocken aufzureißen.

Kimy überspielte ihre Verwunderung besser. »Wenn das so ist, würde ich aufpassen, dass du nicht der Nächste auf der Bahre bist. Deine Ava hat nämlich die Angewohnheit ihre Freunde zu killen. Und komisch, wie der Zufall es will, war ihr toter Ex auch blond. Scheint wohl Schicksal zu sein.«

Meine Schultern sackten nach unten, während Übelkeit in mir aufstieg. Es stand zwar in den meisten Berichten, die Fahrerin des Unfallwagens gewesen zu sein, jedoch war immer von einem Unfall die Rede gewesen. Ich gab mir seitdem selbst die Schuld, das aber erneut ausgesprochen vor die Füße geworfen zu bekommen, nahm mir die Luft, die Standhaftigkeit. Eine Träne rann still und leise über meine rechte Wange, dann drehte ich mich um, bevor sie es sehen konnte, und rannte davon.

Nur kam ich nicht weit. Wegen meiner Unachtsamkeit vergaß ich mein Bein, stolperte in einer kleinen Rasenmulde und es passierte das, wovor ich seit Monaten Angst gehabt hatte. Ich fiel wie in einem schlechten Film der Länge nach ins Gras. Was den Sturz zwar dämpfte, aber ich presste dennoch vor Schock fest die Augen zusammen. *Das ist nicht wahr. Das ist ein böser, böser Albtraum.*

Dennoch spürte ich es ganz eindeutig. Der Wind streifte mein Bein, meine Oberschenkel. Der Rock war fast bis zum Hintern hochgerutscht und gab das darunterliegende frei. Meine Hoffnung, durch die dicke, schwarze Strumpfhose den Übergang der Beinprothese zum Oberschenkel nicht erkennen zu können, zerbrach sofort, als ich die anderen überrascht Luft holen hörte. Wie erstarrt und festgefroren in der grausamen Wahrheit, die man nicht glauben wollte, aber meine Wirklichkeit war.

Nicht alle waren erstarrt. Eine starke Hand legte sich um meinen Oberarm und zog mich auf die Beine. Nats Geruch gab mir kurz die nötige Stärke, meine Würde zurückzuholen. Dennoch schüttelte ich ihn ab und eilte ohne ein Wort, so schnell ich konnte, davon. Dabei hörte ich ihn verdächtig wütend in die andere Richtung rufen »Bleibt ihr ja fern, oder ihr –«, doch ich blieb nicht stehen, um den Rest seiner Worte an Kimy und ihre Gefolgsleute zu hören.

In meinem Wagen angelangt, sank ich erleichtert gegen den Sitz. Dann ließ ich die Mauern fallen und die Tränen fließen, obwohl ich mir vor Monaten geschworen hatte, stärker zu sein als mein Elend. Die Scham war zu groß, genauso wie der Kummer und die Bilder, die erneut auf mich einschlugen und mich unter meiner Schuld begruben. Auch wenn es zum Teil anders war, als alle dachten.

Ava – Anfang des Jahres

Die Weihnachtsferien neigten sich dem Ende zu und was taten Jugendliche in so einem Moment? Sie schmissen eine wilde Party. Klarerweise wollte Sam dorthin, denn er war noch nie ein Kind von Traurigkeit gewesen, genauso wie seine Schwester und meine beste Freundin Steph. Beide beknieten mich, zu kommen, und wie immer konnte ich nicht nein sagen. Da ich aber nicht verkatert sein oder zu ausgiebig feiern wollte, kurz bevor die Schule wieder losging, fuhr ich mit meinem eigenen Wagen dorthin – einem kleinen, schnittigen Beetle in Kirschrot.

Ich war keine ultra Streberin, falls das jetzt so klang. Bloß lernte ich gerne und durch die guten Noten rückte mir mein Dad nicht auf die Pelle, weil ich neben dem Lernen zusätzlich im Leichtathletik Team der Schule war. Dabei war ich sogar eine der Schnellsten im 200-Meter-Lauf und ich konnte mir nichts Schöneres vorstellen, als die Bahnen entlang zu laufen wie der Wind, der über den Rasen strich. Es fühlte sich nach Freiheit an, dort konnte ich richtig atmen.

Daher lernte ich, um in Ruhe mein Lauftraining und die Wettkämpfe machen zu können. Denn Dad hatte meine berufliche Zukunft bereits in seinen Gedanken festgelegt: Entweder sollte ich nach einem Studium in der Firmenleitung des Familienkonzerns mitwirken oder in seiner Abteilung im Controlling arbeiten. Auf alle Fälle in der Führungsebene, bei den Anzugträgern und Kostümladies.

Gezwungenermaßen würde ich später eins davon tun, aber nicht nur. Mein Traum war ein anderer, und zwar einmal mein Land bei den Olympischen Spielen zu vertreten. Also bei den richtigen, denn bei den Junioren hatte ich bereits den achten und sogar den dritten Platz erreicht. Was meinen Ehrgeiz nur weiter entzündet hatte – ich wollte noch schneller werden, noch höher hinaus.

Daher waren Alkohol und zu lange Partys nicht wirklich mein Ding, für Sam und Steph machte ich hin und wieder Ausnahmen. Da die beiden über Weihnachten und Silvester mit der Familie Skifahren gewesen waren, würde ich Sam heute zum ersten Mal im neuem Jahr wiedersehen. Wir waren bereits über ein Jahr zusammen, dennoch war ich etwas nervös, als ich den Wagen parkte und ausstieg.

Kalter Wind fuhr durch mein dünnes Kleid, während ich mit den hohen Schuhen über die regenfeuchten Pflastersteine stöckelte. Durch die geschlossene Tür drang der wummernde Bass der Musik nach draußen. Bevor ich eintrat, steckte ich mir schnell ein Tic Tac in den Mund und atmete tief durch. *Was sollte schon schiefgehen?*

Dann öffnete ich die Eingangstür und die Hitze der stehenden Luft, die mit dem Duft von Alkohol, zu viel Parfum und Zigaretten getränkt war, umschlang mich. Neben der Musik dröhnten auch die lauten Stimmen der bereits angeheiterten Menge in meinen Ohren, was beinahe meine eigenen Gedanken übertönte. Neben mir ging ein Typ mit einem Tablett voller gelgefüllter Schnapsbecher aus Plastik herum. Da ich vorhatte heute ein paar Stunden zu bleiben und hier noch etwas zu essen, griff ich nach einem Becher und schluckte den süßen Wackelpudding, der scharf in meiner Kehle nachbrannte.

Meine Nervosität flachte etwas ab, was auch der Sinn der Sache gewesen war. Mit einem freudigen Lächeln trat ich meine Suche an. Nach einer halben Runde durch das Erdgeschoss des vollgestopften Hauses irgendeines Spielers unserer Football-Mannschaft, trat ich in das Wohnzimmer, in dem sich tanzende Pärchen befanden, die halb zur Musik zuckten oder wild herumknutschen. Da Sam nicht wirklich zu den Tänzern gehörte und mit Ausreden nicht verlegen war, wenn ich mit ihm tanzen wollte, hatte ich mich schon halb wieder umgedreht, um oben nachzusehen, als plötzlich Steph vor mir stand.

»Endlich, da bist du ja. Wir dachten schon, du kommst gar nicht mehr«, begrüßte sie mich leicht lallend und lachte darüber.

Nach einer Umarmung wollte sie mich zur Seite ziehen, da hielt etwas meinen Blick gefangen und ließ mich erstarren. Sams blonde, zerzausten Haare wirkten in dem Discolicht, das durch den Raum flackerte, stellenweise weiß, dann rot und wieder blau oder grün, während er sich rhythmisch zu einem schnellen Beat bewegte. Er tanzte sonst nie – schon gar nicht so.

Was mein Herz aber zum Stolpern brachte, war das Mädchen, das mit dem Rücken zu ihm einen Arm nach hinten um seinen Nacken geschlungen hatte und lasziv mit ihren Hüften kreiste. Nahe genug an seiner Leistengegend, wodurch ihr Po seine Vorderseite immer wieder streifen musste. In diesem Moment drehte sie sich schwungvoll um und verschränkte beide Arme in seinem Nacken, räkelte sich dabei wie eine Striptease-Tänzerin um eine Stange. Ihr Mund näherte sich ihm und sie schleckte über seinen Hals. Mir wurde schlecht bei diesem surrealen Bild.

Warum stieß er sie nicht fort? Wie konnte er das zulassen? Ich wollte nur weit weglaufen, rennen, so schnell mich meine Beine trugen. Vermutlich hatte ich einen Ton vor mir gegeben oder etwas Anderes hatte seine Aufmerksamkeit erregt, denn plötzlich blickte er auf und sah mich über die Tanzfläche hinweg an. Es konnte an Steph gelegen haben, die wie wild an meinem Arm zerrte und auf mich einredete von wegen »Es ist nicht so, wie es aussieht. Komm schon, lass uns Spaß haben.«

Doch ich hörte sie kaum. Ich fühlte ... *nichts.*

Wirbelnd drehte ich mich um, quetschte mich zwischen verschwitzten Körper hindurch und rannte aus dem Haus, direkt zu meinem Wagen. Bevor ich ihn erreichen konnte, wurde mir schlecht und ich glaubte, mich übergeben zu müssen. Außer warmer Luft kam nichts, deshalb richtete ich mich auf, eilte weiter und glitt auf den Fahrersitz des Autos. Hier wegzukommen, so weit wie möglich, war meine oberste Priorität. Was danach kommen würde? *Keine Ahnung.*

Mit zittrigen Fingern steckte ich den Schlüssel ins Schloss und startete den Wagen, als ruckartig die Tür aufgerissen wurde und Sam auf den Beifahrersitz sprang.

»Warte, Ava. Das war ein blödes, ein ganz blödes Missverständnis.«

»Raus. Aus. Dem. Wagen«, zischte ich.

»Lass uns darüber reden. Wir haben nur getanzt und … ein bisschen übertrieben, ich weiß das. Es tut mir leid. Ich … ich hab zu viel getrunken … und dich so vermisst. Ich weiß auch nicht, ich war ein Idiot.«

Flüchtig sah ich zu ihm hinüber und seine Augen waren glasig. Vielleicht war er tatsächlich noch betrunkener, wie er klang, obwohl er viel vertrug. Dennoch, er hatte sich von einer anderen anmachen lassen und es war egal, wie betrunken er womöglich war. Was, wenn ich nicht gekommen wäre – wie weit hätte er es getrieben?

»Stimmt, das warst du – ein verfluchter Idiot! Und jetzt steig aus, bevor ich mich vergesse. Ich will dich nicht mehr sehen. Es ist aus! Verschwinde!«

Ich war so wütend. Am liebsten hätte ich ihm oder dem Mädchen die Nägel in die Haut gegraben, ihnen die Augen ausgekratzt. Egal was, aber auf alle Fälle etwas Schmerzhaftes, obwohl mir bewusst war, dass ich zu Hause wie ein Häufchen Elend flennen würde.

»Sei nicht so, bitte. Es tut mir so leid. Lass mich mit dir kommen … und morgen reden wir.«

Ich lachte hysterisch. »Klar, nach der Sache heute lasse ich dich bei mir schlafen. Für wie blöd hältst du mich?«

»Dann fahren wir eben zu mir«, schlug Sam vor.

»Ich will nach Hause, in mein Bett. Alleine. Was du machst, ist mir scheißegal.« Was nicht ganz stimmte.

»Ohne dich will ich aber nicht mehr auf die Party. Kannst … kannst du mich bitte nach Hause bringen?«

»Ruf dir ein Taxi.«

»Bitte, Ava. Ich … ich weiß nicht, wo mein Handy ist und … ich will da nicht mehr rein. Nur den kleinen Umweg, bitte. Und morgen gehen wir in ein Café und reden. Bitte, gib mir noch eine Chance. Wir … wir gehören zusammen«, bettelte er immer verzweifelter mit dünner werdender Stimme und fuhr sich durch die Haare. Dabei zitterte seine Hand. Wegen des vielen Alkohols oder weil er wirklich so fertig war, weil ich mit ihm Schluss machte, wusste ich nicht.

Ich schalt mich eine schwache Idiotin, konnte aber nicht anders als nachzugeben. Zumindest würde ich ihn nach Hause bringen. Für danach hatte ich keine Pläne, da war nur Leere in meinem Kopf.

»Na schön. Schnall dich an. Ich bringe dich heim. Aber ich will heute kein Wort mehr hören, sonst schmeiße ich dich raus. Verstanden?«

Er nickte nur und grinste charmant wie früher, als er mich erobert hatte. Der Schmerz des Verrats pochte dabei umso heftiger in meiner Brust. Ohne mir etwas anmerken zu lassen, legte ich den Gang ein und fuhr los. Sam hielt sich an sein Versprechen, wofür ich dankbar war, denn so konnte ich mich auf die Straße konzentrieren. Leichter Regen prasselte auf uns und die Straßen leuchteten feucht im Licht der Autoscheinwerfer. Nach mehreren Minuten, in denen wir schweigend im Auto saßen, wurde er unruhig neben mir. Zwar machte er keinen Laut, legte mir jedoch eine Hand auf mein nacktes Knie.

»Finger weg, sonst fliegst du.«

Ich konnte sein hinterlistiges Grinsen nicht sehen, sondern hörte es in seiner Stimme. »Du hast nur was von nichts Reden gesagt. Nichts von Berührungen. Außerdem magst du das«, neckte er verspielt wie sonst, wenn wir intim wurden.

Seine Finger glitten höher, rutschten unter den Saum meines Kleides. Obwohl ich zornig wie nie in meinem Leben war, bekam ich eine Gänsehaut, die er unter seinen Fingerkuppen spürte, weil er wie ein Gewinner lachte. *Verräterischer Körper!*

Mit einer zu raschen Bewegung schnallte er sich ab, um sich zu mir zu drehen und drückte mir einen Kuss in den Nacken, als seine Hand weiterrutschte. Vor Überraschung quiekte ich auf und fuhr Sam an. »Spinnst du, schnall dich an!«

»Zuerst sagst du mir, dass es dir gefällt, wir darüber reden werden und du mir noch eine Chance gibst.«

Er richtete sich etwas auf, doch seine Finger berührten plötzlich den empfindlichen Punkt zwischen meinen Beinen. Schockiert fuhr ich herum und sah in sein Gesicht, das zuerst im Schatten lag, gleich darauf von Licht angestrahlt wurde. Mit Übelkeit erregendem Grauen sah ich wieder zur Straße, um direkt in zwei helle Scheinwerfer zu blicken. In heller Panik verriss ich das Lenkrad, der Wagen schlitterte und ratterte holprig dahin, was meine Zähne zum Klappern brachte.

Als Nächstes folgte ein lauter Knall, der mich herumwarf, ein Schrei, das Geräusch von splitterndem Glas. Lichter, die vor meinen Augen verschwammen, sich drehten und nicht aufhörten zu flackern.

Dunkelheit, durchzogen von Schmerz und zähem Blut, das hinab tröpfelte.

Tropf, Tropf, Tropf …

Und immer wieder ein Schrei …

Ein Schrei, der durch mich hindurchging, um mich haften blieb, bis alles in Schwärze versank …

Ava – Gegenwart

Mit einem Ruck und lautlosen Entsetzen schreckte ich im Sitz hoch und blickte mich irritiert um. Ich war nicht mehr im zerstörten Beetle, sondern im meinem neuen Auto, einem großen Geländewagen, einem sicheren Gefährt. So sicher, wie ein Fahrzeug eben sein konnte. Schweiß hatte sich auf meiner Stirn gebildet, mein Atem war ein stetiges, schnelles Luftholen.

Zitternd wischte ich mir die Feuchtigkeit von den Wangen und hob den Blick, sah dabei in ein besorgtes Gesicht, was mich erneut erschreckte. Nat saß aufrecht einige Meter entfernt auf einer Bank und beobachtete mich. Erst nachdem mein Verstand wieder einsetzte und ich den Schauer der Vergangenheit zurückdrängte, lehnte er sich entspannter zurück. Hatte er die ganze Zeit dort gesessen? Auf mich aufgepasst?

Eine Minute saß ich reglos im Wagen, rieb mir mit einem Taschentuch das Gesicht sauber und wartete erneut. Auf ein Wort, eine Reaktion – nichts passierte. Er kam nicht zu mir herüber, sondern blieb einfach sitzen. Daher startete ich den Wagen, nickte ihm dankbar zu, bevor ich ausparkte, was er mit einem Nicken seinerseits erwiderte. Im Rückspiegel konnte ich erkennen, wie er sich seinen Rucksack schnappte und entfernte.

Keine Ahnung, ob er es wusste oder nicht, aber seine Anwesenheit, das Wissen, dass jemand anderes dagewesen war, als ich mit meinen Gedanken in der Vergangenheit festgesessen hatte, machte es mir leichter, wieder in die Gegenwart zurückzufinden. Auch wenn ich ihn nicht wirklich kannte, fühlte ich mich nicht mehr so vollkommen allein.

Einige Zeit fuhr ich langsam in der Gegend herum, um den Kopf frei zu bekommen. Meine Gedanken kreisten nicht mehr nur um den Unfall, um mein Selbstmitleid und Schuldgefühle, sondern auch um Nathan. Ich konnte einfach nicht sagen, was er von mir wollte. Okay, wir scherzten, wir redeten ein wenig, aber er machte nie einen ernsthaften Versuch sich anzunähern, war aber da, wenn ich eine Stütze brauchte, obwohl ich ihn nie darum gebeten hatte. Er gab mir ein Rätsel auf. Wenn ich an seine Statur, an sein Gesicht dachte, musste ich zugeben, es war ein attraktives Rätsel, mit Ecken und Kanten.

Noch immer mit dem inneren Bild an Nat abgelenkt, bemerkte ich erst jetzt, wie es dämmerte. Also schlug ich den Weg zur Wohnung von Lourdes und mir ein. Dort empfing mich das nächste Chaos, obwohl ich dachte, das Schlimmste am heutigen Tag bereits überstanden zu haben.

7. Kapitel

Philip Poisel – »Wie soll ein Mensch das ertragen«

Nat – Gegenwart

Nie, wirklich nie war ich ein gewalttätiger Typ gewesen oder hätte jemanden bedroht. Heute musste ich mich zusammenreißen, um nicht aus der Haut zu fahren, als diese Kimy auf Ava losgegangen war. Danach waren die Bomben mit einem Rundumschlag hintereinander geplatzt. Der Bericht über den Tod ihres Freundes, den Wagen, den sie gefahren hatte. Dann ihr Sturz, bei dem wir alle ihre Prothese gesehen hatten. Kimy war sofort leichenblass gewesen und ein schlechtes Gewissen zeichnete sich auf ihren Zügen ab.

Gut so, aber etwas spät. Um auf Nummer Sicher zu gehen, hatte ich nachgelegt und sie gewarnt, Ava in Ruhe zu lassen. Danach war ich hinter Ava hergehastet und seit langem – oder zum ersten Mal seit dem Unfall bemitleidete ich mich nicht selbst, weil das Bein dabei im Knie steif war und der schnelle Schritt schmerzte. Ich hatte noch Glück gehabt, wollte es jedoch bisher nicht sehen. Ava hatte weit Schlimmeres überstanden und ging mit aufrechterem Gang durch die Welt. Das gab mir gehörig zu denken.

All das durchflutete meinen Kopf, als ich in der Nähe ihres Wagens auf einer Bank saß und einfach nur da sein wollte. Ob es ihr half oder nicht, ob es idiotisch war oder richtig – keine Ahnung. Ich wusste nur, dass ich es tun musste.

Dennoch hatte ich noch eine unbändige Wut in mir, nachdem ich längst in der Wohnung war. Um die unnütze Energie loszuwerden, begann ich das Haus zu putzen, obwohl Kelsey eigentlich eine Putzfrau hatte, die einmal die Woche für Ordnung sorgte, außer in meinem Zimmer und Bad. Diese Aufgabe wollte ich selbst übernehmen. Danach ging ich in das Zimmer von Johnny und Sarah, weil sie sich für das Wochenende angekündigt hatten, da ihre Tour eine Pause einlegte. Also wechselte ich die Bettwäsche und machte dort sauber. Damit fertig, sah ich mich unschlüssig um.

Eine Stunde später, in der ich versucht hatte in einem wirtschaftlichen Fach zu lernen, fand ich noch immer keine Ruhe in mir. Ich wusste ja nicht einmal, was für ein Fach ich da las. Da Kelsey nicht da war, die mich ansonsten mit Sicherheit mit ihrem Geplauder abgelenkt hätte, ging ich in die Küche. Kelsey hätte heute einen freien Abend gehabt und mich dazu verdonnert, mit ihr auf der WII zu spielen, doch vor einer halben Stunde war sie abgerauscht und hatte gemeint, sie müsste schnell wichtige Besorgungen machen.

Normalerweise hatte ich immer gebacken, wenn ich unruhig und mir das Leben zu viel geworden war. Das ging meistens mit dem Kommen und Gehen meiner Mutter einher. Eine Angewohnheit, die ich vermutlich von meiner Großmutter übernommen hatte. Sie konnte den besten Apfelstrudel in der ganzen Stadt backen. Meine Backtalente lagen hingegen bei Muffins in allen Variationen, Farben und Dekorationen. Das mag vielleicht vollkommen unmännlich klingen, aber man brauchte eine ruhige Hand, um winzige Marzipanherzen auszuschneiden oder diese kleinen Muffins zu verzieren. Zuerst tat ich es, weil Großmutter und Sarah so begeistert davon gewesen waren und ich sie damit zum Lachen bringen konnte. Später, wie gesagt, weil es mich beruhigte, meinen Händen etwas zur Beschäftigung gab, was meinen Geist in dieser Zeit beinahe abstellte. Ganz schaffte ich es dennoch nie, die Sorge um Großmutter und Mum oder die Vergangenheit zu vergessen. Seit Mums Tod schaffte ich es überhaupt nicht mehr, diese loszulassen, also ließ ich es gleich bleiben.

Das Einzige, das mir sonst einfiel, um mich von meinen Gedanken abzulenken, war zu trainieren. Sport war, seit ich denken konnte und ich bei der Kinderfußballmannschaft in unserer Stadt angefangen hatte, ein Teil von mir. Der Fußball war zwar nun Geschichte, trotzdem trainierte ich nur umso heftiger an den Geräten. Was sollte ich ansonsten tun, um die Taubheit in meinem Körper zu vertreiben?

Ich zog mir eine lange Trainingshose an, drehte die Musikstation auf höchste Lautstärke und marschierte zur Trainingsecke, die Kelsey neben der Fensterfront im offenen Wohnzimmer aufgestellt hatte. Nach ein paar leichteren Aufwärmübungen ging ich beim Brustdrücken zu schweren Gewichten über. Bald war ich schweißgebadet, mein Herz pumpte und die Muskeln brannten.

Gut so.

Der laute Beat hämmerte durch den Raum, der mindestens sechzig Quadratmeter groß sein musste und somit fast unsere gesamte kleine Wohnung von Korneuburg in sich hätte aufnehmen können. Nach dem hellen, weißen Eingangsbereich öffnete sich das Haus in diesen riesigen Raum, der modern und rustikal zugleich eingerichtet war. Dunkler Parkettboden, einige Holzelemente im Raum, sowie ein schwerer Esstisch aus robuster Eiche mit passenden Stühlen empfingen einen auf der rechten Seite, auf der sich die offene Küche befand. Diese war in Weiß gehalten, hatte ebenfalls eine hölzerne Arbeitsplatte. In der Mitte des Wohnraums, zwischen Essbereich und der Fensterfront, die in den Garten mit Swimmingpool führte, stand vor einer bequemen, schwarzen Ledercouch auf einem weißen Flauschteppich mit silbernen Sprenkeln ein riesiger Flat-TV. Gegenüber dem Eingangsbereich führte eine Treppe hoch über die Galerie in einen Gang zu drei Schlafzimmern und zwei Bädern. Unter der Treppe gab es ein weiteres Zimmer und sogar ein drittes Bad. Dieses Haus war wie ein kleiner Palast, nur mit weniger Kronjuwelen – aber nur ein bisschen.

Denn es wäre wohl nicht Kelseys Domizil, wenn nicht hier und dort eine Swarovski-Lampe hängen würde oder einige Bilder und Urkunden auf den dunklen Holzregalen mit glitzernden Rahmen eingefasst wären. In der Küche, im großen Wohnbereich und in den allgemeinen Zimmern hatte sie sich mit übermäßigem Kitsch eingeschränkt. Nur einmal hatte ich kurz in ihr Zimmer gesehen, das vor Glitzer, Pink und anderen Neonfarben nur so überquoll. Ich war froh, dass sie sich ansonsten zurückgehalten hatte. Obwohl ich, wenn es anders gewesen wäre, auch keinen Ton gesagt hätte. Ich war zu Gast, konnte froh sein, überhaupt für eine so lächerlich kleine Miete hier wohnen zu dürfen. Trotzdem tat es, so wie es jetzt war, ganz eindeutig weniger in den Augen weh.

Keuchend stemmte ich die Langhantel hoch und hängte sie über mir in der Halterung ein. Mit geschlossenen Augen griff ich nach unten zu meinem Shirt, neben der Hantelbank, das ich vor einiger Zeit ausgezogen hatte, und wischte mir über das schweißbedeckte Gesicht und die Brust, als ich eine glockenhelle Stimme hinter mir hörte.

»Aber Hallo, Mister. Da hat aber jemand meinen Rat ernst genommen, um mehr wie Diesel auszusehen. Nicht wahr, Vinny? Ich muss sagen, das sieht schon sehr lecker aus.«

Ich schüttelte mit einem kleinen Lächeln den Kopf, da Kelsey so etwas wie Scham nicht kannte, woraufhin sie laut lachte.

»Komm schon, Vinny. Gib's zu, dass du in letzter Zeit etwas zugelegt hast. Und ich rede nicht von unnötigen Kilos. Müssen wohl diese ganzen Shakes sein, die du dir reinkippst.«

»Stimmt doch gar nicht«, gab ich zurück. Zumindest nicht ganz. Ich aß auch noch, aber Shakes zu schütteln ging einfach schneller. Obwohl seit ein paar Tagen Essbares, wofür man Besteck brauchte, dank Ava wieder an Reiz gewonnen hatte.

Unbeirrt redete sie weiter: »Oder nimmst du etwa diese Tabletten? Du weißt, die sind nicht gesund, egal ob man dadurch wie Conan der Barbar aussieht. Worauf ich ja nicht so stehe, wie du wohl weißt.«

Jupp, das wusste ich spätestens nach dem zweiten Internet-Telefonat, dem ich beigewohnt hatte, als wir noch in Österreich gelebt und sie mit Sarah und Johnny gesprochen hatte. Kelsey war nicht von der zurückhaltenden Sorte.

»Nein, mache ich nicht. Ich esse ganz normal und wenn es schnell gehen muss, nehme ich einen Shake mit. Das ist alles. Danke, Mummy, dass du dir Sorgen machst, aber die sind unbegründet. Okay?«

»Ich frag ja nur. Immerhin bin ich die Aufseherin für alle meine Schäfchen hier.«

Noch vor einer Sekunde hätte ich das nicht gedacht, doch jetzt musste auch ich lachen. »Ach? Seit wann sind wir denn in einer Anstalt? Klingt fast so, als hättest du schon irgendwo Zwangsjacken oder Betäubungsspritzen versteckt. Muss ich Angst haben, weil in deiner Stimme viel zu viel Begeisterung liegt, und aufpassen, wenn ich mich das nächste Mal umdrehe?«

Schallendes Gelächter war die Antwort und ich setzte mich auf, um zu Kelsey zu sehen. Dabei bemerkte ich einige Tüten, die sie in den Händen hielt.

»Du warst einkaufen. Warum hast du nichts gesagt? Ich wäre mitgefahren, um dir beim Tragen zu helfen.«

Sie winkte ab und hielt dabei eine Packung *o.b.* in der Hand.

»Nicht nötig. Nur Mädchenzeugs für ganz viel Blut und all so was. Da wärst du nur aus den Latschen gekippt, egal wie stämmig du jetzt auch aussiehst, Vinny.«

Statt sich umzudrehen und zu gehen, blickte sie mich lange an und ihre Miene wurde von einer Sekunde auf die nächste ernst.

»Was ist? Spuck's aus«, forderte ich sie auf. Etwas, womit ich nie gerechnet hatte.

»Ich muss mit dir reden.«

»Tun wir das nicht gerade?« Mit einer Handbewegung deutete ich ihr an fortzufahren.

Kelsey stellte die Taschen auf den Esstisch, kam wieder zurück und lehnte sich mit der Hüfte an die Ledercouch. »Na schön. Es ist so, dass wir für die nächsten Tage Zuwachs bekommen. Hättest du ein Problem damit?«

In meinen Gedanken sah ich bereits einen kleinen Malteser durch die Wohnung springen oder einen von diesen Mini-Kläffern mit Glitzer-Halsband, die in Handtaschen passten. »Kein Ding. Das ist dein Haus, deine Regeln. Du bist die Aufseherin, schon vergessen?«

Ein halbes Lächeln von ihr, mehr kam nicht, was mir wirklich Sorgen machte. Bevor sie weitersprach, begann sie ihre blonden, langen Haare fast wie geistesabwesend zu flechten.

»Meine Cousine wird einige Tage bei uns wohnen. Auch ihre Freundin. Ich will nicht, dass du dich von dem ganzen Östrogen im Haus überrumpelt fühlst. So als Hahn im Korb.«

Ein Mann und drei Frauen in einem Haus. Wohl die Wunschvorstellung vieler Männer, besonders jener in meinem Alter. Mir wurde bei dem Gedanken kurz übel.

Es gab einen Grund, warum ich seit jenem Vorfall allen die kalte Schulter zeigte und mich abwendete. Nun gut, bei fast allen. Ava war meine kleine Ausnahme, doch mehr als diesen kleinen Austausch auf dem Unigelände würde es nicht geben. Das hatte ich mir fest vorgenommen, weil es das Beste war. Alle Frauen in meinem Leben hatte ich enttäuscht. Sarah, Mum und auch Bianca, die beste Freundin meiner Schwester. Ich hatte gewusst, Bianca wollte mehr von mir, als ich ihr hatte geben können.

Nun war ich überrascht, dass Kelsey so einfühlsam war, um mich vorher zu fragen. »Danke. Ich werde schon damit klarkommen. Wo wollen sie schlafen? Ich kann ihnen gerne mein Zimmer geben. Und ich penne auf der Couch«, bot ich an. Diese Tage würde ich dann einfach länger in der Uni und in der Bibliothek beim Lernen verbringen.

»Nicht nötig, danke. Meine Cousine schläft im unteren Zimmer und ihre Freundin hier auf der Couch. Das haben wir schon beredet. Eine Bitte aber noch: Würdest du nett zu ihr sein? Sie hatte es in der letzten Zeit nicht leicht und ich habe Mist gebaut. Deshalb freue ich mich, wenn sie jetzt hier ist. Ich muss einiges wiedergutmachen. Ich werde trotzdem viel für die Arbeit zu tun haben und unterwegs sein. Sie ist wirklich süß, nur etwas … nun ja, abweisend Fremden gegenüber. Könntest du dich ein wenig um sie kümmern, wenn ich nicht da bin? Also so, dass es nicht auffällt.«

Klar, so etwas fiel den betreffenden Personen ja nie auf. Aber ich widersprach nicht. Ich war Kelsey für alles dankbar, außerdem war sie nicht mehr nur Sarah und Johnnys Freundin, sondern auch meine, obwohl wir nicht unterschiedlicher hätten sein können. »Geht klar. Für dich mache ich das gerne.«

Nun grinste Kelsey wieder mit diesem typisch belustigten Funkeln in den Augen. »Du musst bei dem Gedanken daran nicht so ein Gesicht machen. Alle anderen Jungs würden sich darum reißen und sich den kleinen Finger abhacken! Du bist mindestens genauso verklemmt wie meine Cousine.«

Und dahin war die ernste, sensible Kelsey.

Einige Male tippte sie sich auf ihre Lippen, dann hob sie den Finger. »Ich hab's. Wir könnten eine Party schmeißen, um die Stimmung zu lockern. Alkohol haben wir genügend im Haus.«

»Ich denke nicht, dass das irgendetwas löst.«

Kelsey drehte sich um und ging in die Küche, um einige Tüten auszuräumen. Also doch nicht alles Frauenzeugs. Währenddessen plapperte sie weiter, während ich von meiner Wasserflasche trank.

»Ach stimmt, mit euch Spaßbremsen würde das ein Reinfall werden. Aber im Ernst, das müsst ihr ändern und euch eindeutig etwas lockerer machen ... Hm, ich hab's: Nichts macht einen lockerer als Sex. Vielleicht schläfst du einfach mit ihr!«

Hustend spukte ich Wasser, das ich gerade verschluckt hatte. »Wie bitte? Ich soll mit deiner Cousine schlafen?«

»Tz, das war natürlich ein Scherz, Vinny!«, tadelte sie kichernd und klatschte im nächsten Moment begeistert in die Hände, als die Türglocke läutete. »Sie sind da! Sie sind da! Sie sind daaaa!«

Schon war sie davon getänzelt und ich stand ebenfalls auf, um unsere Gäste zu begrüßen. Während ich zum Eingangsbereich schlenderte und mir gut zuredete, nicht zu griesgrämig und eigenbrötlerisch zu wirken, hob ich die Arme und streifte mir ein frisches Shirt über. Ich ließ sie wieder sinken, sah ich in die Augen unserer neuen Mitbewohnerin und verschluckte mich zum zweiten Mal an diesem Abend.

Ava – Gegenwart

Bei unserer Wohnung angekommen, standen dort plötzlich zwei Feuerwehrautos mit lauten Sirenen und blinkenden Lichtern vor dem Gebäude. Es war wie im Film – einem verdammt schlechten. Teile der Straße und des Gehwegs waren abgesperrt und darum herum standen bereits einige Schaulustige. Dicke Rauchschwaden stiegen vom Haus auf. Flammen zuckten im Erdgeschoss und wurden von mehreren Wasserfontänen der Feuerwehr gelöscht.

Rasch parkte ich den Wagen und stakste mit offenem Mund auf die Szene zu. Mitten unter den Passanten sah ich blaue Haare aufblitzen. Lourdes redete auf einen Polizisten ein und gestikulierte wild mit den Armen in Richtung des Wohnhauses. Doch ihr Gegenüber schüttelte den Kopf und Lourdes griff sich sichtlich frustriert in ihre Haare. In diesem Moment drehte sie sich um und unsere Blicke trafen sich. Sofort kam sie zu mir, um mich zu umarmen.

»Ich bin so froh, dass du heute in der Uni warst! Im Chinarestaurant ist ein Herd explodiert und durch das Öl ist das Feuer schnell größer geworden.«

»Ist mit dir alles in Ordnung? Wo warst du?« Sorgenvoll betrachtete ich ihr Gesicht, konnte aber nirgendwo Rußspuren oder Verletzungen entdecken.

»Mit mir ist alles okay. Ich war gerade eine Runde laufen. Als ich zurückkam, sah es fast genauso aus wie jetzt. Sie lassen uns nicht rein. Das Feuer werden sie zwar bald gelöscht haben, aber wegen des Rauchs und der Statik darf die nächsten Tage niemand in die Wohnungen.«

Sie klang zerknirscht und ich fühlte mich nicht weniger erdrückt. Fast alle meine Klamotten und mein Zeug waren dort oben, bis auf die restlichen Sachen, die ich zum Glück noch in Kartons im Kofferraum des Wagens hatte. Außerdem hatten wir keine Bleibe mehr, keinen Ort, an dem wir schlafen konnten. Es war kalt, Lourdes zitterte zwar nicht, aber ich konnte deutlich Gänsehaut auf ihren Armen erkennen, da sie bloß in knielangen Lauftights und Neckholder-Top vor mir stand.

»Komm, setzen wir uns in den Wagen.«

Dort angelangt, schaltete ich die Zündung ein und stellte die Heizung hoch.

»Danke.«

»Kein Problem«, gab ich zurück und grübelte nach, was wir machen sollten, als ich bemerkte, wie Lourdes mich von der Seite aus komisch ansah. Hatte ich von meiner Heulattacke am Nachmittag noch schwarze Make-up-Reste im Gesicht kleben? »Habe ich was auf der Wange oder möchtest du mir etwas sagen, was ich womöglich nicht hören will?«

Lourdes lächelte kurz. »Knackig und direkt, wie ich es mag.«

»Knackig, das musst du gerade über mich behaupten«, bemerkte ich und schnippte auf ihren trainierten Oberarm.

Ihr Blick wurde wieder ernst, ihr Lächeln verzerrt. Schnell blickte sie auf das rauchende Haus, dann sah sie mir wieder ins Gesicht. »Ich bin froh, dass du hier bist, aber so sollte es echt nicht laufen. Ich kann mir gar nicht genau vorstellen, wie schwer es für dich war. Zuhause. Oder mit Sams Familie.«

Abwehrend schüttelte ich den Kopf. Ich wollte nicht schlecht über Steph oder Jordan reden, egal was sie getan oder mir angedroht hatten. Immerhin hatte ich ihnen noch etwas viel Schlimmeres, Unverzeihlicheres angetan – ihnen den Bruder genommen.

»War nicht so schlimm. Außerdem wollte ich schon immer mal in San Francisco sein.«

Das stimmte. Zwar nur zum Teil, dennoch mochte ich die Stadt mit der typischen Berg- und Talfahrt der Straßen. Die rustikalen, geschichtsträchtigen Cable Cars, die das Bild genauso prägten wie die berühmte Hängebrücke auf fast jeder Postkarte der Stadt.

»Aston hat aber was Anderes erzählt.«

Mein kleiner Bruder wieder, dieses Plappermaul. Ich war ihm nicht böse, ohne ihn wäre ich nie hier gelandet. Dann erinnerte ich mich, dass es auch für Lourdes nicht einfach gewesen war nach der Trennung von Sams Bruder. »Bist du deshalb hierhergekommen. Wegen Jordan?«

Normalerweise hatte Lourdes immer eine stolze, aufrechte Haltung, einen gewissen Grundtonus in ihrem Körper. Nun sackte sie in sich zusammen, ließ die Schultern hängen.

»Zum Teil. Ja, gut. Es war ein großer Teil.« Sie sah auf ihre Finger im Schoß, die sie knetete. »Jordan und ich sind nicht im Guten auseinandergegangen.« Ihr Blick schweifte zu mir. »Ich habe mit ihm Schluss gemacht. Ich habe ihn in seiner Ehre verletzt und er hat mich geschlagen.«

»Was? Das hat-« Ein schockierter Ruck fuhr durch mich hindurch, konnte nicht glauben, was ich da hörte.

Ihre Hand stoppte mich und ließ mich direkt verstummen. »Warte. Das ist nicht alles. Zum Teil war ich selbst schuld. Ich war naiv und hätte das nie von ihm gedacht. Ich wollte dir das schon früher erzählen, aber ich wusste nicht, wie du darauf reagieren würdest.«

»Ich werde dich nicht verurteilen, egal, was du mir erzählst. Du kannst mir vertrauen«, betonte ich und sie nickte, dabei sah sie nach draußen und begann zu erzählen.

»Im letzten High-School-Jahr waren wir auf einer Party mit zu viel Alkohol und zu vielen hormongesteuerten Abschlussklässlern. Einer von ihnen kam auf die Idee, Flaschendrehen zu spielen wie kleine Teenies. Ich wollte nicht, Jordan schon, und er hat mich überredet. Als ich an der Reihe war, zeigte der Flaschenhals auf ein Mädchen, das ich nur vom Sehen her kannte. Die Mädels in der Runde lachten, die Jungs grölten und uns blieb nichts übrig, außer uns zu küssen. Und es war ein Kuss, ein richtiger Kuss.«

Ein flüchtiges Lächeln huschte über ihre Lippen, so schnell wie ein Wimpernschlag. »Der Kuss hat mein Leben verändert. Ich habe Dinge dabei gefühlt, die bei Jordan nie so stark gewesen waren. Deswegen habe ich Schluss gemacht. Er war zwar gekränkt, aber hat mich ziehen lassen. Doch als er mich einige Wochen später mit dem gleichen Mädchen auf einer Party hat rummachen sehen, ist er ausgetickt. Jordan hat mich angeschrien, rausgezerrt und verprügelt. Kein Schwein hat mir geholfen. Das Mädchen habe ich auch nie wiedergesehen, als hätte ihr das alles nichts bedeutet. Aber für mich stand fest, dass ich nicht mehr in mein altes Leben zurückkonnte, ich nicht bleiben wollte. Seitdem bin ich hier und mache das, was ich will.«

»Wow, das ist … scheiße. So ein Arschloch!« Meine Stimme klang atemlos und Lourdes Augen wanderten zu mir, forschten in meinem Gesicht.

»Du musst dir keine Sorgen machen, wegen der Sache mit den Frauen. Ich mag beides, je nachdem«, stellte sie klar und lächelte knapp.

»Mach ich mir nicht. Meine Cousine steht auch auf Frauen. Ich bin nur so erschüttert über das, was Jordan getan hat. Er hat mir zwar auch gedroht, mich verhöhnt oder sie haben unsere Auffahrt beschmiert. Wirklich gewalttätig zu werden, hätte ich ihm nicht zugetraut.« Ich legte ihr eine Hand auf den Arm, drückte sie und lächelte aufmunternd. »Gut, dass wir nun hier sind. Weg von diesem Idioten.«

Um noch weiter über meinen Schatten zu springen, schlug ich außerdem vor: »Ich weiß schon, wen ich anrufen kann. Ich bin mir sicher, heute Nacht können wir dort schlafen und dann sehen wir weiter.«

***

Wie erwartet, nahm uns meine Cousine mit offenen Armen auf. Ich hatte zwar kleine Bedenken, ob ich wirklich mit ihr zusammenwohnen wollte, nachdem sie nach meinem Unfall nicht für mich dagewesen war. Aber ich wollte nicht länger nachtragend sein. Ihre Schmerzen mochten vielleicht nicht körperlicher Natur sein, doch ich wusste, dass sie die neue Beziehung ihres Vaters, meines Onkels Franklin, aus der Bahn geworfen hatte. Was kein Wunder war. Er hatte sich von ihrer Mum scheiden lassen, um mit Kels ehemaliger besten Freundin zusammen zu sein.

Ich muss nicht extra erwähnen, auch der restliche Shaw-Morrison Clan war davon überrascht, besser gesagt, eher schockiert gewesen und es gab danach einige Spannungen. Das alles war jetzt zwei Jahre her und Onkel Franklin und meine neue Tante hatten ein Mädchen zusammen bekommen, meine zuckersüße Nichte Sookie. Daher hatte es etwas Gutes gehabt. Vielleicht gab es ja in allem Schlechten irgendwann auch etwas Gutes? Vielleicht musste man nur abwarten und es gab später für alle Glück im Unglück?

Soeben läuteten wir bei meiner Cousine, die hörbar gut gelaunt zur Tür lief und sie schwungvoll aufriss. »Kommt rein, kommt rein. Los!«

Schnell schnappte sie sich meinen Rucksack und einen Karton, den ich gehalten hatte, und stellte sich Lourdes vor, die merklich irritiert von so viel Energie nur »Hallo« und »Danke« antwortete. Was Kelsey nicht zu bemerken schien. Ihre ganze Aufmerksamkeit war auf mich gerichtet, sie vibrierte förmlich.

Kelsey hatte sich fast nicht verändert, ihr Lächeln war strahlend wie eh und je. Nur konnte ich heute kleine, dunkle Augenringe erkennen, die vorher nie dagewesen waren, und ihr Lächeln erreichte nicht ganz ihre Augen. Sichtlich unschlüssig, was nun passierte. Daher dachte ich nicht darüber nach, sondern umarmte sie. Ich wollte Frieden schließen, mit ihr, mit meiner Vergangenheit. Wie gesagt, vielleicht entstand aus dem Unglück an diesem Abend etwas Gutes und hatte seinen Grund.

Gleich nachdem ich meine Schuhe abgestellt und die Jacke im Vorraum aufgehängt hatte, zerrte mich Kelsey durch den Eingangsbereich in den Wohnraum, und was ich dort sah, brachte mich zum Erstarren. Nicht nur meine Glieder – nein, auch meine Atmung. Das lag jedoch nicht an der Wohnung, diese hatte ich schon mal gesehen, sondern an dem Typen, der gerade eben durch den Raum auf uns zuging und sich ein Shirt überzog. Mein Blick wäre mit Sicherheit länger auf der nackten Haut seiner durchtrainierten Bauchmuskeln haften geblieben, hätte ich nicht sofort diesen leicht humpelnden Gang erkannt.

Ich sah hoch in sein Gesicht und obwohl ich kaum mehr atmete, klopfte mein Herz umso schneller. Wie das möglich sein konnte, war mir ein komplettes Rätsel. Genauso wie die Tatsache, was Nat hier trieb, dazu gerade noch oberkörperfrei und sichtlich verschwitzt. Mir wurde übel.

Ungläubig ließ ich meinen Blick zu Kelsey wandern, um zu überprüfen, ob ihre Haare durcheinander waren. Sie fühlte sich doch zu Frauen hingezogen? Hatte ich da etwas falsch verstanden oder machte sie für solche speziellen Leckerbissen manchmal eine Ausnahme?

Kelsey folgte meinem Blick, ihr Lächeln wurde breiter und meine Übelkeit stärker. *Klasse!* Meine ganz persönliche Hölle. Wie war das nochmal mit *Freitag, dem 13.*? »Das ist Nathan. Mein allerliebstes, neues Projekt. Momentan ist er unter meiner Obhut, um wieder Glück und Freude in seinem traurigen –«, quatschte sie los, als Nat ihr ins Wort fiel: »Äh, Kelsey?«

»Na gut, na gut. Er ist der Bruder einer Freundin und der beste Freund meines Freundes Johnny. Ach Mist, das klingt komplizierter, als es eigentlich ist.« Sie atmete tief ein und aus, als sammelte sie die Worte wie Perlen, um sie neu aufzureihen. Sie wirkte wirklich etwas nervös. »Kurz gesagt, er ist ein Freund. Kommt aus Österreich und wohnt hier, weil ich seine Schwester kenne. Die kommen übrigens bald, dann sind wir eine große, glückliche WG. Wie bei *Friends*.«

Verwirrte Blicke von uns dreien folgten, woraufhin Kelsey frustriert die Arme in die Luft warf. »Die Serie! So viel älter bin ich auch wieder nicht.«

Ach, das. Sie war wirklich etwas durch den Wind, wenn sie mit so etwas ankam. Und ja, ich wusste selbst, dass ich mich im Moment viel lieber mit Kelseys verworrener Art beschäftigte, als wieder zu Nat hinüberzusehen. Dafür konnte ich seinen Blick umso deutlicher auf mir spüren.

Statt noch länger in dieser peinlichen Situation zu verharren, streckte er Lourdes die Hand hin und stellte sich vor. »Hallo, ich bin Nathan. Freut mich.«

Dann bot er sie mir an und ich ergriff sie zögerlich. Ich war mir sicher, er müsste den dröhnenden Puls durch den Händedruck spüren. Konnte man ihn nicht auch hören? Ich nahm nichts Anderes wahr. Na gut, ich spürte auch noch seine warme Haut an meinen Fingern, die mir eine Gänsehaut den Arm hinaufjagte.

»Hallo Ava. Schön, dass ihr hier seid. Alles klar bei dir?«, fragte er scheinbar ganz salopp, aber ich konnte mehr in seinem Blick lesen. Die unausgesprochene Frage, wie ich mich nach dem Fiasko heute Nachmittag fühlte.

»Ja, mir geht's gut, Nathan. *Danke.« Danke für die nette Begrüßung. Danke, dass du doch nicht mit Kelsey schläfst. Danke für heute Nachmittag und all die anderen Male, als du da warst.* So viel Dankbarkeit in nur einem kleinen Wort. Ich hoffte, er konnte die vielen tieferen Bedeutungen aus meinem Tonfall heraushören.

»Ihr kennt euch bereits?«, fragte Kelsey dazwischen und ihre Augen wanderten von mir zu Nathan und wieder zurück.

»Nur flüchtig von der Uni«, klärte Nat sie auf, was Kelseys wilde Fantasien zugleich zum Stoppen brachte. Dennoch ließ sie es sich nicht nehmen noch hinzuzufügen: »Dann habt ihr ja jetzt die Chance, euch besser kennenzulernen. Oder ihr könnt gemeinsam was unternehmen. Das wäre sicherlich nett.«

Ja klar, sehr nett und überhaupt nicht peinlich. Würde es auffallen, wenn ich Kelsey kurz mit der Ferse auf den Fuß trat?

»Gerne, kein Ding«, antwortete Nat wie ein Roboter, es hörte sich aber auf einmal eher an, als würde er alles andere hundertmal lieber machen. Er gab meine Hand frei, was ein Prickeln auf meiner Haut hinterließ.

»Soll ich euch helfen eure Koffer reinzutragen? Und ich habe es auch schon Kelsey angeboten, du kannst gerne oben in meinem Zimmer schlafen. Es ist nicht viel Zeug drinnen, man müsste nur das Bett neu beziehen. Und ich nehme das kleinere hier unten?« Er klang freundlich, gut erzogen und dennoch hatte sein Blick jetzt etwas Gehetztes.

Mit dem Kinn deutete ich auf meinen Rucksack und die zwei Kartons, die neben Kelsey auf dem Boden standen. »Ich habe nur das hier. Danke für dein Angebot, aber ich bleibe lieber hier unten. Du weißt schon ...« Ich verstummte kurz, überlegte mir meine Worte und sah ein, dass ich endlich dazu stehen musste. Außerdem kannte er die Wahrheit. »... wegen meiner Prothese.«

Nats Blick flackerte von meinem Gesicht zu meiner in Strumpfhosen verhüllten Prothese unter dem Rock und sogleich wieder zu meinen Augen. »Oh, stimmt. Das habe ich ganz vergessen. Tut mir leid.«

Verblüfft starrte ich ihn an, genauso schockiert wie Kelsey kurz die Luft einsog. Ich vergaß diese Tatsache nie, es war mir jede Sekunde bewusst, und vielleicht war genau das der Fehler? Daher lächelte ich überrascht.

»Muss es nicht. Vielleicht sollte ich das auch manchmal tun. Genauso wie kindisch sein«, fügte ich leiser hinzu und erhielt ein leichtes Aufblitzen in seinen warmen, braunen Augen.

Damit war das Thema vom Tisch und ich fühlte mich nicht wie sonst bei meinen Eltern minderwertig oder verkrüppelt, wie jemand, den man verstecken musste, sondern befreit. Wieder etwas, wofür ich ihm dankbar war. Ich hoffte nur, ich konnte an dem Gefühl der Leichtigkeit festhalten.

8. *Kapitel*

Paramore – »I Caught Myself«

Nat – Gegenwart

Die nächsten Tage vergingen unkomplizierter, als man sich das als Mann mit drei Frauen in einem Haus vorstellen mochte. Weder gab es Zickereien, noch wurde um das Bad gestritten oder beim Essen unappetitliche Themen angesprochen: wie Beinrasur, Tampons, Binden oder generell das ganze Zeug rund um den Zyklus oder wie Kelsey zu sagen pflegte: »So viel Blut, dass du aus den Latschen kippst.«

Das Sex und Kondome jedoch in manchen Gesprächen vorkamen, lag ebenfalls ausschließlich an Kelsey. Ich war generell nicht der Typ, der darüber redete, Ava schien es ähnlich zu gehen und Lourdes machte sowieso nur selten den Mund auf. Wenn, dann sprach sie bloß mit Ava, war meistens unterwegs und kam oft wirklich nur zum Schlafen auf der Couch vorbei.

Wie ich mitbekommen hatte, suchte Lourdes neben den Vorlesungen an der Uni nach einer neuen Wohnmöglichkeit zur Überbrückung, bis sie wieder in ihre Wohnung ziehen konnten. Bisher durften sie nur einmal reingehen, um sich ein paar Klamotten oder Lehrbücher zu holen, aber aufgrund des Rauchgases und wegen der Statik, weil das Erdgeschoss ziemlich ausgebrannt war, war die Gefahr zu groß. Das alles würde erst in den nächsten Wochen abgeklärt und dann beschlossen werden, wann an einen Einzug zu denken war.

Kelsey hatte den beiden angeboten, länger zu bleiben. Besonders da Johnny und Sarah doch keine Tourpause einlegen konnten und erst später zurück sein würden, wie mir Sarah gerade über das Handy berichtet hatte. Was toll war, da sie als Vorgruppe gut ankamen, aber sie in ihren Studienplänen etwas zurückwarf. Logischerweise blieb daneben nicht sehr viel Zeit zum Lernen, obwohl sie manche Prüfungen über das Internet ablegen konnten. Im Prinzip war es jedoch egal, ob sie ein oder zwei Jahre länger bis zum Abschluss brauchten, denn durch die Tour verdienten sie genug Geld zum Leben und unsere Großeltern überwiesen uns ebenso ein wenig Taschengeld. Das hatten sie sich seit unserem ersten Treffen nicht mehr ausreden lassen, unsere Proteste ignorierend.

Genau das sagte ich gerade zu Sarah, als ich in meinem Zimmer beim Schreibtisch saß, vor einigen Minuten noch über meine Unterlagen zu Makroökonomie gebeugt.

»Freu dich doch, dass die Tour so gut läuft. Wenn ihr ein paar Wochen später zurückkommt oder sich dazwischen keine Pause ergibt, ist das kein Ding. Wir kommen schon klar. Der Alltag kommt sowieso viel zu schnell und solange dir Johnny nicht auf die Nerven geht, ist es doch toll, zu zweit unterwegs zu sein. Genießt die Zeit und lasst es euch gut gehen. Mir ist es nach wie vor ein Rätsel, wie du es vierundzwanzig Stunden mit ihm aushältst«, neckte ich die beiden, da ich wusste, dass Johnny garantiert mithörte.

Zur Bestätigung hörte ich im Hintergrund sein Schnauben: »Das habe ich gehört, Bro.«

»Darum habe ich es ja gesagt«, rief ich etwas lauter zurück, damit er das ebenfalls hören konnte, was Sarah dazu brachte »Autsch, nicht so laut«, zu murmeln. Am Telefon konnte ich Sarahs Gesicht zwar nicht sehen, aber ich wusste einfach, dass sie lächelte.

»Zurzeit ist er noch erträglich. Das liegt wohl daran, dass ich sein Ego manchmal etwas zurechtrücke. Du weißt schon, wie Hecken schneiden, hier ein Schnipper, dort einer, dann passt das schon«, antworte sie eben noch gelassen, woraufhin sie im nächsten Moment laut lachte. Vermutlich wegen Johnnys Retourkutsche, die wahrscheinlich nicht verbaler Art war und von der ich, ehrlich gesagt, gar nichts näher wissen wollte.

Nachdem sie sich wieder beruhigt hatte, redete Sarah weiter: »Das weiß ich doch, dass du klarkommst, aber ich bin ungern so lange weg. Nicht nach allem, was in den letzten Monaten passiert ist. Es war nicht leicht für uns.«

»Ich kann auf mich aufpassen und außerdem bin ich mit Lernen genügend abgelenkt. Und der neuen Uni und der neuen Stadt …«

Was stimmte, aber sicherlich nicht das einzige Thema war, um das meine Gedanken kreisten. Doch von Ava wollte ich nichts erzählen. Was sollte das auch sein? Außer, dass wir in einer WG lebten. Wir hatten nichts miteinander unternommen, wie Kelsey vorgeschlagen hatte, oder überdurchschnittlich viel geredet, trotzdem konnte ich eine Verbindung zu ihr spüren. Eine, die vor wenigen Tagen noch unkompliziert und ungefährlich gewirkt hatte. Jetzt, da sie hier wohnte, ich sie jeden Tag zumindest flüchtig sah, machte sich eine kleine Panik in mir breit. Vorher konnte ich mich distanzieren, obwohl ich von Anfang an das Gefühl hatte, mich selbst in ihr wiederzuerkennen. Aber jetzt mit ihr zusammenzuleben? Das machte mir eine Scheißangst.

Trotzdem konnte ich nicht damit aufhören sie zu beobachten oder über sie nachzudenken. Mehr als ihr wohl bewusst war. Unsere kleine Spielerei mit dem Essen und Trinken machten wir ab und zu noch, aber nicht mit dieser gleichen Unbefangenheit wie zuvor. Außerdem hatte es uns schon einige verwirrte Blicke von Kelsey oder Lourdes eingebracht.

»Und wie verstehst du dich mit Kelseys Cousine und ihrer Freundin? Ich habe gehört, dass es ziemlich voll sein wird, wenn wir wieder da sind«, sprach mich Sarah von sich aus auf Ava an. Deutlich zu interessiert.

»Funktioniert alles einwandfrei. Du wirst sie mögen, wobei ich nicht weiß, wie lange sie noch bleiben, da sie zurück in ihre Wohnung möchten.«

Ich konnte zwar Sarahs Neugierde beinahe über die Entfernung hin durch das Handy spüren, bevor sie jedoch noch näher darauf eingehen konnte, erinnerte ich mich an den Anruf von Malie und ihre Einladung zum Columbus Day. Sarah war sofort Feuer und Flamme, ihre Freude, endlich etwas wie eine fast normale Familie zu haben, war fast greifbar. Johnny konnte ich ebenso etwas Zustimmendes murmeln hören und somit hatte ich für genügend Ablenkung gesorgt. Damit war es fix geregelt, sie im Oktober wiederzusehen, um gemeinsam zu unseren Großeltern zu fahren.

Kurz vor dem Ende unseres Gespräches, weil ich noch einen Termin hatte, hörte ich Sarah wieder ins Telefon kichern. Als ob Johnny sie kitzeln oder sonst wie ärgern würde. Was er ganz gut konnte, egal bei wem. Ich musste selbst lächeln, und auch wenn in meinem sonstigen Leben alles verpfuscht war, machte es mich froh, dass die beiden einander hatten. Trotzdem musste ich den großen Bruder raushängen lassen, um der alten Zeiten willen.

»Sagt mir bitte nicht, dass ihr beide nackt seid und euch betatscht, während ihr mit mir telefoniert.«

»Ich sag's nicht.« Wieder lachte sie und ich hörte es durch die Leitung hindurch rascheln.

»Mensch Johnny, lass deine Griffel von meiner Schwester, wenn ich anwesend bin!«, redete ich laut ins Telefon.

»Ich kann dich aber gar nicht sehen ...«, flötete seine Stimme gut gelaunt zwischen Sarahs Lachen hindurch und ich schüttelte den Kopf. Die beiden waren wie verdammte, wildgewordene Karnickel.

Währenddessen bekam Sarah japsend wieder Luft. »Wir ... haben nichts gemacht ... Nichts Unanständiges, meine ich.«

»Irgendwie kann ich das nicht ganz glauben.«

Nun lachte Johnny, bevor er ins Telefon rief: »Mann, ehrlich. Ich habe sie bloß mit kleinen Serviettenkugeln abgeschossen. *Das* fand deine Schwester so lustig. Nicht mich. Eines kann ich dir versprechen: Wenn ich nackt wäre, würde sie ganz andere Geräusche machen.«

»Manchmal frage ich mich echt, was ich an dir finde«, tadelte sie ihn hörbar lächelnd. Daraufhin folgte ein Klatschen wie Haut auf Haut. Vermutlich hatte sie ihm mit der Rückhand gegen den Arm geschlagen, nachdem er bereits lange genug darum gebettelt hatte.

Wieder an mich gerichtet, fuhr sie fort: »Tut mir leid, Nat. ich weiß, du musst weg. Es waren wirklich nur Kugeln, die er mir ins Haar geworfen hat. Irgendwie hat er es mit meinen Locken. Ein ganz schlimmer Fetisch, wenn du mich fragst.«

Mit einem Lächeln verabschiedete ich mich von den beiden. Trotzdem konnte ich Sarah noch einen Moment fast direkt vor mir sehen, wie sie Johnny streng ansah, wobei ein Lächeln in ihren Augen funkelte. So waren die beiden. Ein wenig wie Hund und Katz, sich immer wieder gegenseitig aufziehend und trotzdem voller Liebe.

War so etwas jedem vergönnt, oder gab es bloß einige Ausnahmen, die es verdient hatten? Wenn es so war, dann hatte ich meinem Schicksal den Stinkefinger gezeigt. Ich hatte es gar nicht verdient, so glücklich zu sein.

Nat – im Sommer zuvor

Ich sperrte die Wohnungstür auf, summte die letzten Zeilen zu ›Felicita‹ von Albano Carrisi mit und drehte dann den MP3-Player ab, bevor ich die Stöpsel aus den Ohren zog. Mehr aus Gewohnheit, als es mir peinlich war, weil ich manchmal ganz gerne Schlager hörte. Ein weiteres Überbleibsel aus der vielen Zeit, die ich mit meiner Großmutter verbracht hatte.

Die Musik der Schlagersänger stand für die guten Zeiten unserer Kindheit, half mir den Kopf frei zu bekommen, genauso wie lauter Beat und Schlagzeug-Sound beim Krafttraining. Ich fand, jede Musik hatte ihre Berechtigung, es kam nur auf den richtigen Moment an. Egal wie oft mich Johnny, die Jungs in unserer WG oder meine Fußballer-Kollegen in der Mannschaft deshalb schon aufgezogen hatten.

Oder wegen der Tatsache, dass ich gut in Standardtänzen war, da ich mit 15 einige Tanzkurse besucht hatte. Nun gut, die Tatsache, diese mit meiner Großmutter besucht zu haben, band ich ihnen nicht auf die Nase. Damit würden sie mir ewig in den Ohren liegen, und das würde sogar meine Männlichkeit eine Spur ankratzen, obwohl mich dumme Sprüche meist kalt ließen. Ich hatte bereits zu viel erlebt, um mir wegen Nichtigkeiten einen Kopf zu machen.

Ein zaghaftes Lächeln stahl sich auf meine Lippen, als ich an Omas glockenhelles Lachen dachte, wenn ich sie beim Tanzen schwungvoll gedreht hatte. Unzählige Male hatte sie mir den Arm getätschelt und gemeint, ich wäre noch ein Charmeur der alten Schule. Mir war es egal gewesen, was ich in ihren Augen war oder was sie meinte in mir zu sehen, solange diese Augen gelacht hatten. Für diese ungezwungenen Momente wäre mir jeder Spott der anderen recht gewesen, wenn ich nur einige Monate zurückdrehen könnte, um Großmutters Zuversicht zu fühlen, ihre eiserne Gewissheit, dass am Ende alles gut werden würde.

Es waren einige Wochen seit ihrem Tod vergangen, der Schmerz noch immer ein dumpfer Begleiter, aber langsam, ganz zaghaft kamen die guten, schönen Gefühle zurück, wenn ich an sie dachte. Dennoch war mein Lächeln längst verblasst und wurde zu einer harten, undurchdringlichen Miene, je weiter ich in die Wohnung hineintrat. In die Wohnung, die ich alleine mit meiner Mum teilte.

Mit dem Handrücken wischte ich mir den Schweiß von der Stirn, bevor ich die Tür hinter mir ins Schloss fallen ließ. Heute herrschte brütende Hitze in den Straßen Korneuburgs, wie schon die gesamte letzte Woche, was das Fußballtraining keine Spur leichter gemacht hatte. Dennoch waren die zwei Stunden nötig gewesen, hatten meinen Kopf abgelenkt und meinen Körper beansprucht.

Obwohl alles im Lot war, stellte ich dennoch jeden Morgen beim Aufwachen fest, dass ich mich immer müder fühlte. Ich wollte es nicht wahrhaben, doch die Sache mit Mum kratzte an meiner Substanz und machte mir mehr zu schaffen, als ich gedacht hatte.

Die meiste Zeit war alles in Ordnung, wir aßen zusammen und wenn ich sie darauf hinwies, nahm sie die Tabletten gegen ihre psychische Erkrankung. Zwei Mal hatte ich sie zum Arzt begleitet, nachdem sie zuerst nicht gehen wollte, um im Wartebereich auszuharren, und anschließend ein Häufchen weinenden Elends mit nach Hause zu nehmen, das sich immer wieder entschuldigte.

Manchmal hatte ich jedoch Zweifel, ob sie die Medikamente wirklich nahm, wenn ich aushilfsweise in einem Copyshop arbeitete, oder ob sie tatsächlich die Finger von Alkohol oder stärkerem Zeug ließ, wenn sie unbeobachtet war. Ich hoffte es, der Zweifel war jedoch allgegenwärtig, genauso wie meine Sorgen. Sie machte es mir nicht leicht, obwohl ich wusste, wie sehr sie sich die meiste Zeit bemühte. Trotzdem forderten die letzten Wochen ihren Tribut, sogen mir die Kräfte aus.

An manchen Tagen wünschte ich, mir die Zeit würde schneller vergehen. Zwar wollte ich Sarah nicht beunruhigen oder ihr die Verantwortung alleine überlassen, nichtsdestoweniger wäre ich froh gewesen, wenn sie bald von ihrer Reise in die Staaten zurückkäme. Obwohl mir ihre Freundin Bianca hin und wieder aushalf, mit zum Einkaufen ging oder vorbeischaute, zehrte es mich aus. Außerdem machte mir dieses Thema *Bianca* zusätzlich Sorgen, da ich das Gefühl nicht loswurde, sie würde auf etwas warten.

In Gedanken versunken marschierte ich einige Schritte den Flur entlang, einen Karton voll Lebensmittel in den Händen. Noch bevor ich den Karton in die Küche gebracht hatte, blieb ich erschrocken im Gang stehen und beobachtete meine Mutter, die an der Wand im dunklen Flur lehnte und mit den Fingerspitzen verträumt meine Schlafzimmertür streichelte. Sie wirkte wie ein Geist, so dünn, blass und verwirrt, wie sie aussah.

Langsam stellte ich den Karton auf den Boden und ging durch den schmalen, dunklen Gang auf sie zu. Nach links führte eine Tür in die Küche, rechts in das Wohnzimmer und am Ende gab es zwei Türen, hinter denen die Schlafzimmer lagen. Das linke Zimmer war Sarahs, das von Mum belegt war, rechts lag mein altes und nun wieder aktuelles Zimmer, in dem Großmutter nach meinem Auszug geschlafen hatte.

»Mum, was machst du denn da? Ist alles in Ordnung?«

Ohne zu zucken, führte sie ihre Bewegung fort, und ich dachte schon, sie hätte mich nicht gehört, als sie antwortete: »Kannst du dich noch erinnern?«

»Was meinst du?«, fragte ich und trat vorsichtig näher. Hier hinten gab es wenig Licht, fast alles lag im Schatten. Leichte Übelkeit schlug mir auf den Magen und ich war mir sicher, jegliche Farbe war mir aus dem Gesicht gewichen.

Sie drehte sich um und lächelte mich an. Ein Lächeln, das in dieser Situation und mit diesen Worten einfach nur falsch war und mir eine Gänsehaut bereitete. Früher war hier eine Glastür gewesen, bloß der Rand aus Holz. Ich weiß nicht mehr, wie es passiert war, ob ich wütend dagegen gehämmert hatte, weil sich Sarah in mein Zimmer gesperrt hatte, oder weil ich beim Fangen Spielen dagegen gelaufen war. Keine Ahnung.

Doch ich konnte mich bis heute an den Schmerz erinnern. Der Schmerz, der heute noch manchmal am inneren Unterarm stach wie eine schäumende Erinnerung. Er war damals durch das Glas geschlagen und vor Schock hatte ich den Arm einfach wieder herausgezogen. Ich war noch ein kleines Kind gewesen und wollte mich so schnell wie möglich verstecken, bevor Mum oder Großmutter sehen konnten, was ich angerichtet hatte. Bei der schnellen Bewegung hatte ich mir die Hand und den Unterarm der Länge nach aufgerissen.

Die Bilder daran waren verschwommen, das heftige Brennen danach saß tief in meinem Kopf fest. Ich hatte aufgeheult, geweint wie ein kleines Baby, weil es so wehgetan hatte. Aber das war mir egal, sogar als Sarah zu mir gekommen war, war es mir egal. Das Einzige, was ich wollte, war, dass es aufhört.

An diesem Nachmittag war meine Großmutter in der Arbeit, dafür war Mum zu Hause, um auf uns aufzupassen. Doch sie schlief auf der Couch, so lange, bis Sarah sie geweckt hatte, obwohl Sarah noch ganz klein war, vielleicht drei oder vier.

Dann kam sie – unsere Mum – nicht schockiert oder mit diesem gehetzten Gesichtsausdruck, den ich erwartet hatte, den ich von Müttern aus dem Fernsehen kannte, wenn etwas Schlimmes passiert war. Nein, unsere Mum nicht. Stattdessen lächelte sie, hockte sich neben mich auf den Boden und strich über meine blonden Locken.

»Na, na, na, mein kleiner Engel. Es ist alles gut. Komm her, Mummy ist da. Sssscht.«

Ihre Arme legten sich um mich, wiegten mich, während Mum tröstend auf mich einredete. Und ständig, durchgehend, trug sie dieses unheimliche Lächeln. Ein Lächeln, das nicht verblasste und vollkommen falsch war. Genau wie das, was sie als Nächstes tat. Mit einer Hand hatte sie zwar die Wunde bedeckt und drückte darauf, so als würde sie magisch verschwinden, wenn sie diese nicht sehen konnte. Doch das Blut quoll immer noch zwischen ihren Fingern hindurch, so rot, bis mir vom Anblick schlecht wurde.

Ich wimmerte erneut und sie zog mich fester an sich. »Schht. Alles wird gut, mein Baby. Siehst du, ich zeige dir was Schönes.«

Mit dem Zeigefinger der anderen Hand fing sie einen Blutstropfen auf und zeichnete damit eine Linie auf die weiße Wand gegenüber. Das machte sie noch einmal, und ein weiteres Mal, bis sie lächelnd darauf deutete. »Siehst du, ein kleines Haus. Nur für dich und mich. Ist das nicht schön. Willst du auch etwas malen?«

Ich schüttelte den Kopf, zumindest glaubte ich das, denn sie machte weiter. In der Zwischenzeit war es egal geworden, was sie tat, denn ich weinte nicht mehr, ich saß bloß in ihren Armen. Da war kein Schmerz mehr, ich war nur noch müde und ich wollte schlafen. Vielleicht tat ich das auch kurz, denn plötzlich wurde ich von einem Poltern und lauten Schrei hochgerissen. Meine Großmutter? Dann folgten Gebrüll und Bilder; helle, dunkle, verschwommene.

Danach nichts. Als ich wieder zu mir kam, lag ich am Tropf in einem Krankenhaus; Großmutter saß mit wirren Haaren und müdem Blick neben mir, eine schlafende Sarah auf dem Schoß. Mein Arm war verbunden und meine Mum hatte ich danach lange Zeit nicht wiedergesehen, ohne zu wissen, wo sie war, und ob sie zurückkommen würde.

Als mich die Erinnerung jetzt einholte, schauderte ich kurz. Mein Geist war gefangen zwischen Wut und Unglaube – ich fühlte mich wie gelähmt. Daraus befreite mich meine Mutter mit den Worten »An dem Tag, als wir hier gemalt haben. Wir hatten so viel Spaß«. Plötzlich platzte ich. Etwas riss in mir – meine ganze Geduld und Selbstbeherrschung, meine Wut darauf, dass sie mich hier hätte verrecken, ihren eigenen Sohn verbluten lassen.

Ja, sie war krank. Ja, sie hatte einen psychotischen Anfall gehabt oder auch jetzt einen Rückfall. Vielleicht hatte sie sogar Drogen genommen – keine Ahnung. Aber ich hatte genug. Ein für alle Mal genug. Also brüllte ich, so wie ich noch nie gebrüllt hatte und es wohl nie wieder würde. »Was. Soll. Dieser. Scheiß? Verdammt! Wie kannst du das sagen? Wie konntest du das zulassen?«

Anklagend zeigte ich auf die Tür. Gerade als sie etwas sagen wollte, ihr Blick nicht mehr so verschwommen und verträumt wie Augenblicke zuvor, redete ich weiter, wollte nicht zuhören, sondern alles rauslassen. »Ich wäre damals fast gestorben! Wir hatten keinen Spaß! Du hättest mich beinahe in meiner eigenen Blutlache verrecken lassen. Ist dir das überhaupt klar?«

Anschließend tigerte ich auf und ab, griff mir in die Haare, ließ die Arme fallen und begann von vorne. Ich unterdrückte ein Schluchzen, holte stattdessen tief Luft und sah sie mit zusammengekniffen Augen an, in ihr Gesicht, das jetzt ebenso jegliche Farbe verloren hatte wie meines.

»Ich weiß nicht mehr weiter. Du musst in eine betreute Anstalt gehen. Mum, ich schaff das nicht. Die Sachen von früher, die Dinge von heute. Ich … ich kann nicht mehr.«

Erneut fuhren meine Finger durch die blonden Locken, rissen dabei einige aus, als ich mich abwandte. Einige Minuten sagte keiner von uns ein Wort, ich konnte nur unseren Atem in diesem Raum hören, der wie ein Vakuum aus Schuld, Wut und Trauer wirkte.

Leise schlurfte sie näher, dann spürte ich ihre zittrige, kalte Hand auf meinem Rücken. »Es tut mir leid, Nathan. Ich …«, begann sie, brach von alleine ab. Ich weiß nicht, was sie mir in diesem Moment sagen wollte, doch sie konnte es nicht.

»Mir tut es auch leid.«

Das tat es wirklich. Der Ausbruch, mein Gebrüll, obwohl ich mich ein wenig besser fühlte, der Druck mich nicht mehr vollkommen zermalmte. Mich umzudrehen und sie anzusehen fiel mir schwer, jedoch war ich froh, es zu tun. Ihr Blick war fokussiert, in den Augen sammelten sich Tränen. Sie war ein Bild des Bedauerns, dennoch wusste ich, wieder meine Mum vor mir zu haben. Die fürsorgliche, die auf uns aufpassen konnte, mit der ich gute Erinnerungen hatte. Trotzdem brauchte ich nach dem ganzen Chaos eine Pause.

Daher wendete ich mich ab. »Ich gehe eine Runde. Ein wenig frische Luft schnappen. Lass uns später darüber sprechen.«

Nur, dass wir nie wieder redeten.

Als ich einige Stunden später wiederkam, wusste ich trotz des Alkohols in meinem Blut sofort, dass etwas nicht stimmte. Die Wohnung lag zu dunkel, zu ruhig vor mir. Obwohl ich die Kälte in mir bereits spürte, während ich den Flur entlang Richtung Wohnzimmer ging, werde ich nie die richtigen Worte für den Schock finden, den ich fühlte, als ich meine Mum auf der Couch vorfand.

Ich wusste, sie schlief nicht, keinen Moment lang. Ihre Augen waren geschlossen, sie bewegte sich nicht mehr. Keinen Atem, den sie ausstieß, und keine Wärme, die sie abgab. Meine Mum war fort, ihr Körper nur noch eine leere Hülle. Auf dem Tisch vor ihr lag eine Spritze und sie musste jegliches Pulver, das sie gehabt hatte, verflüssigt und sich selbst verabreicht haben. Ein glorreicher letzter Schuss zum Abschied von dieser Welt. Und ich hatte sie dazu getrieben.

9. Kapitel

Sick Puppies – »Maybe«

Ava – Gegenwart

Ich erreichte das Therapiezentrum bereits mit einem mulmigen Gefühl im Magen. Hätte ich nur darauf gehört. Dort angekommen erklärte mir Anne mit verschränkten Armen vor der Brust: »Hallo, Ava. Zieh bitte deinen Bikini an. Heute machen wir Wassergymnastik, wie ich es längst wieder wollte.«

Ihre Stimme klang bestimmt, genauso wie das energisch hochgereckte Kinn, das mir sagte, ich könnte mir jedes Widerwort sparen. Dennoch sah ich die Anspannung in ihren Schultern und versuchte mein Glück, auch heute von dieser unsinnigen Planscherei befreit zu werden. »Ach schade, den Bikini habe ich zu Hause vergessen.«

Kurz blitzten ihre braunen Augen auf, doch sie antwortete ebenso süß wie ich: »Kein Problem, wir halten für solche Fälle frisch gewaschene Badeanzüge parat.«

Vermutlich hatte sie nur auf eine patzige Antwort gewartet, denn sie griff hinter sich und warf mir einen dunkelblauen zu, der mir eher ins Gesicht klatschte.

»Ich gehe nicht ins Wasser. Nicht mit diesem furchtbaren …«, setzte ich an und funkelte sie böse an, da sie mich fast dazu gebracht hatte, das Wort »Stumpf« auszusprechen. Gleichzeitig überkam mich wie immer das schlechte Gewissen, setzte sich wie bittere Galle in meinem Mund fest, weil ich mich schämte, so zu denken. Warum konnte ich nicht aufhören mich verstümmelt wie ein grotesker Freak zu fühlen, anstatt mich zu freuen, am Leben zu sein?

Sam konnte gar nichts mehr tun oder fühlen, bloß meinetwegen. Er war unwiderruflich fort und ich benahm mich furchtbar, undankbar.

Wie um meine eigenen widersprüchlichen Empfindungen zu unterstreichen, fuhr Anne mich streng an: »Werd endlich erwachsen. Glaubst du, du bist die Einzige mit einem furchtbaren Schicksal, mit einer nicht rückgängig zu machenden Verletzung? Nein! Tagtäglich passiert etwas Schlimmes. Aber weißt du was? Die anderen kämpfen, damit es ihnen wieder besser geht. Das wirst du auch. Also schluck diesen ganzen Mist hinunter und mach, was ich sage. Ich will immerhin nur das Beste für meine Patienten.«

Klasse, nun hatte ich zusätzlich ihretwegen ein furchtbar schlechtes Gewissen. Sie hatte Recht – mit allem. Ich musste endlich aufhören herumzujammern, also schluckte ich schwer und obwohl es mir nicht leichtfiel, sah ich ihr in die Augen. Hoffte dabei, nicht so zerknirscht auszusehen, wie ich mich fühlte. »Okay.«

Bei meinem Blick erkannte ich außerdem Annes leicht rot verweinte Augen, die viel müder als üblich wirkten.

»Wie bitte?«, fragte Anne verwundert.

»Okay. Ich ziehe mich um und komme in fünf Minuten.«

»Oh. Sehr gut, dann … bis gleich«, gab sie zurück, versuchte zu tun, als hätte sie von vornherein mit meiner Einsicht und nicht wieder mit heftigem Widerwillen gerechnet. *Von wegen.*

Sie rauschte davon und ließ mir zumindest kurz eine Verschnaufpause. Die sofort bei Beginn der Stunde vorbei war, in der ich mich im feuchten Nass zum Deppen machen durfte. Zumindest ließ sie mir am Anfang meinen Stolz und half mir nicht in den Treppenlift, der am Beckenrand befestigt war.

Nachdem ich mich auf den Sessel niedergelassen hatte, nahm sie mir lediglich die Krücken ab, da ich ohne Prothese mit nur einem Bein auf diese Dinger angewiesen war. Während sie die Krücken zur Seite stellte, legte ich den Gurt um meine Mitte und schloss ihn, um guten Willen zu zeigen, da Anne auf den Gurt bestand, wie wir bei der letzten und bisher einzigen Wassertherapiestunde heiß diskutiert hatten.

Im Wasser machten wir einige Lockerungsübungen, wobei sie mich bei den meisten an der Hüfte haltend fixierte, trotzdem durfte ich auch ein wenig alleine schwimmen. Zuerst war es schwierig, die richtige Balance zu finden, ständig kippte ich seitlich weg oder ging mit dem Kopf unter Wasser. Doch ich ließ nicht locker. Wie Anne oder frühere Therapeuten gesagt hatten, war ich eine Kämpfernatur. Das war mir bis zu dem Zeitpunkt, als ich darum kämpfen musste, normal zu wirken, nie bewusst gewesen.

Früher war mir alles in den Schoß gefallen, ohne viel Aufwand meinerseits, doch ich hatte es nicht zu schätzen gewusst. Mit Steph hatte ich die beste Freundin in der angesagtesten Clique gehabt, ich war eine erfolgreiche Sprinterin im Leichtathletikteam und mit Stephs Bruder Sam zusammen gewesen. Dem beliebtesten Typen an der ganzen High-School. Er hatte mich gewählt – mich, ein Mädchen, eine Klasse unter ihm –, obwohl er jede hätte haben können. Ich wusste, um das alles hatten mich viele beneidet, doch ich war zu blind gewesen zu erkennen, welch Geschenke das gewesen waren. Erst, nachdem ich alles ruiniert hatte, musste ich zu kämpfen anfangen, was zum Teil auch gut gewesen war. Ansonsten hätte ich es nicht geschafft, in so schneller Zeit nach dem Unfall in der Reha mit einer Prothese gehen zu lernen und es jetzt bereits so gut zu können, sodass nur noch ein humpelnder Gang zurückgeblieben war. Von außen betrachtet, wenn man es nicht wusste, wäre man nie darauf gekommen.

Ich wusste, ich sollte stolz und dankbar dafür sein. Für diese gelenkige Prothese, die mit der hautfarbenen Beschichtung einen gewissen Eindruck von Normalität vermittelte. Gemeinsam mit meinen blickdichten, dicken Strumpfhosen und den Chucks war ich beinahe wie alle anderen, aber eben nur fast.

Wäre da nicht der Schmerz, der manchmal auftrat. Wenn ich das Bein zu sehr beanspruchte, drückte die Prothese auf den Stumpf. Oder manchmal spürte ich einen dumpfen Schmerz am amputierten Bein, dort, wo ich es verloren hatte. Hin und wieder brannte es oder der Schmerz flackerte kurz, aber heftig auf, ohne etwas dagegen tun zu können. Bisher war Anne die Einzige, die davon wusste, da ich eine dieser Attacken einmal in ihrer Stunde bekommen hatte.

Seitdem redete sie auf mich ein, es gäbe andere Therapieformen, um Phantomschmerzen zu behandeln. Phantomschmerz – was für ein Wort. Ein Schmerz, der sich für mich so real anfühlte, aber eigentlich nicht da war, sondern nur durch die Nervenbahnen meinem Kopf vorgaugelte wurde. Also war ich nicht nur äußerlich beschädigt, sondern auch in mir drinnen. Kein Gefühl, das mir half, alles besser zu verarbeiten.

Deswegen hatte mir Anne vor wenigen Tagen einen großen Spiegel mitgegeben, mit dem ich zu Hause arbeiten sollte. Aber ich konnte nicht – der Schmerz war zu groß, derjenige, der mich innerlich noch immer zerriss und mir Tränen in die Augen trieb, wenn ich alleine war.

Vielleicht war ich doch nicht so stark und hartnäckig, wie die anderen dachten, sondern spielte meine Rolle bloß zu gut?

***

Nach der beendeten Therapie schnallte ich mich wie zuvor eigenständig in den Hebelift. Anne zog sich indes aus dem Pool. »Gute Stunde, Ava. Schön, dass wir das geklärt haben.«

Mittendrin hatte sie sich für ihren Ausbruch in der Garderobe entschuldigt und von einem schlimmen Streit mit ihrem Freund erzählt. Anscheinend war er letzte Nacht zu lange weg gewesen und hatte zusätzlich mit einer anderen geflirtet. So genau wusste ich es nicht, dennoch konnte ich ihren Schmerz nachempfinden und sehen, wie verletzt und aufgewühlt Anne deswegen war, die sich gerade abtrocknete, als ihr Handy klingelte. Ihre Augen wurden groß und sofort wusste ich, wer der Anrufer sein musste: ihr Freund. Aufmunternd winkte ich ihr zu. »Na los, geh ran. Ich komme schon alleine raus.«

Ein warmes, wenngleich auch nervöses Lächeln machte sich auf ihren Lippen breit. »Danke. Ich brauche auch nicht lange.«

»Du musst dich nicht beeilen. Ich schaffe das, immerhin habe ich diesen Lift hier. Wir sehen uns in der nächsten Stunde.«

Meine Stimme war bestimmt und ließ keine weitere Diskussion zu, wie Anne erkannte und daher nickte. Schnell lehnte sie die Krücken an den Lift, schaltete ihn ein und hob vom Handy ab, um damit laut diskutierend in den Mitarbeitergarderoben zu verschwinden. Sogar durch die geschlossene Tür konnte ich ihre Antworten hören.

Wenige Sekunden, nachdem sie weg war, ruckelte plötzlich der Lift und blieb stehen. *Na toll, von wegen alleine schaffen.*

Missgelaunt klopfte ich auf die Liftsäule und versuchte an das Bedienungsgerät zu kommen. Doch es war außerhalb meiner Reichweite und der Lift rührte sich partout kein Stück weiter. Daher wägte ich meine Optionen ab. Der Lift war ungefähr auf der Hälfte hängen geblieben, wodurch ich auf der Höhe des Schwimmbeckenrands feststeckte. Mein linker Unterschenkel befand sich noch im Wasser und nur die Sitzfläche schwebte wenige Zentimeter über der Oberfläche. Wie es aussah, blieb mir nichts Anderes übrig, als mich abzuschnallen, reinzuspringen und mich anschließend mit reiner Armmuskelkraft auf den Rand zu ziehen. Das traute ich mir zu, besonders da ich alleine war und keinen Stress hatte.

Meine Finger griffen nach der Gürtelschnalle und zogen fest daran. Nichts tat sich. Ich versuchte es erneut, nur um festzustellen, dass auch die verdammte Schnalle nicht mehr funktionierte, wie sie sollte. Hektisch rüttelte ich daran, was dazu führte, dass der gesamte Gurt enger wurde.

Der Gedanke, nach Anne zu rufen, damit sie mir doch aus diesem Ding raushalf, schoss mir durch den Kopf. Zerfiel aber sofort wieder, da ihre wütende, aufgebrachte Stimme noch immer durch die geschlossene Tür drang. Vermutlich würde sie meine Rufe sowie nicht hören. Ich saß hier fest, wie ein Fisch auf dem Trockenen, nur eben umgekehrt, weil ich ja klitschnass war.

Witzig.

Vorwurfsvoll blickte ich zur Decke hoch, als könnte ich dort einen kichernden Kerl in den Wolken sehen, der sich gut unterhalten die Szene ansah. Stattdessen erblickte ich eine weißgestrichene Decke und Schimmelflecken in einer Ecke. Angewidert rümpfte ich die Nase und ließ für einige Momente meinen Geist wandern. Wie immer, wenn ich das in der letzten Zeit tat, glitten meine Gedanken wie von selbst zu dem Kerl, mit dem ich seit kurzem unfreiwillig eine Wohnung teilte.

Nathan.

Obwohl wir bereits seit einigen Tagen unter einem Dach lebten, war Nat mir nach wie vor fremd und ein Rätsel, wie in den Wochen zuvor, in denen wir uns an dem Tisch der Uni gesehen hatten. Das Einzige, das ich nach diesen Tagen sagen konnte, war, dass sich mein erster Eindruck von ihm bestätigt hatte. Er war einer der nettesten und gut erzogensten Typen, die ich in diesem Alter kannte. Nat ließ nie den männlichen Macho raushängen, sondern kümmerte sich ganz selbstverständlich wie wir alle um den Haushalt, kochte, bot Hilfe an, aber drängte sich nicht auf.

Seine Schweigsamkeit kannte ich bereits und es wirkte nach wie vor, als bevorzuge er die Stille, um im Inneren einen Kampf mit sich selbst auszutragen. Zumindest nach seiner versteinerten Miene zu urteilen, dem Ausdruck in seinen Augen, die noch verschlossener waren als meine. Nur manchmal konnte ich einen glühenden Funken in ihnen erkennen, wenn er sich unbeobachtet fühlte, oder sogar, und das war noch entscheidender, wenn er mich beobachtete.

Das wusste ich deswegen – nun ja, weil ich ihn ebenso verstohlen aus den Augenwinkeln musterte. Dieses Leuchten in den Augen, das ich in der Zwischenzeit zu gerne sah und auf das ich fast schon wartete, bekam Nat immer, wenn seine eiserne Fassade manchmal für ein paar Sekunden bröckelte.

Wenn er zum Beispiel am Morgen Frühstück machte, den Schrank öffnete und sein Blick beinahe sehnsuchtsvoll am Mehl und Staubzucker kleben blieb, bevor er die Fäuste ballte und sich resigniert abwandte. Etwas, das mich immer nachdenklich die Stirn runzeln ließ. Die Erklärung, er wäre Diabetiker und ihm war deshalb Süßes verboten, war mir selbst zu einfach, da musste mehr dahinterstecken, eine tiefere Bedeutung. Es juckte mich auf der Haut, diese Lösung zu finden.

Oder an den Abenden, wenn ich auf der Couch vorm Fernseher saß, jedoch regelmäßig zu ihm hinüberlinste, während er mit Stöpseln im Ohr an der Hantelbank trainierte. Dabei stemmte er Hantel um Hantel in die Höhe, die seine Muskeln zum Zittern brachten. Zu meinem großen Bedauern vollführte Nat sein Krafttraining nicht mehr so freizügig wie an dem Abend, an dem wir eingezogen waren. Eine Schande. Stets trug er eine lange, schwarze Hose und ein Shirt, das jedoch gegen Ende durchgeschwitzt war und ihm förmlich an seinem durchtrainierten Oberkörper klebte, was mich zumindest etwas entschädigte.

Es war nicht nur sein heißer Body, der mich das Fernsehprogramm vergessen ließ. Nun gut – schon auch, alles andere wäre gelogen. Dennoch beobachtete ich ihn gerne, wenn er trainierte und leise zu den Songs mitsummte, die teilweise so laut eingestellt waren, dass ich sie selbst von der Couch aus hören konnte. Zugegeben, nur wenn ich den Fernseher auf stumm stellte, wozu ich mich manchmal, wenn er diesen speziellen, offenen Gesichtsausdruck trug, hinreißen ließ. Dabei stellte ich fest, dass er nicht nur dröhnenden Clubsound hörte, sondern alles Mögliche. Genauso modernen Pop oder Songs aus der Zeit von Take That, Michael Jackson oder den Beach Boys. Aber auch Musicals zählten zu seinem Spektrum, genauso Lieder, die ich noch nie gehört hatte und nicht verstehen konnte. Vermutlich waren sie auf Deutsch.

Was ich am meisten mochte, war unser kleines Ritual des Essenteilens. Es hatte sich immer weiter eingeschlichen und machte nach wie vor Spaß. Viel zu großen, um damit aufzuhören, auch wenn die anderen darüber verwirrt die Augen verdrehten oder uns ansahen, als wären wir kleine, blaue Aliens.

In diesen wenigen Momenten, wenn sein Gesicht die gewohnte Härte seiner marmornen Miene vergaß, wirkte er deutlich jünger, beinahe wie ein anderer Mensch. Ein Kerl, mit dem man Pferde stehlen und über Blödsinn lachen konnte, der einem vor anderen womöglich peinlich war. Mir gefielen alle Seiten an ihm, aber ich spürte deutlich, es gab in ihm noch mehr zu entdecken, doch auch, dass er sich nicht öffnen würde. Ein Tresor wäre leichter zu knacken als Nathan.

Natürlich war mein Interesse an ihm nur freundschaftlicher Natur. Ich war nach Sam nicht bereit für einen Freund und mit meinem Bein wäre ich das vielleicht eine lange Zeit nicht. Wie sollte ich auch glauben können, jemand würde mich mit meiner Behinderung und meiner Vergangenheit annehmen, wenn ich es selbst nicht konnte?

10. *Kapitel*

Jamie Scott – »Unbreakable«

Ava – Gegenwart

Nachdem ich weitere zehn Minuten gewartet hatte, wurde mir die Situation endgültig zu dumm und nun war es mir sogar egal, wenn ich wie eine Verrückte nach Anne rief. Irgendwann würde sie mich hören und mich befreien. Doch soweit kam ich nicht. Noch bevor ich meinen Mund öffnen konnte, wurde eine andere Tür energisch aufgerissen, und obwohl er bei jedem Schritt leicht hinkte, war sein Gang kraftvoll. Wie der Rest von ihm.

Wow. Ich konnte ja von den engen Shirts um Brust und Oberarme schon einen gewissen Körperbau erahnen, aber mit derart anziehenden Brustmuskeln und sexy Sixpack hatte ich nicht gerechnet. Alle Widerworte und Hilferufe blieben in meiner Kehle stecken und ich wollte nur noch Mäuschen spielen, um ihn ein paar Augenblicke länger heimlich beobachten zu können. Okay, ich musste zugegeben, es war kein reines Beobachten – ich sabberte beinahe. Diese lächerlichen Gedanken, das Gefühl einfach wie ein normaler, hormongesteuerter Teenager zu schmachten, waren beinahe genauso schön wie sein Körper heiß.

Mein Blick wanderte von seinem Sixpack aus weiter die schräge Linie seiner seitlichen Muskeln hinunter zu einer gut sitzenden Shorts. Er war wirklich ein Prachtstück. Das Einzige nicht Makellose an ihm war eine weiß schimmernde Narbe am rechten Unterarm, die mir bisher nicht aufgefallen war. Sowie eine lange, leicht wulstige Linie, die dreißig Zentimeter über dem linken Knie begann und über das Schienbein bis fast zum Knöchel verlief. Die Stellen dieser zwei Kennzeichnungen auf seinem Körper wirkten beinahe symmetrisch.

Aber ernsthaft? Diese Narben kümmerten mich nicht im Geringsten, denn es waren bloß Linien auf seiner Haut. Ansonsten ging es ihm soweit gut und ich war froh darüber.

Ich sah hoch in sein Gesicht, das nicht weniger ansprechend als sein Körper war, obwohl er eine ziemlich grimmige Miene aufgesetzt hatte. Vermutlich mochte er die Wassertherapie so sehr wie ich: also gar nicht. Der Lift befand sich auf der anderen Seite des Pools, daher hatte Nat mich noch nicht entdeckt, weil er zu Boden blickte.

Er setzte sich an den Beckenrand, sprang, oder besser gesagt, fiel halb ins Wasser. Denn genau in dem Moment, als er sich abstoßen wollte, sah er nach vorne und musste mich erblickt haben, da er einen schockierten Ausdruck im Gesicht hatte und ziemlich unelegant ins Wasser plumpste. Dabei rutschte Nat anschließend zusätzlich aus, ruderte wie ein Wilder mit den Armen, bevor er endgültig unterging. Wieder hochgekommen, musste er heftig husten, als hätte er vor Schreck Wasser geschluckt.

Ich wollte es nicht, aber nach dieser ganzen Szene musste ich breit grinsen. Das alles war einfach zu surreal, wie ich hier festgeschnallt war, dann ausgerechnet Nat hereinmarschierte und jetzt mit mir im Pool war. Ein hysterisches Kichern bildete sich und wand sich glucksend einen Weg aus meinem Mund. Wie hieß es doch so schön? Humor ist, wenn man trotzdem lacht.

Doch nur so lange, bis er wieder festen Stand hatte, mich schwach anlächelte und mir langsam entgegen schwamm, während er mich begrüßte: »Hallo.«

Seine Miene war weicher geworden und Wärme prickelte in meinem Magen. Zuerst angenehm, dann panisch, nachdem mir bewusst wurde, dass ich noch immer in diesem verdammten Lift festsaß.

»Hi. Wie geht's?«

»Mir? Ganz gut, außer dass ich gerade eben fast ersoffen wäre. Und was treibst du so?«

»Ach, ich sitz hier nur so rum.«

Nat kam bei mir an, sein Gesicht und seine Haut schimmerten vom Wasser und ich musste mich bemühen, meinen Blick auf seine Augen gerichtet zu halten und ihn nicht wieder tiefer, auf seine feuchte, gutgebaute Brust fallen zu lassen. Obwohl mir das bei seinen ausdrucksstarken, braunen Augen nicht so schwerfiel. Die außerdem schöne, grüne Sprenkel aufwiesen, wie ich nun von nahem erkannte; Augen, die sich soeben zusammenzogen, während er mich musterte.

»Ernsthaft, Ava. Was machst du hier? Deine Stunde müsste seit zehn Minuten vorüber sein. Deshalb bin ich rein und wollte alleine anfangen, weil Anne mich nicht wie sonst geholt hat.«

Nun beäugte er mich intensiver, da ich wieder angefangen hatte, wie eine Blöde an der Gürtelschnalle herumzureißen, die sich partout nicht lösen wollte. *Stoisches Ding!*

»Kann ich dir helfen oder willst du absichtlich deinen Magen erwürgen? Habe ich dich etwa zu viel gefüttert und ist das eine neue Abnehmtechnik? Sei versichert, die hast du nicht nötig, im Gegenteil, du siehst toll aus«, sagte er mit einem Lächeln, das mich innehalten ließ.

Wie ich bereits wusste, lächelte Nat nicht oft und legte noch seltener seine abwehrende Maske ab, die ihn tagtäglich härter wirken ließ, als er vermutlich war. Nun tat er beides. Obwohl aus uns nie etwas werden konnte, packte ich diesen Moment, dieses Geschenk, fein säuberlich ein und stopfte mir den Anblick für später in meine Erinnerungen.

Erst als ich mich wieder zusammenriss, wurde mir die Bedeutung seiner Worte klar, da mich sein Anblick viel zu sehr abgelenkt hatte. *Ich sehe toll aus?* Hatte er das tatsächlich gesagt und ernst gemeint? Oder schnüffelte er Kleber oder was auch immer die Österreicher sonst trieben, um derart geistige Verwirrungen zustande zu bekommen? Ich sah nicht toll aus – ich war gebrochen, ein Freak.

Ich schluckte fest und versuchte starr in seine Augen zu blicken und nicht auf mein nicht vorhandenes Bein. Dabei gruben sich meine Fingernägel in den Handballen und der bekannte, aber beruhigende Schmerz nahm mir etwas von der Spannung. Genauso wie Nats freundliche Augen mit dem dezenten Schalk darin, der mich, untypisch für mein neues Emo-Ich, antworten ließ: »Ich will dir nichts vormachen. Dieser Lift hat sich in mich verliebt und kann mich nicht mehr loslassen.«

Ups, hatte ich das gerade tatsächlich gesagt? Flirtete ich etwa?

Statt die Augen zu verdrehen, stieg er darauf ein. »Glaubt man gar nicht, dass so ein Apparat einen derart guten Geschmack hat. Soll ich dich daher befreien oder willst du noch ein wenig mit ihm alleine sein?«

Ich schmunzelte, versuchte aber ernst zu klingen. »Nun, ich denke, ich bin niemand für langfristige Geschichten. Hast du vielleicht ein Messer oder etwas, um mich von diesem Ding zu befreien? Langsam wird er wirklich etwas anhänglich.«

»Gehst du auf alle deine Verehrer mit dem Messer los?«

»Ich habe keine Verehrer, wenn du es genau wissen willst."

Ähm, warum genau, habe ich das jetzt gesagt? Hatte mein Hirn den gleichen Kurzschluss wie das Ding, auf dem ich saß, oder hatte mir der Lift einen Stromschlag verpasst und dabei eine Gehirnhälfte weggeschmort?

»Das glaube ich kaum«, kam stattdessen von Nat. Er glitt näher, stand direkt vor mir und ich hielt unweigerlich die Luft an, während er sich der Schnalle zuwendete. »Lass mich mal sehen.«

Keine zehn Sekunden Einsatz seiner – wie mir jetzt erschien – magischen Finger reichten und die Gürtelschnalle sprang auf, als hätte sie nie ein Problem gehabt. Der Gurt rutschte von meiner Mitte und ich konnte wieder richtig atmen. Zumindest so weit, wie es die Nähe zu Nat zuließ, die eher eine kurze, kleine Hechelatmung hervorrief. Hoffentlich bemerkte er das nicht, ansonsten konnte ich nach dieser ganzen Szene nie wieder mein Gesicht zeigen. Aber nein, die Pein nahm noch kein Ende, denn er hob aufmunternd die Arme in meine Richtung.

»Los, spring. Ich helfe dir runter.«

»Tust du nicht. Ich komme alleine ins Wasser und dann wieder raus. Danke.«

»Ist das dein Ernst? Du willst lieber ins Wasser fallen, deine Haare wieder nass machen, um dich alleine rauszuziehen, anstatt dir kurz helfen zu lassen?«

Stimmt, in der Zwischenzeit, die ich im Halbtrockenen verbracht hatte, waren meine Haare bereits fast trocken. Wenn ich alleine runtersprang, würde ich komplett untertauchen, genauso mit dem Kopf. Ganz zu schweigen von meinem schwarzen Augen Make-up, das mich anschließend aussehen lassen würde wie einen Pandabären.

Meinen inneren Zwiespalt ignorierend, fuhr Nat fort: »Weißt du, wie ich mich dabei fühle? Total nutzlos. Dabei war ich gerade noch so was wie ein Held in weißer Rüstung.«

Das ließ mich innehalten. »Du machst es einer Lady wirklich nicht leicht, deine Hilfe auszuschlagen. Das ist dir hoffentlich klar? Na schön. Einverstanden. Aber lass mich nicht fallen, das wäre kindisch – auf die schlechte Art.«

Ich atmete tief durch und sah zu ihm hinunter. Es waren nur wenige Zentimeter, dennoch musste ich mich über die Schwelle fallen lassen – in seine offenen Arme. Die, zugegeben, sehr einladend aussahen. Aber zu oft war ich verarscht und schikaniert worden, und das wäre eine perfekte Gelegenheit für einen fiesen Streich. Doch Nat war bisher nur freundlich und für mich dagewesen und hatte mich Dinge fühlen lassen, von denen ich dachte, sie nicht mehr in mir zu haben.

»Gut. Dieses Mal kein *Kindisch*, versprochen. Na los. Du kannst loslassen. Ich fang dich.«

Ein letztes Mal blickte ich ihm skeptisch in die Augen und erkannte keinen Schalk mehr, sondern aufrichtige Ehrlichkeit. Dennoch streckte ich den kleinen Finger aus, wie ich es früher immer mit meiner Mum gemacht hatte, als ich ganz klein gewesen war. »Versprochen?«

»Versprochen«, antwortete er und hakte kurz seinen kleinen Finger ein. Also ließ ich los. Und er fing mich.

Genauer gesagt lag ich beinahe in seinen muskulösen Armen, in denen er mich sicher stützte und mich hielt, als wäre ich eine Braut und wir würden gleich über eine Schwelle treten. Schnell verscheuchte ich diesen Gedanken, ich würde mit Sicherheit nie so eine Braut sein – nicht in diesem Leben.

Sein breiter Oberkörper war an meine linke Seite gepresst und mein Mund wurde trocken, staubtrocken. Trotzdem fand ich irgendwie meine Stimme wieder. »Danke. Du kannst mich jetzt loslassen.«

»Nein. Willst du meine Heldentat schon wieder zunichtemachen?«

»Nein?« Entgeistert drehte ich den Kopf und sah ihm direkt ins Gesicht, das mir viel zu nahe war. Deswegen konzentrierte ich mich lieber auf unsere Diskussion, statt in seine Augen zu starren oder auf seine breite Brust.

»Lass mich runter. Du kannst mich doch nicht wie so ein Mäuschen raustragen. Außerdem bin ich viel zu schwer«, setzte ich und hoffte, eines der Argumente würde bei ihm ziehen.

»Wir wissen beide, dass du kein Mäuschen bist, jedoch federleicht. Aber hör auf so rumzuzappeln. Du spritzt uns ganz nass.«

Schnell hörte ich auf mit den Händen zu rudern, verschränkte stattdessen die Arme vor der Brust und murrte: »Kein Wunder, mir fehlt auch ein ziemlich großes Stück.«

Kurz hielt er in seinem Marsch Richtung Treppen inne, bevor er weiterging. »Du musst aufhören, dich nur darauf zu reduzieren. Es gibt viel mehr an dir als diese eine Tatsache. Versteck dich nicht dahinter. Du kannst aus deinem Leben noch immer alles machen, was du willst. Du bist eine Kämpfernatur.«

Das saß und für die nächsten Sekunden war ich sprachlos. Völlig vor den Kopf gestoßen. Seine Worte taten weh, aber zum Teil hatte er Recht, ich versteckte mich dahinter, um nicht wieder verletzt zu werden.

Ich hatte noch immer kein Wort gesagt, nicht nur, weil ich unnötig schmollte, sondern weil ich es durchaus zu schätzen wusste, wie Nat mich durch das Wasser trug. Ich fühlte mich nicht länger abhängig oder dergleichen, sondern es hatte etwas sehr Intimes an sich so getragen zu werden, gar Sinnliches.

Ein warmes Flattern begann in meinem Magen, breitete sich aus, flog höher und nistete sich in meiner Brust ein. Kurz nahm ich mir den Luxus und schloss die Augen, um dieses Gefühl der Geborgenheit vollends in mich aufzusaugen.

Wir machten eine kleine Kurve zur Treppe, das Wasser schwappte über mein Bein und Oberkörper und ließ uns ständig aneinander prallen. Genau in so einem Moment, während Nat sich drehte und uns das Wasser noch weiter zusammendrängte, spürte ich eine warme, flüchtige Berührung an der Schläfe.

Hat er mich gerade geküsst? Nein, unmöglich. Das muss ich mir eingebildet haben.

Mein Hirn war noch vollends damit beschäftigt zu klären, ob ich mir die Berührung eingebildet hatte oder sie real gewesen war, und wenn, ob sie absichtlich passiert war oder nicht, als mich Nat auch schon auf einer Bank neben dem Schwimmbecken absetzte. Gleich darauf reichte er mir die Krücken und jede Kussfantasie zerstob in der Luft.

»Danke. Auch für deinen Ratschlag«, begann ich langsam, sah zu ihm hoch, obwohl er sich bereits ein paar Schritte Richtung Garderobe entfernt hatte. »Warum befolgst du ihn nicht selbst? Lebst dein Leben und versteckst dich nicht hinter dem, was dir passiert ist?«

»Weil es für mich keine Rettung mehr gibt.« Nächster Tiefschlag in meine Magengegend. Mit offenem Mund musste ich ihm hinterherstarren. Er ging zur Männergarderobe, verschwand darin und wirkte wie auf der Flucht.

Was ich natürlich nicht auf mir sitzen lassen konnte. Nicht nach dem, was gerade zwischen uns passiert oder auch nicht passiert war.

Fluchend griff ich nach den Krücken und versuchte ohne auszurutschen von der Bank aufzustehen, was mit dem feuchten Boden nicht so einfach war und länger dauerte, als ich wollte. Nachdem ich endlich stand, eilte ich zur Tür der Männergarderobe hinüber, die ich energisch aufstieß. Erst jetzt kam mir der Gedanke, ich hätte vielleicht anklopfen sollen.

Meine Angst war unbegründet, denn es stand kein nackter Nat darin, was mich nun doch etwas enttäuschte. Stattdessen war sie komplett leer, keine Schuhe, keine Jacke, nichts – bis auf ein zerfleddertes Stück Papier, das am Boden lag.

Stirnrunzelnd stakste ich näher und bückte mich, um den Zettel aufzuheben, der sich als zusammengefalteter Brief herausstellte. Die deutlichen Spuren und Risse an den Kanten zeigten, wie oft er bereits gelesen oder lange mit sich herumgeschleppt worden war. Eine innere Stimme herrschte mich an, den Zettel wegzulegen, nicht in Privatangelegenheiten zu schnüffeln. Ich wusste selbst, wie es mit Geheimnissen war und wie wichtig, diese geheim zu halten. Aber als mir ganz oben die Anrede ›Lieber Nathan‹ ins Auge stach, wusste ich, dass ich mich in einer bösen Zwickmühle befand.

Kurz schloss ich die Augen, biss mir fest auf die Unterlippe, um mich davon abzuhalten, weiterzulesen, die Vernunft siegen zu lassen. Doch die war bereits zum Teufel gegangen und mein Warten reine Verzögerungstaktik.

Nat war mir ein Rätsel. Eines, das mich fesselte und dem ich näherkommen wollte. Ich wusste zwar nicht mit Sicherheit, ob ich lediglich diese wiedergefundene Neugierde, dieses Aufwachen aus meiner Trance mochte oder wirklich die Person: Nat. Um das herauszufinden, musste ich ihn besser kennenlernen und ihn entschlüsseln, was mir dieser Brief leichter machen würde.

Soviel zu meiner Rechtfertigung, die ich mir einredete, als ich die Augen aufschlug und tatsächlich mit angehaltenem Atem zu lesen begann:

> Mein lieber Nathan, mein gutmütiger Stern, der mir immer den Weg geleuchtet hat, als nur Dunkelheit herrschte. Ich weiß, dass du mich jetzt hasst, und ich weiß, dass du dir selbst die Schuld gibst. Aber das stimmt nicht. Du hast mich schon so oft gerettet, du warst der ~~perfekte Sohn~~, der immer zu mir gestanden hat, mich verteidigte, wenn die anderen bereits aufgegeben hatten.
> Weißt du, wie stolz ich auf dich bin? Jeden Tag, immer mehr. Du wirst ~~ein großartiger Mann werden,~~ eine wundervolle Familie haben, die dich lieben wird und für die du alles sein wirst. Wie du und Sarah es für mich wart. Aber auch wie euer Vater - und ich kann nicht länger ohne ihn sein. Ob du es glaubst oder nicht, aber ich weiß, dass er dort draußen im nächsten Leben auf mich wartet, und ich habe keine Kraft mehr, diesen Tag herbeizusehnen, an dem wir uns wiedersehen. Daher gehe ich diesen Weg, den einen, den du und Sarah und all die anderen nicht verstehen werdet.

Ich schluckte schwer und versuchte meine Hände vom Zittern abzuhalten. Was ich hier las, war dunkler als meine schlimmsten Gedanken und plötzlich wusste ich, was auch Nat hatte bereits erleben und durchstehen müssen. Wie ich ihn kennengelernt hatte, gab er sich tatsächlich selbst die Schuld an dem Freitod seiner Mutter, wie auch immer sie es getan hatte. Ich konnte nur hoffen, dass nicht er sie gefunden hatte. Doch ich zweifelte, ob mein Wunsch erhört wurde. Warum sonst trug er diesen Brief, der ihm aus der Tasche gefallen war, immer mit sich herum, wie eine Bürde auf den Schultern, eine Mahnung an sich selbst? Nach einem tiefen Atemzug, um mich zu sammeln, senkte ich den Blick und las den Rest.

Mein Liebling, ich hoffe, dass du mir und ~~dir~~, eines Tages ~~vergeben kannst~~. Und dass du dich auch an die guten Dinge, nicht nur an die verrückten, schlechten, erinnern wirst. Ich war keine perfekte Mutter, aber ich habe euch geliebt und bin in jedem Moment meines Lebens so ~~unendlich stolz auf~~ euch. Verliere nicht dein Lachen, dein Strahlen und deine offene, freundliche Art, denn das ist das, was dich ausmacht. Du bist ~~stark, du bist so gütig und ein guter Mensch~~, ich weiß, dass ihr euer Leben alleine, ohne mich, besser meistern werdet und dass du auf Sarah achtgeben wirst. Ihr wart die Lichter meines Lebens, in dem es sonst fast nur Dunkelheit gab.

Ich liebe dich, ich vermisse dich schon jetzt, aber wir werden uns wiedersehen. Deine ~~stolze~~ Mama

Im Text konnte ich einige Zeilen oder einzelne Worte kaum noch erkennen, da sie nachträglich einmal oder gar mehrmals mit einem Kuli durchgestrichen worden waren. Wörter wie *stolz* oder *gütig* und *ein guter Mensch*, waren beinahe gar nicht mehr zu lesen. Ich konnte mir diesen Nat, wie er hier so hell, strahlend und offen auf Menschen zugehend beschrieben wurde, nicht ganz vorstellen. Dennoch spürte ich Wehmut aufkommen, da ich diese Seite an ihm nicht in dieser Form kennengelernt hatte und vielleicht nie würde.

Ich wusste, wie es war, wenn in einem etwas zerbrach, und dabei sprach ich nicht von meinen körperlichen Defiziten, sondern den Dingen in mir drinnen. Das Mädchen vor dem Unfall gab es nicht mehr, so wie ich fürchtete, dass dieser Nat von damals verschwunden war. Alles, was in unserem Leben passierte, formte und veränderte uns. Entweder zum Guten oder zum Schlechten. Die einen fanden wieder zurück, die anderen nicht. Dabei konnte man nie wissen, in welche Richtung der Weg führte, das konnte nur die Zeit weisen, die Spuren würden jedoch immer zu sehen sein.

Neben diesen Gedanken empfand ich unendliche Traurigkeit, weil ich mich fragte, was er alles hatte erleben müssen, um ebenfalls derart gebrochen worden zu sein. Gerade als ich mir eine kleine Träne wegwischte, die mir aus dem Augenwinkel entschwinden wollte, öffnete sich die Tür zum angrenzenden Duschraum. In der Tür stand Nat, vollkommen bekleidet, eine Sporttasche in der Hand und mit feuchten, kurzen Haaren. Mir blieb beinahe das Herz stehen, als Nat mich zuerst überrascht ansah, dann den Brief in meinen Händen taxierte und daraufhin seine Augen grimmig schmal wurden.

»Was tust du da?«

Bei diesen vier kleinen Worten trat sein Akzent so deutlich wie noch nie hervor. Was zeigte, wie sehr es ihn aufwühlte, was ich da getan hatte. Schnell faltete ich den Brief zusammen und reichte ihn Nat, dessen Blick sich auf das Papier geheftet hatte. Die Anspannung im Raum war fühlbar, die Luft so dick, als erdrückte sie uns. Ich wartete nur noch auf den lauten Knall, der unweigerlich folgen musste.

Mit einer schnellen Bewegung riss er mir den Brief aus der Hand und blickte mich an. Seine ganze Miene war aufgebracht, die Augen so groß wie nie zuvor und ich konnte die zitternde Anspannung in seinem Körper erahnen.

»Wie konntest du das lesen? Verdammt! Das geht dich nichts an, das war nicht für deine Augen bestimmt!«, fuhr er mich an und ich zuckte zusammen. Nicht aus Angst vor ihm, sondern weil er das aussprach, was ich mir selbst dachte. Mein schlechtes Gewissen überrollte mich, schlug über mir zusammen wie eine wütende Welle.

»Es tut –«, begann ich, aber Nat durchschnitt meine Entschuldigung. »Ich. Will. Es. Nicht. Hören! Ich brauche frische Luft. Lass mich einfach in Ruhe.«

Damit drehte er sich Richtung Ausgang und stürmte schneller hinaus, als ich blinzeln konnte. Ein dumpfer Schmerz blieb in meiner Brust zurück und ich atmete stockend. In diesem Moment wurde mir klar, dass ich mir zuvor nur etwas vorgemacht hatte. Ich wollte *ihn* kennenlernen, weil *er* mich neugierig machte und mich wieder fühlen ließ. Nat war der Angelpunkt, nichts Anderes. Und jetzt hatte ich es vollkommen vermasselt.

11. Kapitel

Jason Mraz – »I Won't Give Up«

Nat – Gegenwart

Die Schmerzen im Bein ignorierend, hastete ich durch den hellen, weißen Gang des Therapiezentrums und wollte nur noch raus. Mein Herz pumpte heftig in meiner Brust und es kam mir vor, als rückten die Gänge immer näher, kesselten mich ein, wollten mich zerquetschen. Beim Ausgang stieß ich die Tür auf und atmete in großen Zügen die frische Luft ein. Ganz kurz gönnte ich mir eine Verschnaufpause, dann marschierte ich nach Hause, zu Fuß, einen viertelstündigen Weg.

Dabei eilte ich an den Klippen der South Bay entlang, hörte das Rauschen des Wassers, das gegen den Stein brandete, und konnte, den Kopf zur Seite drehend, mitten darin die Golden Gate Bridge sehen, die königlich über der glitzernden Wasseroberfläche thronte. Für einen Moment hielt ich inne, trat näher an den steinernen Abgrund, blickte in die Wellen, roch die salzige Luft und spürte die Feuchtigkeit im Gesicht.

Erst als mich der Drang überkam, noch weiter nach vorne oder gar auf die Brücke selbst zu gehen, um den Nervenkitzel zu spüren, fuhr ich abrupt herum, weigerte mich diesem Wunsch nach dem gefährlichen Adrenalinkick nachzugeben. Was mir half, meinen Kopf zu klären und runterzukommen. Zumindest ein wenig und so lange, bis zu Kelseys Haus zu gelangen.

Dort angekommen hastete ich schnurstracks in mein Zimmer und lief der Länge nach auf und ab. Den pochenden Schmerz in meinem Bein ignorierend, fuhr ich mir mit der Hand durch das kurze Haar. Solange, bis ich schließlich genug davon hatte und mich schweißüberströmt auf dem Boden niederließ, mit dem Rücken an das Bett gelehnt. Erst jetzt ließ die Anspannung etwas nach, ich stützte die Ellbogen auf meine Knie, senkte den Kopf und schloss die Augen.

Ich war so verflucht wütend gewesen, Ava mit dem Brief entdeckt zu haben, was sprichwörtlich einen Kurzschluss in meinem Schädel ausgelöst hatte. Wenn ich nun zurückdachte, meldeten sich Schuldgefühle und Scham, weil ich sie derart angefahren hatte. So laut, bis Ava vor Angst sogar zusammengezuckt war. Ich fühlte mich elend, wenn ich an ihr zartes Gesicht zurückdachte, das so erschrocken gewirkt hatte.

Aber bisher waren dieser Brief und dessen Inhalt mein Geheimnis gewesen. Mir war klar, dass Sarah von dem Abschiedsbrief wusste, da sie selbst einen bekommen hatte, doch sie kannte den Inhalt nicht. Den kannte niemand – bis jetzt. Als ich ihn damals entdeckt hatte, nachdem ich meine tote Mutter gefunden hatte, fühlte ich mich vor den Kopf gestoßen. Zuerst konnte ich ihn nicht lesen und später wollte ich diese Worte vergessen.

Wie konnte sie solche Dinge schreiben? Oder denken, wir wären ohne sie besser dran? Zwar war es nie leicht mit ihr gewesen, sie hatte uns verletzt und wehgetan, das stimmte. Dennoch sie war unsere Mutter gewesen. Egal was Eltern taten oder sagten, egal wie sehr sie uns auch verletzen konnten, man war für immer ihr Kind, man wollte Anerkennung, Stolz und Liebe von ihnen. Jeder, der etwas Anderes behauptete, war ein Lügner. Selbst wenn man Scheißeltern hatte, wünschte man sich dennoch, sie würden sich ändern und einen doch noch so lieben, wie jedes Kind geliebt werden sollte.

Wie konnte Mum nach all den Dingen, die ich ihr als Letztes an den Kopf geworfen hatte, noch stolz auf mich sein? Ich hatte sie enttäuscht, sie alle. Die Erinnerung an mein Versagen schnitt mir jeden Tag mitten ins Herz.

Diese Tage rund um den Tod meiner Mutter waren die Tiefpunkte meines Lebens, und dieser Brief riss die Wunden immer wieder von neuem auf, ließ sie eitern, anstatt heilen. Mit den Daumen rieb ich über meine geschlossenen Lider und sah nicht länger das ausgemergelte Gesicht meiner Mum vor mir, sondern das von Ava. Mein Atem stockte.

Verdammt! Sie hatte selbst genügend mitgemacht und dann kam ich Idiot daher und fauchte sie an. Dabei beschlich mich der Gedanke, es könnte vielleicht gar kein so großes Versehen gewesen sein, den der Brief aus der Jeanstasche verloren zu haben. Womöglich hatte mein Unterbewusstsein gewollt, dass genau das passierte, weil es wusste: Wenn ich mit jemandem darüber reden konnte, dann mit Ava. Dabei war mir sogar heute kurz der Gedanke gekommen, doch mal einen Psychologen aufzusuchen.

Noch vor Wochen hätte sich jede Zelle meines Körpers gegen diesen Gedanken gesträubt, aber irgendetwas hatte sich verändert. Wie das Gefühl in meiner Brust, mein heftiger schlagendes Herz, sobald Ava in der Nähe war, ihr süßer Duft nach frischer Blumenwiese mich umwehte. Auch wenn ich es nicht benennen konnte, es bahnte sich etwas an, etwas Heftiges, das nicht nur auf körperlicher Anziehung beruhte. Und es machte mir eine Heidenangst.

***

In dieser Nacht schlief ich schlecht, weil mich das schlechte Gewissen plagte und ich wohl keine Ruhe finden würde, bis ich mich bei Ava entschuldigt hatte. Ich wälzte mich hin und her, zudem war es viel zu heiß im Zimmer, da es gestern einen Wetterumschwung gegeben hatte, und es half wenig, wie immer nur in Boxershorts zu schlafen.

Mist! Um meinen Frieden zu finden, musste ich wohl oder übel über meinen Schatten springen, mich auf Ava einlassen und dabei hoffen, nicht in einen bodenlosen Abgrund zu fallen. *Tja, wenn es sonst nichts ist, dann werde ich das schon packen.*

Also ließ ich es irgendwann sein, stand auf und setzte mich an den Tisch, um zu lernen. Jedoch nur so lange, bis mein Magen vor Hunger rumpelte und ich gezwungen war, nach unten zu gehen. In der Zwischenzeit musste es später Vormittag sein und ich hatte die anderen bereits herumgeistern gehört. Doch als ich nun hinunterging, war es ruhig und niemand zu sehen. Ich sah, dass Lourdes Schlafstätte auf der Couch leer und fein säuberlich geräumt war, wie immer, bevor sie in den Tag aufbrach.

Zuerst stand ich unschlüssig in der Küche rum, nachdem ich einen Proteinshake getrunken hatte, dann überkam mich ein alter Reflex und ich räumte Eier, Zucker, diverse andere Utensilien und Schüsseln auf die Arbeitsplatte. Wenn ich schon für mein Verhalten vor Ava zu Kreuze kriechen wollte, dann würde mir bei meiner Entschuldigung eine Ladung Zucker sicherlich helfen.

***

Zwei Stunden später hatte sich keiner in der Küche oder in der übrigen Bude blicken lassen, dafür war ich mit meiner Arbeit fertig. Mir war vorher bewusst gewesen, dass Kelsey eine gut bestückte Küche besaß, ich hatte jedoch noch nie darauf geachtet, wie vollständig sie tatsächlich war. Daher standen vor mir nun ein Dutzend Muffins mit rosa Buttercreme und lila Schmetterlingen oben drauf, die ich aus gefärbtem Marzipan ausgeschnitten hatte. Die Farben hatte ich nicht wegen meiner Vorliebe, sondern für Ava gewählt, nur um das klarzustellen.

Da ich Avas schmale Statur und ihre Gewohnheit bloß kleine Happen auf einmal zu essen, kannte, stellte ich sechs Muffins auf ein Tablett und näherte mich befangen ihrer Schlafzimmertür. Kurz überkamen mich Zweifel, ob das wirklich so ein genialer Einfall war, wie ich zuvor gedacht hatte. Vielleicht war sie gar nicht da?

Doch dann erinnerte ich mich, dass es egal war, wie ich mich fühlte. Wichtig war, mich für mein arschiges Verhalten von gestern zu entschuldigen. Also klopfte ich möglichst gut gelaunt an und nach einem leisen »Ja?«, trat ich mit klopfendem Herzen ein.

Doch das, was mich im Inneren erwartete, führte beinahe dazu, das Tablett mit den frischen Muffins fallen zu lassen. In diesem Moment wusste ich es einfach – ich wusste, dass ich alles tun würde, damit es ihr wieder besserging und um sie aufzuheitern. Ich trat ein und schloss sachte die Tür hinter mir.

Ava – Gegenwart

Den ganzen Tag hatte ich Schmerzen an meinem Bein, dem Bein, das ich eigentlich gar nicht mehr hatte. Wie war das überhaupt möglich? Wie konnte etwas wehtun, das gar nicht mehr existierte?

Dennoch spürte ich, wie es sich schmerzhaft zusammenzog, manchmal brannte oder von einem pickenden Schmerz erfasst wurde. Vielleicht lag es an meiner Unausgeglichenheit, aufgrund meines schlechten Gewissens und ich leitete meinen psychischen Konflikt in das Bein. Das wäre ja nichts Neues bei mir – ich hatte wohl die Arschkarte gezogen. Aber ich war es leid mich länger als reines Opfer zu sehen, ich wollte etwas dagegen tun, etwas, das ich vor wenigen Wochen nicht geschafft hätte.

Das war der Grund, warum ich im Halbdunkel in meinem Zimmer am Rand der Matratze saß. Der dunkelviolette Vorhang, der zu den blassviolett gestrichenen Wänden und dem weißen Mobiliar passte, war zwar ein wenig zugezogen, dennoch trat seitlich ein heller Streifen Sonnenschein herein. Das Licht tanzte förmlich über den Parkettboden und verhöhnte mich mit seiner Fröhlichkeit.

Egal wie meine Stimmung war, ich würde das mit diesem Spiegel durchziehen. Wenn ich das hier schaffte, würde ich es vielleicht irgendwann hinbekommen wieder zu laufen – wie früher: schnell und immer schneller, so frei wie der Wind, der durch die Gräser strich. Zwar hatte ich darüber mit niemandem gesprochen, aber in den letzten Tagen spielte ich manchmal mit diesem Gedanken. Vorher musste ich diese Schmerzen bändigen; einen Schritt nach dem nächsten.

Denn das musste einfach etwas bringen, das hatte mir meine Therapeutin versprochen. Seitdem wir nach einiger Überwindung das erste Mal über den Phantomschmerz geredet hatten, wollte sie diese Spiegeltherapie mit mir ausprobieren. Doch bloß bei dem Gedanken, irgendwo zu sitzen, in einen Spiegel zu blicken, der zwischen den Beinen aufgestellt war und somit das vorhandene Bein zeigte, um dem Gehirn vorzugaukeln, beide Beine wären noch da, zog sich in meiner Brust alles schmerzhaft zu einem erstickenden Knäuel zusammen. Sogar jetzt, nach Wochen und Monaten in Therapie, in denen ich mich beinahe mit meinem Schicksal abgefunden hatte, tat es weh. Es tat so furchtbar weh, in den mannshohen, länglichen Spiegel zu blicken, den ich zwischen meine Oberschenkel gerollt hatte.

Während ich den Phantomschmerz in meinem verlorenen Bein, sowie das psychische Leid des Verlusts spürte, kämpfte ich genauso mit meiner Scham, weil ich mich egoistisch selbstbemitleidete. Immer, wenn ich mich richtig mies fühlte, pendelten sich meine Gedanken bei Sam ein, dem ich sein Leben genommen hatte. Ich steckte fest. Versunken und zerrissen in einem Strudel aus Schmerz, Scham und Schuldgefühlen. Da half es nichts, mir einzureden stark zu sein und mich zusammenreißen zu müssen, wie ich es im Moment wollte, aber nicht konnte.

Die Tränen, die beständig auf meinen nackten, linken Oberschenkel tropften, da ich kurze Shorts trug, waren Beweis genug. Ebenso wie der brennende Schmerz in meinem linken Handballen, weil ich fortwährend die scharfen Fingernägel hineingrub, bis ich blutete. Während meine andere Hand zur Faust geballt auf meinen rechten Oberschenkel trommelte, starrte ich wie geistesabwesend auf diesen Tropfen Blut. Schaffte es nicht, den Blick zu lösen oder auch nur nach rechts in den Spiegel auf die Reflexion meines Beines zu schielen. Ich war erbärmlich.

Gerade als ich diesen Gedanken hatte, klopfte es und überrascht fragte ich »Ja?«, was ich sofort bereute, da Nats ernstes Gesicht im Türspalt erschien. Seine Augen taxierten den Spiegel, wanderten zu meinem Bein, über die zerkratzte Hand und schließlich hinauf zu meinem verheulten Gesicht. Noch während er eintrat, wischte ich mir über die feuchten Wangen und versuchte dieses unschöne, hicksende Luftholen zu unterdrücken. Warum hatte ich nur »Ja?« gesagt, anstatt »Verschwinde«?

Ich wollte in diesem Moment alleine sein – oder nicht? Gedanken wirbelten in meinem Kopf herum, so verwirrend, dass ich erst bemerkte, wie Nat näher gekommen war, als er vor mir niederkniete und mich ansah – mit diesen schönen, tiefgründigen braunen Augen, die mir die Luft stahlen. Sprichwörtlich.

Ich musste wohl aussehen wie ein erschrecktes, kleines Rehkitz, dessen Herz stehen geblieben war. Ich holte zitternd Luft, während er vorsichtig eine Hand hob und mit einem kleinen Lächeln herzhaft von einem Muffin mit rosafarbenen Topping abbiss. Dabei blieb ein rosa Zuckerrest auf seiner Oberlippe haften, den ich am liebsten weggeleckt hätte.

Wie meinen Gedanken erratend, glitt seine Zunge heraus und schleckte selbst die Glasur weg. Es sah unglaublich heiß aus, was mich von meinem

Leid ablenkte, und plötzlich war auch mir überall ziemlich warm und erneut beschleunigte sich meine Atmung, dieses Mal aus einem ganz anderen Grund. Hatte er das absichtlich getan, um mich auf andere Gedanken zu bringen oder was sollte das?

»Was … tust du hier?«, flüsterte ich heiser und hoffte, er bemerkte meine dünne Stimme nicht. Oder besser gesagt, den Grund dafür.

Sein Lächeln verblasste und Sorgenfalten nisteten sich auf seiner Stirn ein, die nur kurz Pause gemacht hatten, um erneut seine Miene finsterer wirken zu lassen. Das abwehrende Gesicht, das er ständig allen anderen zeigte.

»Ich bin hier, um mich zu entschuldigen. Wegen gestern. Ich hätte das alles nicht sagen sollen, es tut mir leid.«

Er entschuldigte sich bei *mir*, weil ich etwas Falsches getan hatte? Nun hatte ich alles erlebt – die Welt stand Kopf. Verblüfft blinzelte ich mehrmals, bevor ich mich meiner verbalen Kompetenz erinnerte.

»Was? Nein! Ich muss mich entschuldigen, ich hätte das nie lesen sollen. Du hattest vollkommen Recht! Es tut mir so –«

Mit einem Finger auf meinen Lippen beendete er meinen Entschuldigungstanz und lächelte schwach. »Okay, lassen wir es gut sein? Einigen wir uns darauf, dass es uns beiden leidtut und vergessen es? Es ist nicht mehr wichtig, es ist Vergangenheit. Wie wäre es stattdessen mit etwas Kindischem?«, fragte er beinah schüchtern, was gar nicht zu seiner muskulösen Statur passte, während er mir seinen abgebissenen Muffin vor die Nase hielt.

»Mit dir? Aber immer doch.«

Mein Lächeln war echt, als ich ein gutes Stück abbiss und Nat sich den Rest zwischen die Lippen schob. Eine zuckrig süße Geschmacksbombe explodierte auf meiner Zunge und ich plapperte mit vollem Mund los: »Wow, der ist ja gut!«

»Danke. Ich habe darauf gebaut, dass mir diese Dinger bei meiner Absolution beistehen«, meinte Nat zuerst grinsend, dann wurde seine Stimme rauer und sein Blick ruhte mit unglaublicher Intensität auf meinen Lippen, was sie zum Kribbeln brachte. Bevor ich reagieren konnte, streckte Nat den Arm aus und wischte mit dem Daumen an meiner Unterlippe entlang, an der Zuckerglasur haftete, um es anschließend von seinem Daumen zu lecken.

Hatten wir nicht ausgemacht, wir wollten *kindisch* sein? Das hier war ganz entschieden das genaue Gegenteil davon. Vor Nervosität und Verwirrung hielt ich mich an dem Einzigen fest, was ich kannte und mir Rückhalt geben konnte – meine Nägel krallten sich in die Wunde an meinem linken Handballen, um den physischen Schmerz zu spüren, der meinen inneren Geist – in diesem Fall innere Unruhe – überdeckte. In mir tobte ein Kampf, ich war zerrissen zwischen Sehnsucht nach mehr und der Angst erneut etwas zuzulassen, das mich zerstören könnte.

Was nicht leichter wurde, da Nat mit beiden Händen nach meinem linken Fuß griff und ihn eindringlich zu massieren begann. Während seine starken Hände ganz langsam zu meinem Knöchel und daraufhin zu meinem Unterschenkel hinaufstrichen, blickte er mir intensiv in die Augen, brach jedoch den Augenkontakt ab, indem er in den Spiegel blickte, so als hätte er sofort verstanden, wie schwer es mir fiel. Nun, die Tränen von vorhin waren wohl Indiz genug.

Ich folgte seinem Beispiel und war wie gebannt von dem Anblick seiner Hände auf meiner Haut – durch die Spiegelreflexion auf meinem rechten Bein. Eine Gänsehaut breitete sich auf den Beinen aus, obwohl mir nicht kalt war, sondern meine Sinne komplett überreizt.

Zu gerne hätte ich seufzend die Augen geschlossen, um jede seiner Berührungen vollkommen auszukosten, wollte gleichzeitig den Blick nicht lösen. Es hatte etwas Surreales, ihn und seine Bewegungen im Spiegel zu beobachten. Fast konnte ich glauben, wieder ganz zu sein und nicht zerstört, verloren oder gebrochen, aber eben nur *fast*.

Die Wärme seiner Finger, die rauen Schwielen an seinen Handflächen glitten weiter hoch, wanderten behutsam über mein Knie und strichen meinen Oberschenkel entlang. Dabei ging er nicht höher, sondern streichelte außen und innen an beinahe derselben Stelle, an der die Prothese ansetzte. Ich fühlte mich, als müsste ich gleich platzen, unter unglaublichen Druck stehen, was meinen ganzen Körper prickeln ließ – eine Empfindung, die so bitter und auch süß war, dass ich es gleichzeitig nicht vorbeigehen lassen wollte. Genau in diesem Moment hörte Nat auf, griff stattdessen nach meinen Händen im Schoß, hüllte durch seine Wärme meine kalten, steifen Finger ein. Kurz führte er sie an seinen Mund und küsste die Fingerspitzen, bevor er sie wieder in meinen Schoß legte.

»Hör bitte auf damit. Das solltest du nicht tun«, bat er mich eindringlich und blickte auf die blutigen Kratzspuren an meiner Hand.

»Ich mach das nicht absichtlich. Es passiert einfach.« Was nicht ganz gelogen war. Die meiste Zeit taten es meine Nägel ganz von alleine, wenn ich derart in Gedanken und im Schmerz versunken war und erst im Nachhinein feststellte, was ich oder meine Finger da eigentlich getrieben hatten. »Tust du immer nur das, was du tun solltest?«, rutschte die Frage aus mir heraus.

Ein Schatten flackerte über sein Gesicht. »Chapeau! Nein, tue ich nicht.«

Gerade als ich etwas erwidern wollte, hallte Kelseys laute Stimme durch das Haus. Sie war generell kein leiser, ruhiger Mensch, soeben hatte sie das Ganze jedoch auf ein ganz neues Level angehoben, während sie nach Hilfe schrie.

Nat zog so verwundert wie ich die Augenbrauen zusammen, und nach einem Nicken, dass ich klarkäme, stand er auf und huschte aus dem Raum. So schnell ich konnte, rollte ich den Spiegel zur Seite, zog die Prothese an und eilte in den offenen Wohnraumbereich. Kelsey hatte sich ganz theatralisch auf das Sofa gewälzt, die Beine weit von sich gestreckt und mit den Händen schlug sie immer wieder mit einem Polster auf ihren Kopf ein.

»Ich bin so was von erledigt. Nein! Nein! Nein! Wie konnte ich mir das nur antun? Wieso habe ich mich freiwillig dafür gemeldet? Könnt ihr mir das sagen?«, fragte sie unter lauten Seufzern, legte das Kissen auf ihren Bauch und sah uns an, als wüssten wir, wovon zum Teufel sie da überhaupt redete und wobei wir ihre einzige Rettung wären. Statt zu antworten, trat Nat näher zu ihr und legte eine Hand auf ihre Stirn.

»Fieber hat sie keines«, meinte er an mich gewandt, seine Stimme todernst, aber mit einem kleinen, amüsierten Ausdruck in den Augen.

Schnaubend schlug Kelsey seine Hand weg. »Was soll denn das sein? Ein Scherz vom Muskelmann höchstpersönlich? Dass ich das auf meine alten Tage noch erlebe! Vinny glaubt, er ist witzig!«

»Vinny?«, fragte ich, obwohl ich eine kleine Ahnung hatte, worauf sie abzielte.

Kelsey rutschte höher, deutete auf seine Oberarme und seine kurzgeschorenen Haare. »Eine Menge Muskeln und fast rasierte Glatze. Dazu ist wohl nichts mehr zu sagen, außer Diesel, he is on fire.«

Nun war Nat an der Reihe übertrieben zu seufzen. »Kelsey, das war beim ersten Mal schon nicht lustig und ist es auch nicht beim hundertsten Mal.«

»Ich finde es lustig und Ava auch, ich habe ihr fieses, kleines Grinsen gesehen!«

»Nein, das glaub ich nicht«, antwortete Nat übertrieben geschockt und seine Augen zuckten zu mir, schneller als ich mein schwaches Lächeln verbergen konnte.

Ich hob meine Hand und deutete mit dem Daumen und Zeigefinger einen Abstand von zwei Zentimeter an: »Nur so wenig.«

Darauf zwinkerte Nat mir zu und mein Lächeln wurde breiter, solange bis sich Kelsey laut räusperte.

»Äh, hallo, Leute. Ich möchte euch ja nicht von diesem Mit-den-Augen-verschlingen-Zeug abhalten. Ich weiß, wie es euch geht, ich war auch mal jung und mit Hormonen vollgepumpt. Aber könnten wir uns wieder meinem Problem widmen?«

Müsste ich Kelsey beschreiben, wäre Taktgefühl das genaue Gegenteil, sie jedoch darauf aufmerksam zu machen, wäre der Mühe nicht wert. Also ergab ich mich unserem Schicksal, obgleich ich ahnte, diese Frage bald zu bereuen: »Was ist denn passiert, liebe Cousine?«

»Oh, schon besser! Schön, dass ihr fragt und mir helfen wollt«, meinte Kelsey begeistert, setzte sich aufrecht auf die Couch, auf der Stelle wieder summend vor Energie wie eine beschwipste Biene auf gegorenem Honig. Von Helfen war nie die Rede gewesen, da wir keinen blassen Schimmer hatten, worum es ging. Jetzt war es wohl zu spät, sie darauf hinzuweisen.

»Bei was genau helfen?«, fragte Nat, der sich mit verschränkten Armen vor der Brust an die Couch lehnte. Über Kelseys Kopf blickten wir uns lächelnd an, als dächten wir das Gleiche – wir saßen in der Patsche, ohne zu wissen, wie es dazu gekommen war, und Kelsey würde das schamlos ausnutzen.

»Ihr wisst ja, dass Johnny aufgrund seiner Ausbildung zum Erzieher bereits ehrenamtlich im Heim hier in der Stadt aushilft, wenn er vor Ort ist. Daher habe ich mir ein Beispiel an unserem heißen Loverboy genommen und mich freiwillig für die Organisation einer anstehenden, kleinen Party gemeldet, damit die Teenies ein wenig feiern und ihre Sorgen vergessen können.«

Sichtlich beeindruckt hob Nat die Augenbrauen. »Das klingt nett. Was ist nun dein Problem?«

»Mein Problem, meine Täubchen, ist, dass mir in letzter Sekunde die Showeinlage abgesagt hat. Sprich Johnny und Sarah, die eigentlich schon Wochen früher eine Tourpause einlegen wollten, um morgen ihren Auftritt auf dieser Party zu übernehmen. Aber sie haben vorhin angerufen und abgesagt und jetzt stehe ich komplett aufgeschmissen alleine da und weiß nicht, wie ich das den Kindern beibringen soll, die sich alle schon so auf diese Feier gefreut haben. Das wird ihre Welt erschüttern.«

Gegen Ende hin wurde ihre Stimme immer aufgebrachter, was bedeutete piepsiger, weshalb ich den Impuls, mir die Ohren zuzuhalten, unterdrücken musste. Außerdem bezweifelte ich stark, ob für Jugendliche in einem Kinderheim die Welt aufgrund einer abgesagten Party erschüttert würde – diese lag bereits zerstört vor ihnen. Mit einem hatte Kelsey Recht: Sie hatten sich bestimmt darauf gefreut, da es eine kurze Auszeit für sie bedeutete, ein kleines Aufatmen.

Mitleid überkam mich, daher war mein Mund schneller als mein Verstand. »Können wir irgendetwas tun, um diese Feier doch noch hinzubekommen?«

Begeistert rieb sich Kelsey die Hände, bevor sie ihre blonde, an einer Seite rasierte Mähne über die Schulter warf und zu uns hochblickte. »Ich wusste, dass ich mich auf euch verlassen kann. Also, während Nat und ich den Saal schmücken und die Anlage checken, übst du ein paar moderne Hits auf deiner Geige, diese Kombination kommt sicher gut! Fehlt nur noch ein Sänger oder eine Sängerin, sonst habe ich alles, nur bei der Dekoration bin ich mir ...«

Für einige Schläge stotterte mein Herz unkontrolliert vor sich hin. Den Teil nach dem Wort Geige hörte ich beinahe nicht.

»Ich spiele nicht mehr«, hörte ich mich sagen und Kelsey verstummte wie eine summende Melodie im Hintergrund, die abrupt verklang.

Sie griff nach meinen Fingern und starrte mich mit flehenden Augen an, beinahe erinnerte sie damit an einen Hundewelpen, der ganz dringend diesen einen Keks will. »Bitte, bitte, bitte. Ich brauche dich dabei! Du bist so gut! Bitte, hilf mir!«

Bisher hatte Nat die Szene schweigend verfolgt, nun konnte ich seinen neugierigen Blick auf mir spüren. »Du spielst Geige?«

Während ich nur »Nicht mehr. Nicht seit damals«, antwortete, plapperte Kelsey lautstark aus: »Na klar und wie! Du müsstest sie hören. Sie ist die weibliche David Garret Version, nur viel hübscher und ohne Bart.«

Verständnis dämmerte in Nats Augen und sofort stellte er sich auf meine Seite. »Du musst das nicht tun, wenn du nicht willst.«

Kelsey warf ihm einen bösen Blick zu, bevor sie lächelnd zu mir sah, die Augen ganz groß wurden und man annehmen konnte, sie würde jeden Moment losheulen. Faszinierend. Sie sollte definitiv Schauspielerin werden.

»Bitte, Ava. Dein Geigenspiel ist ein Geschenk, das dir in die Wiege gelegt wurde. Bitte hilf mir. Hilf mir bei der Feier … für die armen Kinder.«

Mit dem letzten Nachsatz hatte sie mich und ich knickte ein wie ein schmächtiger Grashalm. »Na schön. Wann ist diese Feier?«

»Heute Abend!«, teilte sie uns mit und strahlte, als wäre das eine gute Nachricht.

Nun griff ich an ihre Stirn und blickte geschockt zu Nat. »Sie hat tatsächlich kein Fieber, doch sie halluziniert trotzdem.«

Er lachte leise, mit dieser wohligen Stimme, die mich sofort wie eine warme Decke umschloss.

Währenddessen schlug Kelsey gegen meine Hand. »Um Nat zu zitieren: Das war schon beim ersten Mal nicht lustig. So und jetzt hopp, hopp meine helfenden Elfen. Wir müssen los, sonst kommen wir zu unserer eigenen Feier zu spät. Mist, wir brauchen noch einen Sänger!«

Ihr Blick huschte zu Nat, der sofort abwehrend die Hände vor seinen Körper hielt. »Schau nicht mich an. Nein, auf keinen Fall! Ich bin der unbegabteste Typ, den du wahrscheinlich kennst. Vertrau mir. Wenn du Sarah hast singen hören, weißt du, was ich meine.«

Auf sein Geständnis hin verzog Kelsey den Mund, als wüsste sie, wovon er sprach. Da kam mir eine Idee. »Ich kenne eine kleine A-cappella-Band. Übrigens singt Lourdes mit ihnen.«

Für einen Moment huschte ein besorgter Ausdruck oder ein schlechtes Gewissen über Kelseys Miene, doch sie fing sich schnell und lächelte breit – ihr falsches Lächeln, das sie nach außen hin so großzügig verteilte. »Dann ist das ja geritzt. Kannst du das bitte mit Lourdes regeln? Danke! Ich zieh mich nur um und dann können wir in einer halben Stunde los. Danke!«

Schnell hüpfte sie auf, huschte durch den Raum und ließ uns verblüfft über ihr Manipulationstalent alleine zurück. Dennoch war mir ihre Reaktion nicht entgangen und noch während ich mich selbst für heute Abend fertigmachte, grübelte ich über deren Bedeutung nach.

12. Kapitel

Ed Sheeran – »Thinking Out Loud«

Nat – Gegenwart

Hätte mir jemand vor einigen Monaten erzählt, ich würde hier landen, hätte ich ihn schlecht gelaunt für verrückt erklärt. Ich befand mich in einem wahrgewordenen Mädchentraum voller Glitzerzeug und plüschiger, rosa Dekoration. Ach ja, die bunten Einhörner nicht zu vergessen, die neben den pinken Girlanden und den rosafarbenen Luftballons – die ich allesamt alleine aufgeblasen hatte – von der Decke hingen.

Das einzig Gute für die Augen an der Sache war das dämmrige Licht, um Kelseys ganz besonderen Partystil etwas abzuschwächen, wohingegen das Discolicht ziemlich schnell und grell flackerte und ich bereits jeden Moment mit den ersten epileptischen Anfällen rechnete. Seit geschlagenen zehn Minuten überlegte ich, am Steuergerät herumzuhantieren, um die Frequenz des sich wechselnden, zuckenden Farbenspiels zu verlangsamen, obwohl Kelsey neben mir stand und dieses mit Argusaugen bewachte, seitdem ich mein Vorhaben zum ersten Mal laut geäußert hatte.

Seit Kelseys Verkündigung heute Nachmittag waren fünf Stunden vergangen und wir hatten es tatsächlich geschafft, eine ganz passable Feier für die Jugendlichen auf die Beine zu stellen, die im Aufenthaltsraum eines Kinderheimes in der Nähe von Kelseys Wohnung stattfand. Wobei *Jugendliche* ein großzügiges Wort für diese Kinderschar war, da das älteste Kind, das ich gesehen hatte, gerade mal zwölf oder dreizehn gewesen sein dürfte, was wiederum die Dekoration erklärte. Daher war ich so ziemlich der einzige Typ hier, bis auf einen älteren Aufseher um die fünfzig, der kurz vorbeigeschaut und mit vor Schreck geweiteten Augen wieder geflohen war. Ich konnte ihn verstehen, ich wäre seinem Beispiel gerne gefolgt.

Bloß drei Erzieherinnen waren nun gemeinsam mit uns und Lourdes' Band hier, um auf die Kinder achtzugeben, die statt zu tanzen eher auf der Tanzfläche herumliefen, Fangen spielten und hin und wieder schunkelten oder mitsangen, wohingegen die wenigen Jungs, die sich hierher getraut hatten, etwas abseits standen und die Köpfe zusammensteckten. Dabei hatten sie Handys oder Karten in den Händen, die sie vorlasen und dann austauschten.

Mich wunderte es, in der heutigen Zeit Kinder noch Quartett spielen zu sehen. Dieses Kartenspiel hatten Sarah und ich mit unserer Großmutter stundenlang gespielt, da wir damals keinen Fernseher in Omas Wohnung gehabt hatten, weil das Geld nicht gereicht hatte. Außerdem konnte man Quartett gut zu zweit spielen, was wir beide beinahe zu einer neuen Disziplin erhoben hatten.

Ich blickte mich weiter um, war bis auf die Farbenwahl ganz zufrieden mit unserer Arbeit und ertappte mich gerade selbst dabei, wie ich zur Musik mitwippte. Sie waren wirklich gut. Während Kelsey, ich und einige Heimangestellte die Aula vorbereitet hatten, hatte sich Lourdes' Band eingesungen und Ava war in einem anderen Raum zum Üben verschwunden, wie sie gesagt hatte, obwohl es lange gedauert hatte, bis durch die Wände gedämpft die ersten Geigenklänge zu hören gewesen waren.

Bei Kelsey Bitte am Nachmittag war ihr anzusehen gewesen, wie schwer es ihr fiel. Ohne Details zu kennen, war mir klar, dass ihr verstorbener Freund etwas damit zu tun hatte. Umso mehr bewunderte ich sie es trotzdem durchzuziehen. Und sie war unglaublich. Die ganze Truppe harmonierte so gut, man konnte meinen, sie hätten bereits einige gemeinsame Auftritte hinter sich gehabt.

Ich wusste nicht, wie lange sie schon auf der kleinen Bühne standen – Lourdes mit drei anderen Frauen im Gesang vorne und Ava mit ihrer Geige hinter ihnen, etwas im Schatten verborgen –, irgendwie hatte Zeit jegliche Bedeutung verloren. Zu Beginn konnte man Avas Unwohlsein spüren, doch nun zeigte sie ein kleines Lächeln zu leuchtenden Augen und verriet ihre Liebe zu diesem Instrument. Ob sie es zugeben wollte oder nicht, das hier tat ihr gut. Bisher hatte ich nie ganz diese Obsession von Johnny und Sarah verstanden, mit der sie ihrer Musik nachgingen. Ich selbst hatte Null Talent und war wohl so musikalisch wie eine verrunzelte Kartoffel. Aber hier, in diesem Moment, hätte ich Ava eine Ewigkeit zuhören und sie bei ihrem Spiel beobachten können und es wäre nicht genug – ich hatte nur Augen für sie.

Plötzlich stieß mir ein spitzer Ellbogen in die Seite und ich musste mich von Avas Anblick losreißen.

»Gefällt dir, was du siehst?« Kelsey zwinkerte und wirkte leicht selbstgefällig.

Ich rieb über die dumpf pochende Stelle und stellte Kelsey zur Rede: »Das war alles so von dir eingefädelt, stimmt's? Johnny und Sarah waren nie eingeplant. Warum so eine Show daraus machen? Warum warst du nicht ehrlich zu uns?«

Ich hatte gleich das Gefühl gehabt, in Kelseys Erklärung würde es haken, und Sarah hatte mir dies per SMS bestätigt, was mir bewies, von Kelsey hinters Licht geführt worden zu sein. Nur das *Warum* war mir nicht klar.

Neben mir lächelte sie breit und deutete mit dem Kinn auf die Bühne. »Sieh sie dir an, sie ist großartig. Ava hat das gebraucht, nur eine kleine Hilfe, um wieder zu ihrer Leidenschaft zu finden, auch wenn sie das nie zugeben würde und es nie getan hätte, wenn ich sie einfach so gefragt hätte. Nenn mich ein Genie, denn dieser Plan war genial. So zufrieden und lächelnd habe ich sie ewig nicht mehr gesehen.«

Ich hatte Ava mehrmals mit einem Lächeln gesehen, wenn wir kleine Späße trieben oder uns absichtlich kindisch verhielten. Es war jedoch immer nur kurz aufgeblitzt, hatte sich nicht so beständig in ihr Gesicht gezeichnet wie heute Abend. Ihr echtes Lächeln war bezaubernd – es ließ ihre hellgrauen Augen strahlen, was einem fast den Atem raubte. Ein Anblick, den ich noch viel öfter sehen wollte.

»Was hat das Ganze mit mir und Lourdes zu tun? Seit wann bist du in der Psychotherapie tätig, oder hast du dir ganz einfach selbst einen Abschluss verpasst?«

Gut gelaunt und noch eindeutiger von sich selbst überzeugt, grinste sie breit. »Süßer, ich brauche keinen Abschluss, der mir meine Fähigkeiten beweist. Ich bin ein Naturtalent und die Resultate meiner Taten sind aussagekräftig genug. Das mit Lourdes war Zufall, das hat Ava eingefädelt, funktioniert aber besser, als gedacht. Und du bist hier, um gut auszusehen und den jungen Mädchen ein wenig Herzklopfen zu verursachen.«

Wie bitte? Irritiert zog ich die Augenbrauen zusammen. »Hübsch aussehen? Dafür hast du dir den falschen Kerl geholt, das ist eher Johnnys Metier.«

Noch ein breiteres Lächeln folgte, wenn das überhaupt möglich war. »Jedem das seine. Versteh mich nicht falsch. Johnny ist ein hübsches Kerlchen, aber er bedient jene, die auf langhaarig, dunkel und Bad Boy stehen. Du hingegen bist der attraktive Grübler mit verträumten, dunklen Augen und sportlicher Figur, was besser zum jüngeren Klientel passt. Glaub mir, einige Mädels hier werden heute Abend in ihren Betten liegen und mit einem Lächeln auf den Lippen ihren Tagträumen mit dir nachhängen.«

War ich schon einmal richtig rot geworden? Bisher glaubte ich das nicht, doch für alles musste es ein erstes Mal geben. Nach einer kleinen Kopfbewegung von Kelsey zu einer Gruppe Mädchen, die zu uns herübersahen, sich dann sofort quietschend und strahlend umdrehten, um wild gestikulierend zu kreischen, wurde das Brennen meiner Wangen noch stärker und ich fluchte mehrmals. *Oh Mann!* So musste sich eine Frau fühlen, die ungewollt als feuchter Männertraum herhalten musste.

»Und noch etwas, Vinny«, flüsterte mir Kelsey ins Ohr, sichtlich amüsiert über mein Unbehagen. »Diese Therapiesitzung war gratis. Helfen und anderen Freude zu bereiten ist therapeutisch – Sex übrigens auch, so nebenbei, aber das ist jetzt nicht der Punkt. Hast du in den letzten Stunden einmal an dein Bein gedacht, an den Unfall oder an den ganzen anderen Scheiß, den du durchgemacht hast?«

Damit drehte sie sich wirbelnd herum, wodurch ihre blonde Mähne ihr hinterherflatterte, und ließ mich verdutzt zurück. Dennoch hatte sie Recht. So gut hatte ich mich schon lange nicht gefühlt. Der heutige Tag gab mir einen Sinn, nachdem ich ihn in meinem Leben verloren hatte.

Früher war es meine Aufgabe gewesen, auf meine Familie achtzugeben, nicht nur sprichwörtlich der Mann im Haus zu sein. Daher hatte ich mich für einen späteren, guten Verdienst für BWL entschieden, mit dem ich für Oma ein gutes Heim, in dem sie rund um die Uhr betreut werden würde, finanzieren wollte. Aber so etwas kostete viel Geld. Genauso wie die Versorgung meiner Mum, wenn ich mich anständig um sie kümmern wollte mit allen möglichen therapeutischen Maßnahmen, sobald sie sich dazu entschieden hätte, endlich den richtigen Schritt zu tun, um sich selbst zu helfen. Ein oder zwei Mal hatte ich geglaubt, sie hätte diesen Punkt fast erreicht gehabt.

Meine größte Hoffnung hatte ich im Sommer dieses Jahres nach ihrer Rückkehr nach Großmutters Tod empfunden. Nachdem Sarah bereits in New York gewesen war, hatte ich Mum um ihre Nüchternheit und mit ihren Dämonen kämpfen sehen. Ich erinnerte mich zu gut, wie ich eines Nachmittags nach Hause gekommen war und sie weinend vor und zurück schaukelnd, die dünnen Arme um die knochigen, angezogenen Knie geschlungen, in der Ecke, hinter der Couch versteckt vorgefunden hatte. Ein Häufchen Elend. Ihr Körper hatte gezittert und sich so zerbrechlich angefühlt, als ich die Arme um sie geschlungen und ihr sachte, tröstende Worte zuflüstert hatte. Mindestens eine Stunde hatten wir auf dem harten Holzboden gesessen. Während sie sich beruhigt hatte, erzählte sie mir von den Stimmen in ihrem Kopf, von der Traurigkeit, die sie befallen hatte und der Angst in Sarahs Zimmer zu gehen. Sie war fest davon überzeugt gewesen, dort befänden sich tote Kinder, was mir eine verdammte Gänsehaut bereitete, dennoch ließ ich sie nicht los, sondern drückte sie fester an mich.

Schließlich hatte sie auf meine Worte gehört und ich konnte sie überreden, sich Hilfe zu suchen. Noch am selben Abend waren wir bei einem Psychiater gewesen, der mit ihr gesprochen, ihr Tabletten verschrieben hatte und mir Hoffnung machte. Hoffnung, die zuerst so hell geleuchtet und dann so rar zerschlagen worden war, als sie nach Wochen mit den Tabletten aufgehört und in einer psychischen Episode festgesteckt hatte. Dann war sie gestorben, alles war umsonst gewesen.

Nun brauchte auch Sarah meine Unterstützung nicht mehr. Sie hatte Johnny, wir hatten unsere neu gefundenen Großeltern, die uns finanziell unterstützten, obwohl es mir schwerfiel, ihr Geld auszugeben. Das Studium lief zwar gut, ich hatte gute Noten und lernte wie zuvor. Doch hatte es den Sinn verloren, den Fokus, der so wichtig gewesen war, denn Spaß hatte ich in den Fächern nie gehabt. Es war immer bloß Mittel zum Zweck gewesen und jetzt fehlte mir sogar dieser.

Ich stand auf einer Klippe, an einem Scheideweg. Sollte ich weiterhin in diese Richtung gehen, mich in eine andere wenden oder doch diesen letzten Schritt nach vorne treten, um endgültig zu fallen? Statt diesen zu tun, wie ich es schon so oft gewollt hatte, wurde das Bedürfnis, einen anderen Weg zu wählen, das Steuerrad des Lebens herumzureißen, immer stärker. Und ich war mir ziemlich sicher, eine gewisse Geigenspielerin mit faszinierend hellgrauen Augen war ein Grund dafür.

Ava – Gegenwart

Ich konnte es kaum glauben, ich hatte es geschafft – ein Ding, das ich vor einigen Stunden für unmöglich gehalten hatte. Es hatte mich nicht zerstört, wie ich all die langen Monate befürchtet hatte, sondern mich gestärkt, geheilt und mir Freude gemacht.

Seit Sams Tod hatte ich das Instrument nicht mehr anfassen können. Damals, vor so langer Zeit, hatten wir uns ausgerechnet in einem Musikkurs besser kennen und später lieben gelernt. Als großer Bruder meiner ehemals besten Freundin war das die einzige Zeit gewesen, in der wir uns unbeobachtet von den anderen unterhalten und wirklich hatten reden können.

Soeben packte ich die Geige in den Koffer, den ich zukünftig nicht mehr so lange ungeöffnet lassen würde, während Lourdes' Truppe bereits begann den Raum aufzuräumen und Kelsey einen kleinen Musikplayer einstellte, um Songs im Hintergrund spielen zu lassen. Die meisten Kinder waren bereits von den Erzieherinnen in ihre Zimmer gebracht worden. Nur ein paar ältere standen müde herum, bekamen fast die Augen nicht mehr auf oder saßen hängend auf dem Boden, den Rücken an die Wand gelehnt.

An Schlaf war für mich nicht zu denken, ich war viel zu aufgekratzt, ich konnte die Musik beinahe noch in meinen Fingern pulsieren spüren. Daher half ich ebenfalls ein paar Pappbecher und Teller von den Tischen zusammen zu sammeln und beim Aufräumen der Aula. Plötzlich spürte ich jemanden neben mir und ich drehte mich um. Nat stand dicht vor mir und hielt mir eine Hand entgegen.

Okay, schöne Hände hatte er also auch, aber was genau wollte er jetzt von mir?

»Lass uns tanzen«, forderte er mich auf, griff nach meiner Hand und zog mich an sich wie bei einem klassischen Paartanz. Wobei seine andere Hand auf meinem unteren Rücken landete und er eine gerade Haltung annahm, als wüsste er genau, was er tat. Dennoch war es schwer für mich in dieser Grundhaltung zu ›The Galway Girl‹ von ›Steve Earle‹ zu tanzen, obwohl ich das Lied sehr mochte.

»Was? Zu diesem Song? Das kann nicht dein Ernst sein?«, fragte ich, da ich doch noch irgendwie meine Stimme wiedergefunden hatte.

»Warum nicht, man kann zu allem tanzen. Das ist ein Klassiker.«

Das brachte mich zum Lachen. »Ich komme aus der Klassik, und das da ist alles andere als Klassik. Vertrau mir.«

»Na ja, nicht klassische Klassik, sondern weltliche Klassik, weißt du. Dazu muss man einfach tanzen, genauso gut Paartanz.«

»Ich kann aber nicht tanzen, echt nicht, wegen … du weißt schon. Aber du kannst sogar klassischen Paartanz?«, fragte ich verwundert, da er mit seiner Statur einfach nicht wie der Typ Kerl aussah, dem ich so ein Hobby zugeschrieben hätte. Nun gut, ich hatte auch nicht gedacht, er würde so fantastisch backen können. In ihm schlummerten anscheinend so einige mir unbekannte Talente.

»Es wird alles gutgehen«, meinte er zuversichtlich.

Nat zog mich noch fester an sich und begann uns im Takt zu wiegen, wobei mir durch seine Führung gar nichts anderes übrigblieb, als seinen Schritten zu folgen. Nat war gut und überrascht sah ich zu ihm hoch, was mir ein Lächeln bescherte – das echte, hübsche mit den Grübchen, das man nicht oft sah. Seine Haltung wurde aufrechter und Nat wackelte sogar vielsagend mit den Augenbrauen – das machomäßigste Gehabe, das ich bisher an ihm gesehen hatte.

»Siehst du, ich führe dich. Verlass dich auf mich. Ich habe sogar den Goldkurs abgeschlossen, das ist nach dem Anfängerkurs der vierte Paartanzkurs.«

Ich hielt wieder den kleinen Finger zwischen uns in die Höhe, den er mit seinem kleinen Finger einhakte. »Versprochen?«

»Versprochen. Du bist in den besten Händen.«

Wie Recht er hat, genauso fühlt es sich an, seufzte ich innerlich und schmiegte mich an ihn. Gleich darauf erhielt meine Neugierde wieder die Oberhand und es platzte aus mir heraus: »Und mit wem?«

Oh Mist, warum hatte ich das jetzt gefragt? Ich wollte gar nicht hören, wie er diesen Kurs mit einer verflossenen Geliebten gemacht hatte. Beim Tanzen war Vertrauen sicherlich wichtig, außerdem kam man sich, wie ich momentan spürte, doch ziemlich nahe.

Etwas unbehaglich räusperte sich Nat. »Mit meiner Großmutter.«

Oh mein Gott, hatte ich richtig gehört und wurde er jetzt tatsächlich rot? Dessen war ich mir durch das dämmrige Licht nicht sicher, doch es war einfach unglaublich süß, weshalb ich nicht anders konnte, als über seinen Hinterkopf den Hals hinunter zu streichen und meine Hände schließlich um seinen Nacken zu verschränken. Den Kopf an seine Schulter lehnend, flüsterte ich: »Das ist süß. Danke, dass du mir das erzählt hast.«

Zuerst versteifte er sich, dann legte er wie selbstverständlich beide Arme um mich. »Gerne.«

Ich schloss lächelnd die Augen und genoss das Gefühl in seinen starken Armen zu sein, sog den Geruch nach frischer Seife, leichtem Rasierwasser und seinem ganz eigenen Duft ein.

Die Scheibe wechselte und das nächste Lied wummerte durch den Raum. Dieses Mal ›Aerosmith‹ mit dem Song ›Crazy‹, doch da wir nur noch schunkelten, passte es. Wir bewegten uns in einem angenehmen Schweigen zur Musik, nur beim Refrain, besonders bei dem Wort »Baby, babyyy«, sang Nat leise mit. Gegen Ende des Songs ruckte er etwas von mir ab und sang immer lauter und inbrünstiger mit. Ich beobachtete ihn dabei und kicherte leise. Die Augen hatte er geschlossen, wippte mit dem Kopf und schrie die hohen Töne vom Refrain mit und zwar komplett daneben und so laut, bis es beinahe in den Ohren schmerzte. Er konnte vielleicht tanzen, aber er war beim Singen absolut talentfrei.

Nachdem das Lied zu Ende war, löste ich mich langsam, fast schon widerstrebend von ihm, obwohl es schön war, Nat so nahe zu sein. Erwartungsvoll starrte er mich an, hielt meine Hände, mit denen ich mich seit heute Nachmittag nicht mehr gekratzt hatte. Ich wollte ihm nahe sein, aber eine kleine, jedoch sehr ernste Stimme warnte mich davor, es wäre noch zu früh, mich wieder auf einen Mann einzulassen.

Um die Anspannung, die eindeutig zwischen uns in der Luft knisterte, zu vertreiben, versuchte ich es mit einem Scherz: »Also Singen ist nicht so deine Domäne, wie?«

»Könnte man so sagen, liegt in der Familie«, gab er leichthin zu, bevor er nachdenklich fortfuhr: »Ich kann überhaupt nicht singen und ein Instrument spiele ich schon gar nicht. Ich kann kreativtechnisch eigentlich nur backen.« Dabei kratzte sich Nat am Kopf und schaute etwas unglücklich über dieses Geständnis aus.

Aus einem Impuls heraus handelte mein Körper von selbst. Spontan beugte ich mich vor und drückte ihm einen Kuss auf die Wange. Schnell rückte ich mit hämmernden Herzen wieder von ihm ab. Bevor ich zu Kelsey und Lourdes ging, meinte ich zwinkernd: »Dafür sind diese Backkünste bombastisch gut.«

13. Kapitel

Birdy – »Wings«

Ava – Gegenwart

Zwei Tage waren seit der Feier vergangen und Nat igelte sich in seinem Zimmer ein, vermeintlich zum Lernen, während ich das ebenfalls tat und dabei fleißig jeden Tag auf der Geige übte, um meine alte Form wiederzuerlangen. Irgendwie hatte ich das Gefühl, er würde mir aus dem Weg gehen. Vielleicht war der Kuss auf seine Wange unangebracht gewesen und ich hatte ihn damit verschreckt? Ganz klar wollte er wohl in dieser Richtung nichts von mir, was ich so hinnehmen musste, aber jetzt wieder komplette Funkstille zwischen uns zulassen? Das würde ich nicht einfach akzeptieren.

Zwar wusste ich selbst nicht, was ich wirklich von ihm wollte, ob ich nach Sam bereit für etwas Neues war. Eines war mir jedoch mit Sicherheit bewusst: Ich wollte ihn in meinem Leben. Nat war mir in der Zwischenzeit zu vertraut, zu einem Freund, einer Bezugsperson geworden, die mich manchmal besser verstand als ich mich selbst, und ich war gerne in seiner Nähe. Genauso sollte es auch bleiben.

Das war der Grund, warum ich mich gerade die Treppe hoch geschleppt hatte und wie wild an seine Tür pochte. Ich hatte gewartet, bis Kelsey und Lourdes nicht hier und wir alleine im Haus waren. Sie hätten sonst nur zu schnelle Schlüsse gezogen und sich bei etwas eingemischt, was sie nichts anging.

Nach dem fünften Klopfen öffnete Nat die Tür und starrte mich verdutzt an. Er stand in langer, schwarzer Jogginghose und weißen Shirt vor mir, das die Arme freiließ und mir seine wie gemeißelten Oberarmmuskeln präsentierte und sich eng um seinen trainierten Oberkörper spannte. Zudem sah er verschwitzt aus, als hätte er hier oben statt unten trainiert, außerdem dröhnte laute Musik aus seinem Zimmer. Von wegen Lernen.

»Hi«, sagte er, obwohl es fast wie eine Frage klang.

»Hi. Kann ich reinkommen?«

Er trat zur Seite und ich marschierte hinein, als hätte ich eine Mission. Vielleicht hatte ich die auch.

Ich wollte nicht gleich mit der Tür ins Haus fallen, daher setzte ich mich auf den Schreibtischstuhl und sah mich im Raum um, während Nat die Musikanlage leiser stellte. Das Zimmer war ziemlich neutral eingerichtet. Es wirkte wie ein Hotelzimmer, ohne persönliche Gegenstände und ohne etwas von der Person preiszugeben, die hier schlief. Dunkler Parkettboden mit weißen Wänden und einem grauen Streifen als Dekoration, sowie ein Schreibtisch und ein Schrank aus Holz. Der einzige Farbklecks war die blau-grün karierte Bettwäsche, ein Bild von ihm, einem Mädchen mit braunen Locken und einer älteren Frau – vermutlich seine Schwester und Großmutter – auf seinem Nachttischchen und die blaue Sportmatte auf dem Boden, an deren Seiten mehrere Hantelscheiben lagen. Im Raum roch es nach frischer Wäsche, als hätte er vorhin das Bett neu bezogen, leicht nach Rasierwasser und typisch nach Nat. Ein spezieller Duft, der vermutlich durch das Training noch verstärkt worden war, der ihn ausmachte und in den ich mich verkriechen konnte.

Eine Weile schwiegen wir, obwohl ich seine neugierigen Blicke auf mir spürte. Ich hingegen ließ mir Zeit, horchte auf den Song, den ich sprachlich nicht verstand, konzentrierte mich stattdessen auf das Gefühl, das die Melodie in mir auslöste – eine Mischung aus Sehnsucht, gepickt mir zarter Hoffnung. »Was ist das für ein Lied? Was bedeuten die Worte?«

»›Sinn‹ von ›Tagträumer‹, eine österreichische Band. Solche Musik habe ich früher immer mit meiner Großmutter gehört. Ich mit ihr alte Songs und sie mit mir die von neuen Bands. Sie war sehr aufgeschlossen.«

Während er mit sich rang, ob er mehr preisgeben sollte, griff er nach einem Sweater und zog ihn sich über den Kopf, woraufhin sein *nett* anzusehender Körper darunter verschwand.

Wie immer eine Schande.

Dann setzte Nat sich auf die Bettkante und es kam mir vor, er gäbe einen Kampf auf, von dem nur er wusste, als er tief Luft holte. »Der Typ singt davon, dass er total in dieses spezielle Mädchen verknallt ist, aber egal was er tun würde – den Mond für sie holen oder ihr ein Haus bauen –, er weiß, dass es doch nicht reicht, und er fragt sich, wo der Sinn in dem Ganzen ist. Etwas wehmütig, aber na ja ... ich mag's.«

Eine Gänsehaut breitete sich über meinen Armen aus und ich musste vehement ein Grinsen verkneifen. Ich fühlte mich wie in die Szene einer meiner Lieblingsfilme ›Bodyguard‹ versetzt, in der Whitney Houston und Kevin Costner in einer Bar tanzen und sich über den Text eines alten Country Songs unterhalten. Jetzt müsste er mich nur zum Tanz auffordern und es wäre perfekt, wie im Film. Stattdessen ging der Song zu Ende und ich fragte ihn endlich, was ich die ganze Zeit wissen wollte.

»Du gehst mir seit dem Fest aus dem Weg.« Nun gut, das war keine Frage gewesen, sondern eine Feststellung, die wie eine Beschuldigung klang. Verkniffen biss ich mir auf die Lippen und meine Hand wanderte unruhig zu meinem Handballen. Dann sah ich Nats Blick, der meiner Bewegung gefolgt war, woraufhin ich die Hände wieder fallen ließ.

Mist! Seit wann hatte er so einen Einfluss auf mich?

Plötzlich war ich wütend und wollte hier weg, raus an die frische Luft. Auch wenn ich nur blöd durch die Gegend marschieren oder mich an den beschissenen Pool im Garten legen würde, wie früher, wenn ich mich gebräunt hatte, aber das war mir egal. Das derzeitige Wetter würde fast passen, nur mit mir passte gar nichts mehr. Missmutig hüpfte ich vom Sessel und steuerte die Tür an. »Weißt du was? Vergiss einfach, dass ich dich gefragt habe. Ich muss los!«

»Warte, Ava, nicht«, bat mich Nat und sprang ebenfalls auf, um mich am Arm festzuhalten. »Es tut mir leid, dass ich dir aus dem Weg gehe ... ich weiß auch nicht. Ich mag –«

Auf einmal hörten wir ein lautes Geräusch, was uns beide innehalten ließ, und ich biss die Zähne zusammen, weil er mitten im Satz aufgehört hatte und ich zu gerne gewusst hätte, was er mir hatte sagen wollen. Der Laut stellte sich als plärrende Musik heraus, gleich darauf folgte Gebrüll und dann fügte sich eine weitere laute Stimme hinzu.

Kelsey und Lourdes? Nun übernahm die Neugierde die Führung, wie ich sie genauso in Nats Miene lesen konnte, und wir schlichen unisono zur Tür, um leise hindurch zu schlüpfen, als wären wir Profis und würden ständig Leute belauschen.

Leise tappten wir über den Gang zur offenen Galerie mit der gemauerten Brüstung, die einen Blick über den Wohnraumbereich gewährte. Wir duckten uns, um gerade so hinüber spähen zu können, aber selbst nicht gesehen zu werden. Zwischen dem Esstisch und der Couch standen die beiden und funkelten sich wütend und wild gestikulierend an, wobei ich ihre Worte nicht verstand, da die Musik zu laut aus der Anlage im Wohnzimmer plärrte.

»Was machen die da? Seit wann sind sie so vertraut miteinander?«, fragte ich leise, woraufhin Nat ebenfalls flüsterte: »Heftig streiten?«

Ich warf ihm von der Seite einen bösen Blick zu. »Meinst du?«, zischte ich sarkastisch, was an Nat spurlos vorüberging, da er grinsend mit den Schultern zuckte. »Scheint, wir waren in den letzten Wochen zu abgelenkt und haben so einiges nicht mitbekommen. Die sehen aus wie ein Pärchen, wenn du mich fragst.«

Erneut kniff ich die Augen zusammen und beobachtete meine Cousine und meine Freundin, die eindringlich und mit den Armen rudernd miteinander sprachen. Nun gut, nicht sprachen, sondern, wie gesagt, heftig stritten. Nat hatte Recht, sie wirkten viel zu vertraut und zu erhitzt, was tiefe Leidenschaft durch eine spezielle Bindung bewies.

Hatte ich das wirklich übersehen oder konnten die beiden mir besser etwas vormachen, als ich je gedacht hatte. Warum hatten sie es überhaupt verschwiegen? Wollten sie mich beschützen, mich mit Samthandschuhen anfassen wie meine Mutter nach dem Unfall und sogar jetzt noch, wenn wir telefonierten?

In diesem Moment schrie Kelsey wieder so laut, sie war über die Musik zu verstehen. »Jetzt stell dich nicht so an, das hatte nichts zu bedeuten!«

»Dann flirte du nicht mit allem herum, was einen hübschen Hintern und zwei Brüste hat!«, knurrte Lourdes beinahe ebenso laut, fügte ein wenig ruhiger hinzu. »Sei bitte leiser.«

»Warum? Wir sind alleine. Die beiden wären längst aufgetaucht, wenn sie hier wären«, brüllte Kelsey zurück und drehte sich im Kreis, um ihre Aussage zu beweisen. *Oh Mist!* Flink duckten wir uns unter die Brüstung, rutschten hinunter und setzten uns mit dem Rücken dagegen gelehnt auf den Boden. Es war falsch zu lauschen, das war mir klar, doch irgendwie war es so schön kindisch, was mir ein Blick auf Nats schelmisches Lächeln bestätigte. Vielleicht war es meistens so, dass man sich gerade bei den Dingen, die man nicht tun sollte, am lebendigsten fühlte?

Zwei, drei Minuten ging das Gezeter noch hin und her, plötzlich verstummten beide und ich meinte etwas Schmatzendes zu hören, gefolgt von einem Keuchen. Überrascht sahen wir uns an, standen vorsichtig wieder auf, um nachzusehen, ob die beiden noch lebten. Was ein Fehler war.

Heftig knutschend klebten sie aneinander, die Hände in den Haaren oder auf Erkundungstour am Körper des anderen. Hier ein Stöhnen, dort ein Keuchen oder ein genüssliches Wimmern. Ich hatte ja schon Pornos gesehen und einiges erlebt, weil Sam das einmal ausprobieren wollte, um uns in Stimmung zu bringen, das hier war ebenfalls nicht jugendfrei. Während sie sich langsam der Couch näherten, rissen sie sich die ersten Kleider vom Körper und mir wurde übel. Die würden doch jetzt nicht im Haus Sex haben, mitten im Wohnzimmer?

Na klasse! Ich könnte auf keinen Fall hierbleiben, während die beiden da unten taten, was sie gerade im Begriff waren zu tun. Nicht einmal im selben Haus, obwohl das wirklich kindisch war.

Erneut war der Wunsch nach frischer Luft unbändig groß, doch der Weg nach draußen wurde mir von den beiden versperrt. Ich kniff die Augen zusammen und grübelte nach, bis mich ein Geistesblitz traf. Ruckartig fuhr ich herum und hastete den Flur entlang, riss die Balkontür am Ende des Ganges auf und trat hinaus in den hellen Sonnenschein, dicht gefolgt von Nat.

»Was hast du vor?«

Statt zu antworten, eilte ich zur gemauerten Brüstung des Balkons und starrte nach unten, direkt in den langen, tiefen Pool im Garten. Dann lehnte ich mich mit der Hüfte an die Balkonbrüstung und begann damit, mir die Prothese vom Bein abzumachen.

»Was willst du machen? Ava, rede mit mir«, bat Nat erneut und fluchte schließlich deftig, als ich nach unten zeigte.

»Springen.«

Er hielt inne und sah mich kurz an, als wären mir zwei Köpfe gewachsen, bevor er weiter energisch auf mich einredete. Trotz Nats Worten und der Musik, die bis hierhin nach außen drang, bildete ich mir ein, das heftige Stöhnen und Keuchen der beiden zu hören. Urgs, ich musste definitiv hier raus, und damit nicht nur ins Freie, sondern weg vom Haus. Vielleicht war ich prüder, als ich gedacht hatte, und genau das erklärte ich auch Nat – also das mit dem Rausmüssen, nicht den Teil mit dem Prüdesein.

»Ava, ich meine das echt nicht wertend oder so. Aber spinnst du?«

Daraufhin musste ich grinsen, was ihn ebenfalls zu einem Lächeln verleitete. Eines mit diesen süßen Grübchen, wofür ich mir selbst auf die Schulter klopfte. Ich wusste, er hatte Recht, das, was ich hier tat, war mehr als unzurechnungsfähig. *Aber verflucht!* Irgendwie fühlte sich genau diese Verrücktheit unglaublich gut und erfrischend schön an. Mit Nat an meiner Seite konnte gar nichts schiefgehen. Hoffte ich zumindest, also machte ich weiter.

Ich warf die Prothese nach unten auf den weichen, gut gepflegten Rasen, setzte mich mit Hilfe von Nat auf die Mauerbrüstung und sprang, obwohl ich noch seinen Ruf »Warte!« hörte. Die Luft zischte um mich herum, Adrenalin rauschte durch meinen Körper, was mich zum Lachen brachte, und nur Sekunden später schlug lauwarmes Wasser über mir zusammen.

Lebendig, so lebendig …, hallten die Worte in meinem Kopf in Endlosschleife wieder, während ich an die Oberfläche strampelte, dem Licht entgegen.

Nat – Gegenwart

Ich hatte schon viel erlebt, doch das sprengte alles Bisherige. Noch immer schwankte ich zwischen sprachloser Faszination und schweigendem Unglauben. Ja, mir hatte es dezent die Sprache verschlagen und wie immer war Ava der köstliche Auslöser.

Während ich nur fähig war zu starren, hatte sich Ava ihre Prothese vom Bein geschnallt, hielt sich mit einer Hand an der Brüstung des Balkons fest, während sie die Prothese im hohen Bogen auf dem Rasen neben dem Swimmingpool warf.

»Hilf mir hoch«, forderte sie mich auf und legte den Arm auf meinen Unterarm, was dazu führte, ihr womöglich jeden Wunsch zu erfüllen, so idiotisch er auch sein mochte.

Tja, Männer und ihre Triebe. Obwohl ich ihr beim Raufklettern auf die Brüstung half, versuchte ich erneut auf sie einzureden: »Ava, warte. Ich halte das für keine gute Idee. Wir können in mein Zimmer gehen und du bekommst nichts davon mit, was da unten vor sich geht.«

Ein Bein baumelte über die Brüstung, als sie sich lächelnd zu mir drehte. Ihr Kuss auf meine Wange kam schnell und unerwartet, wie schon nach dem Tanzen vor zwei Tagen, aber nicht minder schön. »Mach dir nicht so viele Sorgen. Ich denke, wir haben beide vergessen zu leben.«

»Denkst du das? Obwohl ich hier neben dir stehe, aufrecht und atmend?«, fragte ich mit einem kleinen, amüsierten Unterton, obwohl ich wusste, was sie meinte. Bei Gott, ich wusste es zu gut.

Zart strich sie mit einem Finger zwischen meinen Augenbrauen entlang, wodurch ich erst jetzt bemerkte, dass ich sie zusammengekniffen hatte, und sie nun automatisch entspannte.

»Ja, das denke ich und möchte es ändern. Das solltest du auch. Mir wird nichts passieren. Vertrau mir.«

»Versprochen?«, fragte ich und streckte den kleinen Finger aus, den sie lächelnd mit ihrem einhakte.

»Versprochen«, hauchte sie.

Damit ließ sie mich los und sprang mit einem hellen Lachen, das mein Herz mit Leben erschütterte. Geschockt, dennoch grinsend, spähte ich ihr hinterher, beobachtete, wie ihre schwarzen, langen Haare im Wind flatterten und sie vom Wasser verschluckt wurde. Erst nachdem ich sie wieder auftauchen sah und sie zu mir hoch lächelte, löste ich die verkrampften Fingern von der Brüstung und tat, was ein Mann eben tun musste. Ich zog mich rasch bis zu den Boxer-Shorts aus, um ihr hinterher zu springen.

Leben und verrückt sein? Ja, das fühlte sich ungewöhnlich gut an.

Mit einem harten Aufschlag und etwas Rückenlage kam ich im Wasser an, das wärmer war, als ich befürchtet hatte. Trotzdem spürte ich es fast nicht, denn ich war viel zu vollgepumpt mit Adrenalin, wie in einem Rausch, den ich sonst nur bei Gefahr und viel zu kurz spüren konnte. Doch hier war es ein guter Nervenkitzel und ich konnte das dämliche Grinsen nicht von meinem Gesicht wischen, während ich durch die Wasseroberfläche brach und mit den tropfnassen Wimpern blinzelte. Ich war nicht der Einzige, der wie ein irrer Joker grinste, übermannt von dem Hochgefühl des ziemlich verrückten Sprungs vom Balkon. Avas ganzes Gesicht strahlte und ihre Augen leuchteten mir verschmitzt vom Poolrand entgegen.

»Beinahe eine 1A Landung, aber nur fast. Mit deinem eleganten Eintreten in Pools konntest du bisher nicht wirklich punkten.«

Ich musste an meinen Stolperer bei der Wassertherapie denken und sogar jetzt brannte mein Rücken vom Aufschlag.

»Alles Showeinlagen, extra für dich«, meinte ich feixend an sie angepasst.

Ihr frecher Spruch gefiel mir und vom ihrem vergnügten Ausdruck wurde ich angezogen wie die Motten vom Licht. Das schwarze Haar glänzte feucht in der Sonne und als ich näher schwamm, konnte ich einen schwarzen Spitzen-BH unter dem dünnen Shirt erahnen, das an ihrem schlanken Körper klebte. Der schwarze Eyeliner, mit dem sie nach wie vor jeden Tag dick ihre hellgrauen Augen umrandete, war durch das kühle Nass etwas abgewaschen und einige Linien bildeten sich unter dem Augenlid, sahen aus wie schwarze Tränen. Sogar so war sie wunderschön und ich konnte die Augen nicht von ihr nehmen, selbst nachdem ich bei ihr angelangt war und mich links und rechts von ihr am Beckenrand festhielt.

Als ich die Hand nach ihrem Gesicht ausstreckte, zuckte sie nicht zurück und ließ mich gewähren, um die dunklen Spuren mit dem Daumen vorsichtig von ihren Wangen zu wischen.

»Du brauchst dieses Zeug nicht, um dich dahinter zu verstecken. Du bist stark … und wunderschön«, brabbelte ich wie ein liebestoller Idiot.

Zwar antwortete Ava nichts darauf, ich spürte jedoch eine Veränderung in ihrem Körper. Sofort beschleunigte sich ihre Atmung, mit großen Augen blickte sie in meine und mich ließ ihre Nähe ebenfalls ganz und gar nicht kalt, obwohl wir uns an keiner Stelle berührten. Doch genau das wollte ich und in mir kämpfte ein wilder Tumult.

Vorhin hatte Ava Recht gehabt – seit dem Kinderfest hatte ich mich vor ihr versteckt, weil sie Gefühle in mir hervorholte, die ich mir verboten hatte. Sie brachte in mir etwas zum Toben und ließ durch die Oberfläche brechen, was längst tief begraben gewesen war; weckte Wünsche, die ich nicht mehr haben konnte, nicht verdiente. Ich wäre kein guter Freund, keine gute Partie und nicht vertrauenswürdig, wie die Vergangenheit bewiesen hatte. Dabei verdiente sie so viel Besseres. Ich sollte verdammt nochmal meine Finger von ihr lassen, mich umdrehen und gehen.

Davon schien Ava nichts wissen zu wollen. Sanft legte sie eine Hand auf meine sich heftig hebende Brust. Ihre Berührung jagte wie ein Stromschlag durch meinen Körper und riss damit alle meine Mauern nieder. *Verflucht!*

Meine guten Absichten und mein Wille knickten ein wie ein Grashalm im Sturm. Mit einer Sehnsucht, die mir neu war, presste ich meine Lippen auf ihren weichen Mund, der ein stöhnendes Seufzen ausstieß und mich fast vor Gier verbrannte, mich verrückt machte, so rasant, dass ich beinahe den Kopf verlor. Dennoch riss ich mich zusammen, wartete ab, ob es für sie okay war, diesen eindeutigen Fehler mit mir zu begehen. Und sie beging ihn.

Mit gleicher Wildheit legte Ava ihre Arme um meinen Nacken, krallte ihre Fingen in meinen Hinterkopf und öffnete den Mund, um mit ihrer Zunge herausfordernd über meine Lippen zu streichen. Ich war verloren.

Sie schmeckte köstlich und ihr Duft nach Blumenwiese hüllte mich ein, während ich sie küsste, als gäbe es für uns keinen Morgen. Vielleicht war es genau das, was wir hier taten – bloß im Hier und Jetzt leben, vollkommen und mit allen Sinnen, weil wir wussten, wie schnell alles zu Ende sein konnte?

Denn alle meine Sinne waren auf Ava ausgerichtet: auf ihren süßen, köstlichen Geschmack, das Gefühl ihr Zunge, die mit meiner spielte, sie neckte und leidenschaftlich küsste, ihre samtweiche Haut fest an meine gepresst, nur das Wasser um uns und diese herrlichen kleinen Laute, die sie von sich gab und von denen ich mir sicher war, dass sie nicht wusste, wie heiß sie waren.

Mit einer Hand stützte ich mich am Rand ab, um uns im Wasser an der Stelle zu halten, die andere konnte nicht ruhig bleiben, musste über Avas wunderbaren Körper gleiten. Anders, als man bei einem ersten Kuss meinen sollte, bei dem man sich langsam annähert, waren wir sofort aufeinander eingestimmt, drängten uns mit einer Heftigkeit aneinander, die mir bei klarem Verstand Angst gemacht hätte.

Aber ich war nicht mehr klar im Kopf, denn unser Kuss versengte mich, brachte mich zum Glühen, genauso heftig, wie Ava in meinen Armen erschauerte, nachdem ich meine Hand auf ihren Hintern gepresst hatte und sie noch näher an mich heranzog. Zuerst legte sie ihre Beine um meine Hüften, wollte sich vermutlich fester an mich drücken, doch dann rutschte sie mit ihrem rechten Bein ab und es war, als wären wir plötzlich im eiskaltem Wasser aufgewacht.

Von einem Moment auf den anderen zitterte sie immer heftiger und ließ mich los, wie an mir verbrannt. Noch bevor ich die Augen öffnete, wusste ich, war für einen riesigen Fehler ich begangen hatte, egal wie schön sich die letzten Momente angefühlt hatten. Avas Augen hatten sich mit Tränen gefüllt und ihre Lippen bebten wie der Rest ihres zierlichen Körpers.

Mein Gott, ich verdammter Vollidiot! Was hatte ich mir nur gedacht, sie so zu küssen, wenn sie ganz eindeutig noch nicht über ihren Freund – ihren *verstorbenen* Freund – hinweg war? Ich fühlte mich wie der letzte Arsch. Schnell wich ich weiter zurück und entschuldigte mich mehrmals: »Ich hätte das nicht tun sollen, entschuldige. Ich habe nicht nachgedacht … ich –«

»Nicht«, flüsterte sie und sah dabei so verloren aus, weshalb ich mir geistig in den Hintern trat. Kurz schloss sie die Augen und als Ava sie wieder öffnete, war ihre Stimme fester. »Könntest du mir bitte meine Prothese bringen?

Mechanisch wie auf Autopilot nickte ich, zog mich mit einem Ruck aus dem Becken und holte das Gewünschte, um es neben den Stufen, die aus dem Pool führten, ins Gras zu legen. Beim besten Willen konnte ich mir nicht vorstellen, dass Ava in diesem Moment Hilfe von mir wollte, geschweige denn, nur in meiner Nähe sein. Dennoch fragte ich sie und wie erwartet schüttelte sie schnell den Kopf. »Nein, danke. Ich will nur alleine sein … Ich brauche einen Moment.«

Also ließ ich sie im Pool zurück und ging langsam davon, konnte jedoch in meinem Rücken noch ein leises »Tut mir leid« hören, was mir einen weiteren Stich versetzte. Es klang so endgültig.

14. *Kapitel*

Kings of Leon – »Use Sombody«

Ava – Gegenwart

Seit dem Vorfall im Pool war ich diejenige, die Nat tagelang aus dem Weg ging, indem ich länger an der Uni blieb oder mich zu Hause zum Lernen und Geigespielen ins Zimmer einsperrte. Hin und wieder telefonierte ich mit meinem Bruder, um etwas Normalität in mein Leben zu bekommen und dieses beständige Kribbeln zu verdrängen, das in meinem Bauch wütete, sobald ich an den Kuss dachte.

Die Freude am Gespräch mit meinem kleinen Bruder Aston, den ich seit dem Unfall wieder öfter Äffchen nennen durfte, ohne eine brummige Antwort zu bekommen, ging jedes Mal vorbei, wenn meine Mutter Wind von unseren Telefonaten bekam und ebenfalls mit mir sprechen wollte.

Zwar wusste ich, Aston behandelte mich ebenfalls mit Samthandschuhen, es war jedoch kein Vergleich zu meiner Mutter. Ständig redete ich mir gedanklich ein, sie sorge sich bloß und wolle das Beste für mich. Doch an manchen Tagen war es einfach schwerer zu ertragen oder zu ignorieren und sich dabei nicht wie der allerletzte Freak zu fühlen, der hinter verschlossenen Türen weggesperrt gehörte, um entweder niemanden mit seiner Monstrosität zu erschrecken oder sich selbst im realen Leben weh zu tun.

Wie heute verbreitete sie dieses unangenehme Gefühl in mir, nachdem sie Aston das Telefon entrissen und ihn weggescheucht hatte. Warum hatte ich noch gleich angerufen?

»Hörst du mir überhaupt zu, Schätzchen?«

»Äh, ja Mum, tut mir leid. Ich war kurz in Gedanken woanders.«

Ich konnte sie tief seufzen hören. »Spätzchen, ist es wieder das Bein? Tut es dir weh? Ich habe gleich zu deinem Vater gesagt, du musst länger in der Reha bleiben. Dann auch noch alleine fortgehen und in einer fremden Stadt leben. Ich weiß nicht, warum wir diesem Hirngespinst zugestimmt haben. Du solltest hier sein, bei uns. Zu Hause.«

»Nein, ich habe keine Schmerzen, Mum. Es ist alles gut«, log ich schnell. Vieles war gut, manches okay, und einiges würde nie wieder gut sein, doch darauf musste man ja nicht herumreiten.

»Ich weiß nicht, ich bin nicht überzeugt und –« Sie hielt inne und schluckte.

Ich tat es ihr gleich und hoffte, nicht wieder über dieses Thema streiten zu müssen. Dieser Wunsch wurde mir wie so oft nicht erfüllt. Ich musste in meinem früheren Leben dort oben echt jemandem ziemlich auf die Nerven gegangen sein.

»Ava, wie lange willst du noch dort bleiben? Wir dachten, du schaust dir das nur ein paar Wochen an und kommst wieder zurück. Besonders, nachdem es in eurem Wohnhaus gebrannt hat. Wir hätten dich nie gehen lassen sollen, ich weiß nicht …«

Weiter ging das Gejammer, das ich nicht weiter beachtete, und mir in der Zwischenzeit stattdessen den USB-Film-Stick raussuchte, mit einem halben Ohr beim Telefonat, weil ich ihre Meinung schon kannte.

Im Grunde war es immer das Gleiche. Sie fand, ich könnte nicht alleine überleben, müsste ständig auf alles achtgeben und am besten wäre es, bei ihnen zu Hause zu sein, zurückzukommen und mich, bis ich sterben würde, von ihnen versorgen zu lassen. Am liebsten wäre es ihr wohl gewesen, ich stünde überhaupt nicht mehr auf, läge nur faul herum wie ein Sack Kartoffeln und ließe mich von hinten und vorne bedienen wie eine Kaiserin. Bei der Vorstellung wurde mir kotzübel, obwohl ich wusste, ich übertrieb, dennoch konnte ich mir nicht länger auf die Zunge beißen.

»Mum, bitte, Schluss jetzt. Hier ist alles bestens und es geht mir wirklich gut. Deswegen werde ich nicht so schnell zurückkommen, auch wenn du es hoffst. Ich studiere nun *hier* und vielleicht, vielleicht mache ich wieder Sport.

Du weißt doch, dass mich nach dem Unfall diese Leute von den Paralympics kontaktiert haben? Wenn ich mich bemühe, schaffe ich es … irgendwann.«

Nun biss ich doch fest zu. Zwar nicht auf meine Zunge, aber auf die Unterlippe, hielt den Atem an und wartete, was sie darauf erwidern würde. *Bitte freu dich für mich, bitte freu dich!*

»Oh, das … das sind ziemliche Neuigkeiten, Schatz. Bist du dir sicher? Traust du dir das zu? Schon jetzt? Ich weiß nicht, ob das eine gute Idee ist. Ich meine, wenn du dich verletzt oder etwas Anderes passiert …«

Was sollte passieren? Ich würde auf einer Bahn im Kreis laufen! Dabei konnte man sich nicht schwer wehtun, selbst bei meinem Glück. Ich schäumte innerlich, aber blieb nach außen hin ruhig, obgleich ich erneut nach einer Notlüge greifen musste.

»Äh Mum, Kelsey ruft gerade nach mir. Wir wollten gemeinsam kochen und dann einen Film sehen.«

»Oh, das ist nett von ihr. Aber warte, Schätzchen! Du hast mir noch nicht gesagt, wann du wieder zu Besuch kommst.«

Kurz dachte ich über ihre Frage nach und erinnerte mich daran, dass Lourdes dieses Wochenende, wenn der Columbus Day war, nach Hause zu ihren Eltern fuhr und sogar Nat mit seiner Schwester zu seinen Großeltern aufbrach. Daher würde ich mit Kelsey alleine im Haus herumsitzen, was bedeutete, sie würde mich wahrscheinlich nach draußen auf irgendwelche Parties zerren wollen.

»Wie wäre es mit diesem Wochenende, zum Columbus Day?«, schlug ich vor. Sogleich hörte ich durch die Leitung Mums unzufriedenes Aufseufzen. »Dieses geht es bei uns leider nicht. Wir sind unterwegs und dein Bruder ist bei Freunden. Lass uns nächste Woche noch einmal darüber reden.«

Damit war das Thema erledigt.

Nachdem ich aufgelegt hatte, machte ich mich mit meinem USB-Stick bewaffnet auf zur Couch, um tatsächlich einen Film zu sehen. Nach dem Gespräch mit meiner Mutter brauchte ich etwas Aufmunterndes. Da ich wusste, ich würde für die nächsten Stunden alleine sein, sah ich mir zuerst ›Ritter aus Leidenschaft‹ an und wechselte anschließend zu einem weiteren

Heath Ledger Film – zu seinem allerersten, den ich gesehen, in den ich mich verliebt und er braune, längere Haare gehabt hatte. Wie immer ergriff mich Wehmut, wenn ich seine Filme sah, sie zauberten mir aber gleichzeitig noch immer ein Lächeln auf die Lippen.

Daher saß ich einige Zeit später wieder besser gelaunt auf der Couch, futterte Popcorn in mich hinein und lachte zu den Pointen im Film, als unvermittelt die Haustür aufging. Es war Nat, der zwei Einkaufstüten herein trug. Zuerst verspannte ich mich, weil ich Schiss hatte, er könnte wegen der Sache im Pool sauer auf mich sein. Doch er lächelte mir beim Vorbeigehen leicht verhalten zu, als wäre nicht viel gewesen, und räumte anschließend die Einkäufe in die Küchenschränke und den Kühlschrank.

Nat ließ seine Jacke auf einen Stuhl fallen, trug darunter eine gut sitzende, dunkelblaue Jeans und ein enges, kurzärmeliges grün-schwarz kariertes Hemd, worin er unglaublich heiß aussah.

Sofort verspannte ich mich ein weiteres Mal, während ich an mir hinabblickte, da ich nur ein altes, zerknittertes, graues Shirt mit einem verblichenen Bandlogo und Shorts trug. Außerdem hingen meine offenen Haare zerwühlt über meinen Rücken, als hätte ich Vogelnester darin verstaut gehabt, ich war ungeschminkt und hatte es mir bequem gemacht: Sprich, die Prothese unachtsam neben mir auf den Boden fallen lassen und, ach ja, eine fast leere, ziemlich große Schüssel Popcorn stand auf meinem Schoß. Nicht gerade das sexy Bild, das man dem Schwarm nach einem heißen Kuss zeigen wollte. Fehlte nur noch, dass mein Gesicht klebrig verschmiert war oder ich Popcornkrümel in meinem Haar hängen hatte.

Obwohl, wer weiß …

Schnell fuhr ich mir durch die Haare und wischte mir über das Gesicht. Im selben Moment ertönte Nats angenehme Stimme: »Willst du auch ein Eis?«

Ich zuckte zusammen und kurz pochte mein Herz doppelt so schnell. Ohne aufzusehen oder nachzudenken ließ ich die Hände in den Schoß fallen und rief viel zu schnell zurück: »Gerne. Aber nur, wenn du es mit mir teilst.«

Einen Moment sagte er nichts, aber ich konnte seinen Blick auf mir spüren.

»Mit einem eigenen Löffel?«, fragte er, obwohl diese Frage viel mehr bedeutete. Genauso wie meine Antwort. »Nicht nötig.«

Erneut schwieg er und ich hätte zu gerne gewusst, was ihm durch den Kopf ging. Ich fühlte mich mies wegen meiner Aktion im Pool und hoffte, ich konnte das irgendwie wieder hinbiegen.

Schließlich hörte ich ihn rascheln, bis er zur Couch kam und sich neben mir in die Kissen fallen ließ, eine Hand bereits ausgestreckt, die einen Löffel mit süßem Eis darauf bereithielt – wie eine unausgesprochene Entschuldigung, die stumm von mir angenommen wurde.

Da ich den Film mehr oder weniger in- und auswendig kannte, ließ ich ihn einfach weiterlaufen. Dennoch wandte ich mich dem Fernseher zu, was um einiges leichter war und dem Kribbeln in meinem Bauch Einhalt gebot, anstatt weiterhin Nat anzustarren.

Schweigend schauten wir gemeinsam den Film, obwohl ich spüren konnte, dass Nat bei manchen Stellen ein Kommentar auf der Zunge lag.

Stattdessen teilten wir uns das Eis, Nat verputzte die restlichen Krümel aus der Popcorn Schüssel und nach und nach rutschten wir in der Mitte des Sofas immer weiter zusammen, während draußen hinter der Silhouette der Stadt das Farbenspiel von einem violett roten Schimmer zur schwarzen Nacht überging. Erst als der Film zu Ende war, ich wie immer blöd darüber lächelte, bemerkte ich, wie nahe wir bereits nebeneinander lehnten – Schulter an Schulter.

»Solche Filme magst du also?«, fragte Nat und ich nickte.

»Manchmal, unter anderem. Bist du jetzt erschüttert?«, wollte ich von ihm wissen, blickte mich nicht zu ihm um, sondern wir beide starrten auf den Bildschirm, der den Nachspann zeigte.

»Gib's zu, du stehst voll darauf. Ich habe gesehen, wie du den Fernseher angeschmachtet hast. Bin nur verblüfft, dass dir so etwas gefällt. Es ist so weltfremd, dass es schon wieder lustig ist.«

»Was sollte daran weltfremd sein?«, begann ich bereits zu erwidern, sah dann jedoch ein, wie übertrieben kitschig er war. Aber gerade auf dieses Verträumte und Realitätsfremde im Film stand ich besonders – die Wirklichkeit selbst war manchmal einfach zu erdrückend und schwer zu ertragen.

»Nun gut, ein wenig«, gab ich widerstrebend zu und ich spürte, wie Nat leicht lächelte, obwohl ich es nicht sah. Wenngleich er bei anderen nicht oft lächelte, veränderte es bei ihm seine ganze Ausstrahlung, sein Lächeln war beinahe spürbar, erfüllte den gesamten Raum.

»Jetzt komm. Nehmen wir nur mal die Szene, als Heath Scheiße baut, und dann singt er bloß ein wenig rum und läuft wie so ein Affe auf der Tribüne, und sofort verzeiht sie ihm und geht mit ihm aus? Von wegen. Erstens würde ein Typ so etwas nie machen, außer es ist Johnny, sonst kenne ich keinen. Schon gar nicht, wenn es so ein Anti ist wie er im Film. Außerdem – warum sollte die Frau sofort kleinbeigeben und sein voriges Verhalten entschuldigen, nur weil er sich wie ein Idiot aufführt? Realitätsferner geht es gar nicht.«

Ich biss mir auf die Lippen, um nicht sofort etwas zu erwidern, hielt mich zurück, obwohl er gerade meine absolute Lieblingsszene des gesamten Filmes kritisiert hatte. Okay, ich hatte viele Lieblingsszenen und diese gehörte definitiv dazu – ganz weit oben. »Ich finde sie süß. Wenn das jemand für mich machen würde, würde ich demjenigen tatsächlich so einigen Scheiß verzeihen.«

»Tatsächlich?«, wunderte sich Nat, konnte gleichzeitig einen amüsierten Unterton in seiner Stimme nicht verbergen, was mich dazu brachte über meinen Schatten zu springen und ihm mein Gesicht zuzudrehen. Im selben Moment fügte er ein »Faszinierend« an, wobei ich nicht wusste, ob es an meinem Geständnis oder an etwas Anderem lag.

Sein Blick schnellte zu meinen Lippen, dann hoch in meine Augen – sein Gesicht befand sich nur wenige Zentimeter von meinem entfernt und als er einen Seufzer ausstieß, streifte Nats warmer Atem über meine Wange, der mich sofort in die Realität zurückschleuderte. Der das altbekannte Kribbeln in mir auflodern ließ und dessen Gefühle mich überwältigten, die Angst schürten und mir die Luft wegnahmen, genauso wie es im Pool passiert war.

Schnell rückte ich von ihm ab und setzte mich gerade auf. Flüchtig meinte ich Enttäuschung und Schuldgefühle in seiner Miene aufflackern zu sehen, bevor sein Gesicht wieder zu einer unbeteiligten Miene versteinerte.

»Tut mir leid«, flüsterte er und wollte sich abwenden. Blitzschnell griff ich nach seinem Arm und er sah mich verdutzt an.

»Nicht. Mir tut es leid. Das hier und was im Pool passiert ist. Es ist nicht so, dass ich dich nicht mag ... es ist nur ... zu viel. Einfach zu viel«, versuchte ich es zu erklären, woraufhin Nat beinahe beschämt den Kopf schüttelte. »Das macht nichts. Wir haben beide zu viel Mist erlebt. Du, ich und gemeinsam, das ist zu viel. Ich verstehe schon, du hast Recht.«

Nun schüttelte ich schnell den Kopf. »Nein, so meine ich das nicht. Es ist zu viel Gefühl. Du weißt von dem Unfall, du weißt, ich war schuld daran. Aber du weißt nicht, dass Sam mein erster Freund war, ich seit ihm niemanden mehr an mich rangelassen habe. Wenn ich mit dir zusammen bin, fühle ich zu viel und ... das macht mir Angst.«

Wow, ich weiß nicht, wie ich es geschafft hatte, dieses Eingeständnis laut über die Lippen zu bringen. Dennoch musste ich den Blick senken, starrte auf meine Finger, die ich zwar nicht in meine Haut grub wie früher, trotzdem knetete ich sie nervös, während sich meine Wangen immer hitziger anfühlten.

Plötzlich lag Nats kühle, feste Hand an meiner Wange, zwang mich, zu ihm hochzusehen.

»Wie wäre es, wenn wir nur ... wenn wir es langsam angehen?«, meinte er und sah selbst verblüfft über dieses Angebot aus, wie es sich in seinen warmen, braunen Augen widerspiegelte, so als ob er zu Beginn des Satzes etwas ganz Anderes hatte sagen wollen. Darüber dachte ich im Moment nicht weiter nach, denn mit »langsam angehen« konnte ich umgehen, es klang nach etwas, das ich mir wünschte.

»Langsam und kindisch – ich muss zugeben, du gefällst mir immer besser. Okay, dann lass uns reden. Wie bist du zu deiner Narbe am Bein gekommen?«

Er verspannte sich merklich, wollte nicht unbedingt über dieses Thema sprechen. Was ich verstehen konnte, obwohl ich mich langsam, Schritt für Schritt, leichter damit tat zu akzeptieren, was passiert oder wer ich nun war.

Schließlich antwortete er – seine Worte strömten mit so viel Luft aus seinem Mund, als hätte er den Atem angehalten gehabt. »Autounfall. Ein Baum vor der Motorhaube. Seitdem ist mein linkes Bein Schrott und meine Zeit in einem Fußballteam vorbei. Ende der Geschichte.«

Schmerz schimmerte deutlich in seinen Augen, bevor er rasch den Blick senkte. Sicher, es war kein angenehmes Thema, aber wenn ich eines gelernt hatte, dann dass es half, darüber zu reden, so wie ich beim Spiegel nicht mehr gekonnt und er mir geholfen hatte.

»Das tut mir leid. Was vermisst du mehr: das Laufen und den Sport oder das Gefühl in einem Team zu sein?«

Sofort schossen seine braunen Augen wieder zu mir, die grünen Sprenkel darin funkelten beinahe. »Komisch, ich habe vorher nie darüber nachgedacht, aber wenn du mich so fragst … beides.«

Seine Antwort war keine Überraschung. Er war eindeutig ein Teamplayer, ich konnte ihn mir gut im Mittelpunkt einer Gruppe vorstellen, stattdessen hielt er sich an der Uni meist alleine auf, sprach fast mit niemandem, als würde er sich bestrafen oder sich etwas selbst versagen. Nur bei mir machte er eine Ausnahme, wie jetzt. »Und du?«

»Auch Autounfall, wie du seit dem Zeitungsbericht dank Kimy Kinksy weißt«, gab ich seufzend zurück, wobei er etwas belustigt den Namen Kimy Kinsky gemeinsam mit mir aussprach und die Augen rollte. »Hat sie dich seitdem wieder gepiesackt?«

»Nein, du hast sie wohl zu sehr eingeschüchtert, oder sie wartet auf eine gute Gelegenheit zu einem Vergeltungsschlag.«

»Mach dir keinen Kopf wegen ihr, sie ist es nicht wert. Manche Menschen sind schwach oder haben selbst Schmerz erlitten und fühlen sich nur wieder stärker, wenn sie andere traktieren können. Ich werde ein Auge auf sie haben.«

»Danke«, antwortete ich berührt und drückte flüchtig seinen Arm. Ich war froh, dass er trotz allem, was ihm widerfahren war, zu keinem dieser verbitterten Menschen geworden war, sondern gütig blieb und sich um andere kümmerte.

»Um auf das Thema zurückzukommen. Bei mir war es ein Brückenpfeiler, auf den wir zugerast sind, nachdem wir von der Straße abgekommen sind, weil uns ein Fahrzeug auf unserer Seite entgegengekommen ist«, ratterte ich emotionslos die Geschehnisse der Nacht runter, konnte jedoch die feuchte Straße, den Regen in der Nacht riechen und mich an das Ploppen erinnern – an das stetige Tropfen von Blut. Immer und immer wieder.

Ich räusperte mich und strich über die Gänsehaut auf meinen Armen. »Jedenfalls habe ich den Wagen zu spät gesehen und in meiner Panik das Lenkrad verrissen. Danach war das Bein futsch, Sam tot und der Fahrer des anderen Fahrzeugs läuft zwar auf Bewährung, aber frei durch die Gegend. Und ich versteh das mit dem Sport, ich war früher Läuferin im Leichtathletik-Team. Daher habe ich mir überlegt, wieder damit anzufangen, mit so speziellen Laufprothesen.«

Ich konnte seine Überraschung über meine ungeschönte Offenheit spüren, die er versuchte zu kaschieren. Tröstend streckte er die Hand aus und strich mit dem Daumen über meinen Handrücken. Sofort beruhigte ich mich, die Anspannung schwand, die ich zuvor nicht richtig bemerkt hatte.

»Du weißt schon, dass du ziemlich unglaublich bist? Das erlebt zu haben und dennoch stehst du mutig mitten im Leben. Dein Vorhaben mit dem Laufen finde ich klasse. Ich bin mir sicher, du schaffst alles, was du dir vornimmst.«

Mein Herz ging auf, kribbelte hinter meiner Brust und ein Lächeln ließ sich nicht zurückhalten. Beinahe vergessen war die Reaktion meiner Mutter auf die gleiche Neuigkeit.

»Danke, ich hoffe. Du hast gleich Schlimmes überstanden und du bist mindestens genauso unglaublich.«

Bei meinen Worten zog Nat sich zurück und nahm die Hand von meiner. Sofort spürte ich die Kälte auf meinem Handrücken, der seine Berührung vermisste.

»Nein, ich bin nicht wie du. Du bist etwas Besonderes.«

Obwohl ich von seinen Worten geschmeichelt war, mochte ich den Tonfall in seiner Stimme nicht, als wäre er ein schlechter Mensch, jemand, der es verdient hatte, was ihm widerfahren war. Das musste ich ändern, lautstark. Ich machte bereits den Mund auf, doch Nat brachte mich zum Innehalten. »Sag es nicht. Lass es. Bitte.«

Den Wind aus den Segeln genommen, schloss ich unverrichteter Dinge den Mund. Was sich scheiße anfühlte, genauso wie die Barriere, die er erneut zwischen uns gestellt hatte. Um Nat daran zu hindern, seine Mauer noch weiter hochzuziehen, wechselte ich das Thema.

»Okay, dann lass uns über etwas Anderes reden. Erzähl mir von deinen Frauengeschichten«, forderte ich ihn auf, spitzte die Ohren vor Neugierde, wenngleich das wohl kein Thema war, das man nach den gängigen Konventionen einfach so ansprach – doch ich lebte schon länger nicht mehr strikt nach den Regeln, also was sollte es.

Wie ich es schon mehrmals gesehen hatte, strich er sich nachdenklich über den Nacken, bevor er sprach. Eine Geste, die ich zu schätzen gelernt hatte, nicht nur, weil dabei seine Oberarmmuskeln unter dem kurzärmeligen Hemd zur Geltung kamen – nicht nur –, sondern weil ich seine ruhige Art mochte, er nicht einfach ungestüm drauflos redete, sondern mit Bedacht. Er gab mir dadurch das Gefühl, geerdet zu sein – unter anderem, sein Anblick beschwor einige weitere Emotionen in mir hoch, die alles andere als beruhigend waren.

Wie zuvor wich er meiner Frage aus. »Du bist heute ziemlich direkt, was nicht schlecht ist. Aber nichts für einen ruhigen Abend vor dem Fernseher.«

Ich schnippte mit dem Finger auf seinen Oberarm und forderte ihn erneut auf: »Du weißt bereits so vieles über mich, aber ich so gut wie nichts über dich. Jetzt erzähl schon, drück nicht rum.«

»Du kennst mich. Zumindest das, was wichtig ist. Du weißt, wie ich bin. Außerdem wollten wir es langsam angehen …«, versuchte er sich aus meiner Frage heraus zu winden.

Aber nicht mit mir, Mister.

Verspielt schlug ich dieses Mal nach seiner Schulter. »Stell dich nicht so an. Wir reden doch nur und Reden ist harmlos.«

Zumindest im Vergleich zu dem, was ich sonst mit ihm anstellen könnte, wenn mich die Gefühle nicht wieder überwältigen würden.

Mist, seit wann war ich so … triebgesteuert? War ich vor dem Unfall schon so gewesen oder war das eine ganz neue Seite an mir? In Gedanken versunken hätte ich fast seine Antwort verpasst, aber mein Blick hatte sich an seinen Lippen festgesaugt und als ich bemerkte, wie sie sich bewegten, drehte ich das pulsierende Rauschen in meinen Ohren leiser. Auf keinen Fall wollte ich seine Antwort verpassen.

»Bisher hatte ich nur zwei, drei kurze Beziehungen ohne Tiefgang. Ich hatte immer andere Sorgen, weißt du. Und das letzte Mädchen, mit dem ich etwas angefangen habe … nun, sagen wir es so: Die hat mich wohl oder übel an eine Dartscheibe getackert, um mich mit Pfeilen zu malträtieren.«

»So schlimm?«

Er nickte, strich sich erneut über den Nacken und die Stoppelhaare.

»Warum das?«

»Warum ohne Tiefgang oder das mit der Dartscheibe?«

»Beides«, bohrte ich weiter.

Ein tiefes Seufzen schlüpfte über seine Lippen, als säße die Last der Welt auf seinen Schultern. »Ich war mit meinem Kopf früher immer zu oft bei meiner Familie: meiner Mutter, meiner Großmutter oder Sarah. Ich wollte nichts Ernsthaftes, bevor ein paar Dinge geklärt waren.«

»Welche Dinge?«, beharrte ich, was vielleicht zu neugierig rüberkam.

Statt sich wie so oft zu verschließen, öffnete er sich und erzählte mir seine Geschichte. Von seiner kranken Mutter, die er zu retten gehofft, obwohl sie immer wieder Rückschläge gehabt hatte. Es waren ein paar wirklich krasse Sachen darunter, am schlimmsten fand ich die Szene aus seiner Kindheit mit der Glastür. Ich unterbrach ihn nicht, hörte schweigend zu und hatte das Gefühl, mit jedem Wort ginge es auch ihm besser. Seine Stimmung hob sich, während er von seiner Großmutter erzählte, und sackte wieder in den Keller, als er von ihrem Tod berichtete. Sogar von seiner Schwester und seinem besten Freund Johnny sprach er.

Ich hatte ihn noch nie in so einem Redefluss erlebt und ich bemerkte, wie gerne ich ihm zuhörte. Nicht nur, da ich wissen wollte, was er zu sagen hatte, sondern auch, weil mich seine Stimme bewegte, sein samtiger Klang mich berührte. Nachdem er geendet hatte, trug er das gleiche Lächeln auf den Lippen wie ich, sobald ich an etwas Schönes dachte.

»Es ist toll, eine so gute Beziehung zu seinen Geschwistern zu haben. Ich freue mich darauf, deine Schwester und Johnny irgendwann kennenzulernen«, meinte ich, obwohl ich bei dem Gedanken gleichzeitig unruhig wurde. Mir war klar, Nat war die Meinung seiner Schwester wichtig und ich hatte keine Ahnung, wie sie zu mir und Nat stehen würde, noch bevor wir selbst wussten, was das zwischen uns war. Ich konnte mir nur ausmalen, was meine Reaktion bei meinem Bruder Aston wäre – ihn beschützen wie eine grimmige Wölfin ihre Welpen. Tja, das würde interessant werden.

»Wirst du. Sie kommen bereits morgen«, erwiderte Nat und klang hörbar erfreut, ich stattdessen schluckte schwer.

»Wow, toll. Und was war nun mit dem letzten Mädchen, das deiner Meinung nach eine Liebe für Dartscheiben entwickelt hat?«

»Sagen wir so: Ich wusste, dass sie mehr für mich empfand als Freundschaft, mehr als ich ihr geben konnte«, gab er merkbar zerknirscht zu.

»Warst du mit ihr zusammen?«

»Nicht wirklich, ich habe sie dennoch ausgenutzt. Ich hätte ihr die Wahrheit sagen sollen.«

»Manchmal ist die Wahrheit härter als eine kleine, hoffnungsvolle Blase, in der man leben will. In einer Beziehung kann es vorkommen, nicht auf der gleichen Wellenlänge, nicht mit der gleichen Einstellung dabei zu sein. So etwas passiert. Ich weiß bis heute nicht, ob mir mein Freund immer treu war, obwohl ich ihn damals geliebt habe.«

Zur Bekräftigung nickte ich, da es stimmte – ich war mir nie sicher gewesen, ob Sam wirklich nur einen Tanz oder mehr mit diesem Mädchen am Laufen gehabt hatte. Nachdem er gestorben war, dachte ich, es wäre nicht mehr wichtig. Aber das stimmte nicht, nur verletzte es mich jetzt nicht mehr so sehr, wie es damals der Fall gewesen wäre. Meine Gefühle hatten sich verändert. Ich hatte mich verändert.

»Das tut mir leid, du hast Besseres verdient«, murmelte Nat, wirkte kurz, als wollte er nach mir greifen, dann überlegte er es sich anders.

»Muss es nicht, ich bin darüber hinweg, denke ich. Wenn ich eines daraus gelernt habe, ist es, dass es weitergeht, auch wenn man das vorher nicht glauben kann. Man Dingen entwächst, die einen niedergedrückt haben. Das Leben mag uns vielleicht viele Hindernisse vor die Beine werfen, aber wenn man über sie steigt, kommt man stärker dahinter an.«

So wie Nat seinen Nacken-Streichen–Tick hatte, begann ich meine Hände zu kneten, biss mir sogar auf die Lippen, um nicht dem Drang nachzugehen, meine Handballen blutig zu kratzen. Doch ich war stärker als das, ich würde es schaffen.

In diesem Moment griff Nat nach meiner Hand und verschränkte seine starken Finger mit meinen.

»Du hast damit aufgehört«, stellte er mit einem Blick auf die verheilenden Wunden beinahe ehrfürchtig fest und ich lächelte.

»Ja, deine Worte haben mir Kraft gegeben, die ich vorher nicht hatte. Hast du mit deinen Dingen aufgehört, die dir helfen, dem Druck standzuhalten?«

Überrascht wurden seine Augen größer und er starrte mich eine Minute schweigend an. Schon vor einigen Tagen beim Spiegel und auch davor war mir klar gewesen, dass wir uns ähnlich waren, sehr ähnlich. Wenn er nicht so gelitten hätte wie ich, könnte er nicht wissen, wie es mir ging und was ich brauchte – mich nicht derart gut verstehen. Ich wusste nur nicht, was sein Ventil war.

»Du bist eine Zeilenleserin«, antwortete er stattdessen nur. Auf meinen fragenden Blick hin hob sich amüsiert einen seiner Mundwinkel. »Du liest zwischen Worten und Gesten viel mehr als andere Leute. Du bist eine gute Beobachterin. Und ja, ich habe es nicht mehr so oft gemacht, seit du hier im Haus wohnst. Ehrlich gesagt, schon ziemlich lange nicht mehr.«

»Was war dein Ding?«

Nat senkte beschämt den Blick. Vermutlich wollte er die Wahrheit lieber verschweigen, dennoch drangen Worte aus seinem Mund: »Ich habe den Nervenkitzel gesucht, mich an den Rand der Straße vor vorbeifahrende Autos oder auf Fensterbänke gesetzt, immer kurz vor dem Absprung, um den Adrenalinkick zu spüren. Zu fühlen, dass ich doch noch lebe, ich hier und nicht bei dem Unfall in diesem Auto verreckt bin.«

Wohl unbewusst hatte Nat begonnen, sachte mit dem Daumen über meinen Handrücken zu streichen, was mir wohlige Schauer über den Körper jagte, wenngleich ich bei seinen Worten eine Gänsehaut bekam. Diese bemerkte Nat und strich mit seiner anderen Hand über meinen Arm, was die ganze Sache mit der Gänsehaut nicht besser machte, da er dabei automatisch zu mir rutschte. Sein Geruch umfloss mich, zog mich näher. Bevor ich wusste, was ich tat, glitt ich an ihn heran, bis wir eng beieinandersaßen.

Ich lehnte mich vor und flüsterte in sein Ohr: »Ich bin froh, dass es dir gut geht, du hier bist und damit aufgehört hast.«

Er drehte den Kopf, vermutlich um mich anzusehen, streifte dabei mit den Lippen meine Wange. Dieser kurze Hautkontakt genügte und ich warf meine Vorsicht über Bord. Mein Körper handelte selbständig und rückte nach vorne, presste sich gegen seine muskelbepackten, harten Konturen, die sich perfekt an meine weichen anpassten.

Statt mein Handeln zu überdenken, wollte ich so mutig sein, wie er mich heute beschrieben hatte. Ich überwand mit einem zittrigen Atemzug die letzten Zentimeter und meine Lippen fanden seinen Mund – so selbstverständlich, als hätten sie das schon hundert und nicht erst ein Mal getan. Gleichzeitig legte ich meine Hände auf seine Schultern, doch bevor er den Mund zu einem Kuss öffnete, umschlang er mit keuchenden Worten »Warte, Ava …«, mein Handgelenk und unterbrach den Lippenkontakt, obwohl ich merkte, wie schwer es ihm fiel.

Sein ganzer Körper war angespannt, seine Muskeln vibrierten förmlich. Ich wusste, wovon ich sprach, immerhin war ich an seinem ganzen Körper geschmiegt. Nat rückte nicht von mir ab, schluckte jedoch angestrengt. »Was ist aus dem Plan es ›langsam anzugehen‹ geworden?«

»Es ist langsam. Wir küssen uns nur.«

»Als ›nur‹ würde ich das nicht bezeichnen. Ich dachte, es ist zu viel? Ich will dich nicht überrumpeln.«

Ich schüttelte den Kopf, fuhr mit den Fingerspitzen sachte über seine kurzen Haare, was sie kitzeln ließ. »Wenn hier jemand wen überrumpelt, dann ich ja wohl dich. Es ist okay. Ich fühle mich gut, mehr als das.«

Vorsichtig lehnte ich mich vor und rieb meine Wange an seiner rauen Haut, die bereits den Hauch eines Dreitagebartes aufwies.

»Wirklich?«, fragte er leise, strich währenddessen mit der Hand meinen Rücken entlang.

»Mhm«, raunte ich und bog mich ihm entgegen.

»Dann ist das nicht zu viel?« Er hauchte mir einen Kuss auf den Mundwinkel.

»Ich denke, das ist alles eine Sache der Übung. Heute geht es schon viel besser, ergo müssen wir noch mehr *üben.*«

Meine Logik war wasserdicht. Ich spürte sein Lächeln, während seine Lippen an meiner Wange entlang glitten, über mein Kinn strichen und näher zu meinem Mund wanderten. »Tatsächlich? Das denkst du also?«

Grinsend nickte ich. Er wollte spielen? Ich auch, aber etwas Anderes – und meine Geduld hing an einem ganz dünnen Faden. Außerdem hatte ich gelernt im Hier und Jetzt zu leben, mir das zu nehmen, was ich wollte, damit es in Zukunft kein ›zu spät‹ mehr gab.

»Nat, halt endlich die Klappe und küss mich.«

Erneut ein Kuss auf meinen anderen Mundwinkeln, ein Lächeln auf seinen Lippen, was mich irremachte. »Ist es krank, wenn ich darauf stehe, wenn du so streng mit mir wirst?«

Frustriert stieß ich die Luft aus und sofort spürte ich ein Lachen durch seinen Körper vibrieren, die Arme nun um meine Taille geschlungen.

Na warte – nimm das! Entschlossen griff ich mit beiden Händen in seinen Nacken und zog ihn enger an mich, ließ ihm keinen Spielraum mehr für Ausflüchte oder längeres Geplänkel. Dabei drückte ich meinen Mund auf seinen, knabberte an seiner Unterlippe und strich mit der Zunge darüber, was ihm ein Stöhnen entlockte.

Plötzlich machte es ›Klick‹ bei ihm, als hätte ihn etwas von der Leine gelassen, und er übernahm die Führung. Mit einem schnellen Ruck hob er mich auf seinen Schoß, drückte mich an sich, wobei ich spüren konnte, wie erregt er bereits war, was mich mit Hitze versengte. Einen Moment lang fragte ich mich, ob ich wirklich so bereit war, wie meine große Klappe behauptet hatte, doch dann eroberte sein Mund den meinen, seine Zunge glitt hinein und sein Geschmack und der nach süßem Eis überschwemmten mich, brachten meine Gedanken zum Erliegen.

Ebenso gierig wie seine Lippen mich einforderten, strichen Nats Hände über meinen Körper, bis ich glaubte, ihn überall auf mir zu spüren. Und doch war es nicht genug. Für einen Moment löste ich mich von ihm, um mir das Shirt über den Kopf zu ziehen. Unter mir keuchte Nat.

»Ava ...«, raunte er. Es klang wie eine Warnung, wie ein Flehen zugleich, als er zuerst vor Überraschung die Augen aufriss, in denen gleich darauf ein feuriger Hunger glitzerte und er mich wieder an sich zog. Nun strichen seine warmen Hände direkt über meine nackte Haut, gleichzeitig hauchte er unzählige Küsse in meinen Nacken, auf meinen Hals, was ein glühendes Kribbeln in meinem Magen auslöste, das sich immer höher und gleichzeitig tiefer wand.

Seine Lippen zogen eine Spur nach oben, bis sie wieder auf meine trafen und wir uns in einem sinnlichen Kuss verloren. Meine Hände lagen um ihn geschlungen, strichen über seine Schläfen, den Nacken und hinauf über seine kurzgeschnittenen Haare, die ein angenehmes Kitzeln auf meinen Fingerspitzen hinterließen – ich wollte ihn überall berühren. Daher nestelte ich an den Knöpfen seines Hemdes herum.

Nat war ebenfalls nicht untätig. Er streichelte mit einer Hand über meine nackten Arme, über die Träger meines BHs, ließ ihn aber an Ort und Stelle, um mich nicht zu drängen, während seine andere Hand in meinen Haaren vergraben war. Und erst seine Küsse, seine Küsse waren die süßeste Sünde, die ich bisher geschmeckt hatte – fordernde Sehnsucht mit einer unglaublichen Hingabe. Jegliche Vernunft war dahin, denn ich hatte Feuer gefangen.

15. Kapitel

James Morrison – »I Won't Let You Go«

Nat – Gegenwart

Ich sollte aufhören, ich sollte definitiv aufhören, warnte mich meine gewissenhafte Stimme, seit – viel zu langer Zeit. Doch ich konnte nicht, schon gar nicht nachdem sich Ava ihr Shirt vom Leib gerissen hatte und meine gierigen Finger über ihre samtweiche Haut strichen. Ich wusste nicht einmal mehr, wie es überhaupt dazu gekommen war, sonst hätte ich es wirklich gestoppt, aber Mann, dieser Hunger nach ihren Berührungen, ihren Küssen, verzerrte mich. Dabei hatte ich mir geschworen, mich ihr nicht mehr aufzudrängen, einen gesunden Abstand zu wahren, und jetzt das hier – wir küssten einander fast besinnungslos. Aber ich bereute es nicht, nicht im Geringsten. Besonders nicht, wenn sie wie soeben dieses lustvolle Wimmern von sich gab, mich so vieles fühlen ließ, mich lebendig machte.

Was bin ich doch für ein egoistisches Arschloch!

Dieser Gedanke reichte nicht aus, um das hier zu beenden, auch wenn ich es sollte. Eindeutig sollte, jetzt sofort, auf der Stelle – aber verdammt, sie schmeckte zu süß und ihre Fingernägel gruben sich zu leidenschaftlich in meinen Hinterkopf, schickten dabei einen Stromstoß über meine Wirbelsäule durch meinen Körper direkt zu der viel zu erregten Stelle zwischen meinen Beinen.

»Na, ihr zwei Hübschen, habt ihr Spaß?«

Beide keuchten wir auf und wirbelten überrascht zur Stimme herum. Nicht anders zu erwarten stammte diese von einer grinsenden Kelsey, die mit in die Hüften gestemmten Armen hinter der Couch stand und schelmisch mit den Augenbrauen wackelte.

»Irgendwie kommt mir das Ganze äußerst bekannt vor, aber wenigsten denkt ihr zwei weiter als Johnny und Sarah, und macht das da auf dem Sofa, anstelle auf dem harten Boden, was schon Mal einen Fortschritt darstellt. Dennoch muss ich anmerken, das nur wenige Schritte weiter Avas Zimmer auf euch warten würde – mit einem großen, flauschigen Bett darin ... Ich will euch nicht drängen – versteht sich«, merkte Kelsey völlig unbefangen im Plauderton an, als wäre sie schon hundert Mal in so eine Situation gestolpert, was ich mir bei ihr sogar sehr gut vorstellen konnte.

Sofort ließ ich von Ava ab und räusperte mich: »Tut mir leid.«

Wobei ich nicht wusste, ob die Entschuldigung an Ava oder an Kelsey gerichtet war. Und Mann, war es plötzlich heiß hier drin, besonders meine Wangen glühten beinahe. Na gut, bei mir glühte im Moment eigentlich alles.

»Mir macht das nichts aus, aber in wenigen Sekunden kommen deine Schwester und Johnny rein. Sie wollten dich überraschen und sind einen Tag früher zurückgekommen. Wir sind zusammen hergefahren und soeben holen sie die Koffer. Daher ... weiß nicht ... solltet ihr euch wieder vollständig anziehen?«

Verflucht, dieses Detail hatte ich komplett vergessen. Genauso Ava, die erschrocken die Augen aufgerissen hatte und hektisch nach ihrem Shirt suchte, das gleich neben mir lag. Also schnappte ich es mir mit den Worten »Arme hoch«, und half ihr hinein zu schlüpfen. Dabei flüsterte ich ihr zu: »Alles in Ordnung?«

»Ja, ja, alles gut. Aber ... ähm, wir sollten die Sache mit uns langsam angehen. Lass uns einfach ganz normal sein, okay?«, antwortete sie hektisch, rutschte von meinem Schoß runter und grabschte nach ihrer Prothese.

Ich spürte, wie unangenehm ihr die ganze Sache war, dazu brauchte ich nicht einmal ihre roten Wangen oder ihre fahrigen Bewegungen zu sehen. Ich verfluchte mich erneut, weil ich sie in diese Situation gebracht hatte und mich in ihrer Nähe nicht beherrschen konnte. Daher konzentrierte ich mich auf ihre Bitte.

Okay, also doch langsam und ganz normal sein, als wäre nichts gewesen – das würde ich hinbekommen. Zumindest für fünf Minuten. Ich fuhr mir durch die Haare, um sie zu ordnen, nur um festzustellen, dass die Locken bereits seit einigen Wochen Geschichte waren. Oh Mann, ich stand echt neben der Spur.

Schnell stand ich auf und zog Ava, die gerade mit dem Anschnallen der Prothese fertig wurde, mit einer Hand ebenfalls von der Couch. Nachdem wir beide um das Sofa gehastet waren, blickte Kelsey uns von der Seite an und zischte Ava etwas zu amüsiert zu: »Dein Shirt ist verkehrt herum.«

»Mist!«, schimpfte Ava, griff nach dem Saum, um es sich über den Kopf zu ziehen, doch ich stoppte ihren Arm, da ich bereits Schritte und ein Rumpeln im Eingangsbereich hörte.

Zur Bestätigung trat ich einige Schritte vor und blickte zum Flur bei der Eingangstür, in dem Sarah erschien. Ein breites Lächeln zeichnete sich auf ihrem Gesicht ab, sie machte einen Freudenschrei, der wie mein Name klang, und hastete auf mich zu. Für ihre kleine Statur war sie echt schnell und als sie mir entgegensprang, hätte ich beinahe das Gleichgewicht verloren. »Nat! Ich hab dich so vermisst. Und dir geht es gut!«

Sie klammerte sich bei diesen Worten wie ein kleiner Koalabär an mich und ich musste lächeln, während ich ihr den Rücken tätschelte und ihre kleinen, braunen Locken mein Gesicht kitzelten.

»Ich dich auch. Klar geht es mir gut. Ich habe dir doch gesagt, dass du dir keine Sorgen um mich machen musst«, meinte ich gelassen, schluckte jedoch schnell – ich hatte sie ebenso vermisst und vielleicht brauchte sie mich doch noch ein wenig.

»Das hast du, aber ich habe mir trotzdem welche gemacht.«

»Weil du nie auf deinen großen Bruder hören kannst«, tadelte ich lächelnd. Ich stellte sie wieder auf den Boden. Ihre grünen Augen suchten mein Gesicht ab und ich erkannte genau den Moment, als sie meine Veränderung bemerkte. Vorsichtig strich sie mir über den Kopf. »Deine ganzen Locken sind weg.«

»Jepp, neuer Wohnort, neuer Haarschnitt«, gab ich Schulter zuckend zurück und Sarah ließ den Arm sinken.

»Tja, schaut gut aus. Dabei kommen deine Augen besser zur Geltung«, meinte sie schnell, merklich sich ebenfalls selbst davon überzeugend, und musterte reflexartig den Rest von mir. Statt auf meine breiten Muskeln einzugehen, nickte sie nur, presste die Lippen zu einem schmalen Strich zusammen, die Stirn in Sorgenfalten gelegt.

Zum Glück brach Johnny in die unangenehme Stille, indem er mich in eine kumpelhafte Umarmung zog und lachend auf meine Schulter klopfte. »Hey Alter, schön dich zu sehen. Wahnsinns Haarschnitt, obwohl ich das meiner Haarpracht nie antun würde. Und wow, hast aber mächtig zugelegt.«

»Danke Kumpel«, meinte ich und zog ihm zum Scherz an den kinnlangen, schwarzen Haaren, wodurch er meine Hand wegschubste und mich lächelnd wieder losließ. Dabei wanderten seine Arme zu Sarah und zogen sie vor sich, um sie von hinten zu umarmen, wie aus einem Reflex heraus. Und genauso selbstverständlich lehnte sie sich mit dem Rücken an seine Brust, als täten sie das immer, jeden Tag.

Zwar wollte Ava, dass wir uns ganz normal gaben, dennoch konnte ich meinen Arm nicht stoppen, der nach ihrer Hand griff, um sie etwas nach vorne zu ziehen, da sie schräg hinter mir stehen geblieben war. »Das hier ist Ava. Sie ist … also, sie … nun ja, ich kenne sie von … tja, sie wohnt hier.«

»Hallo«, räusperte sich Ava, als wäre ihr die ganze Sache peinlich. »Ich bin nur Kelseys Cousine.«

Das hätte ich allerdings auch sagen können. Klasse, hatte ich richtig cool hinbekommen. Sofort schossen Sarahs Augen zu Ava, wanderten rauf und runter und nahmen einen komischen Ausdruck an, nachdem sie an Avas Shirt hängenblieben war. Das, wie mir gerade wieder einfiel, verkehrt herum angezogen war. *Verdammt!*

Während Sarah ihr höflich, wie sie war, die Hand reichte und mit ihr und Kelsey plauderte, wackelte Johnny hinter ihr mit den Augenbrauen und bekam ein noch schieferes Grinsen bei der genaueren Betrachtung meines Hemdes. Er deutete mit dem Kinn darauf, damit es die anderen nicht bemerkten. Verwirrt senkte ich den Blick und sah, dass sie obersten vier Knöpfe offenstanden. Innerlich fluchend drehte ich mich unauffällig zur Seite und schloss sie mit flinken Fingern.

Schließlich setzten wir uns an den großen Esstisch zwischen dem Sofa und der Küche. Es ging nicht an mir vorüber, wie sich Ava auf die gegenüberliegende Seite neben Kelsey setzte. Einige Zeit plauderten wir, besser gesagt übernahmen Sarah und Johnny hauptsächlich das Reden, da sie über ihre Tour und Musik sprachen, wobei Kelsey sich nicht stoppen konnte, immer wieder reinzuquatschen. Nur Ava und ich hielten uns im Hintergrund. Dabei versuchte ich, nicht zu ihr rüber zu schielen und mich auf das Gespräch zu konzentrieren.

Was wieder meine volle Aufmerksamkeit hatte, als Sarah laut fragte: »Wann wollen wir morgen los? Ich würde gleich nach dem Frühstück vorschlagen, damit wir fast zwei volle Tage bei ihnen haben. Einverstanden?«

»Geht klar«, meinte ich nickend und Kelsey schaltete sich ebenfalls sofort ein. »Ach schade, dass ihr so schnell wieder weg seid. Ich habe euch doch gerade erst wieder zurück. Aber zum Glück muss ich dieses Wochenende auch arbeiten und dann sehen wir uns alle nach dem Columbus Day wieder. Danach gibt es Party, Leute, das verspreche ich euch. Eine unvergessliche Party.«

»Du bist dieses Wochenende nicht da, Kelsey?«, fragte Ava etwas blass um die Nase.

Kelsey nickte und spielte mit den Haarspitzen ihrer seitlich gelegten Mähne. »Ja, ich soll einer neuen Band bei einem Auftritt die Händchen halten. Die glauben anscheinend, ich hätte nicht wichtigere Dinge zu tun, als denen die Nervosität wegzuquatschen. Warum? Fährst du nicht nach Hause, so wie Lourdes?«

Ava schüttelte mit niedergeschlagenem Gesichtsausdruck den Kopf, fasste sich rasch wieder und lächelte leicht. »Ach, macht nichts. Somit habe ich das Haus einmal ganz für mich alleine. Ich muss sowieso lernen und ein paar Dinge erledigen.«

Wie zum Beispiel sich alleine ihren alten Dämonen stellen, über ihren toten Freund oder den Unfall nachdenken. So, wie ich es an ihrer Stelle tun würde. Auf keinen Fall, wenn ich es verhindern konnte.

»Du kannst mit uns kommen, wenn du willst«, schlug ich rasch vor. Meine Stimme klang fröhlicher, als ich für möglich gehalten hatte in Anbetracht des ganzen Gefühlstumults.

Dennoch riss Ava die Augen auf und von Sarah erklang ein überraschtes Keuchen: »Was? Das soll ein Familienbesuch werden, Nathan.«

Ganz ruhig sah ich ihr in die Augen. »Ist es trotzdem, nur habe ich eine gute Freundin mit dabei. Ansonsten wäre ich sowieso nur das fünfte Rad am Wagen, das weißt du. Wir wollen doch nicht, dass Ava ganz alleine in dieser Bude hockt und sich zu Tode langweilt.«

Sofort erkannte ich ihr schlechtes Gewissen und sie nickte, sah vorsichtig zu Ava, die bisher noch gar nichts zu diesem Vorschlag gesagt hatte. »Tut mir leid, das kam nur überraschend. Das war nichts gegen dich persönlich.«

Ava wedelte die Entschuldigung mit der Hand fort. »Das macht nichts. Du hast Recht, ich gehöre nicht dazu. Ich werde hierbleiben, kein großes Ding. Ich will niemandem zur Last fallen.«

Warum nur hatte ich das schon geahnt? Ich fürchtete, Ava zu überzeugen mitzukommen, würde um einiges kompliziert werden. Dennoch versuchte ich es und das würde ich so lange, bis sie Ja sagte und nicht bloß wegen dem, was vorhin auf der Couch passiert war … oder im Pool. *Egal, konzentrier dich, Dumpfnuss.*

»Komm schon, Ava. Zu viert wird es ein Spaß, nur so als Freunde. Wir können Monopoly spielen und das Feuerwerk anschauen. Alleine hier herumzusitzen macht doch keinen Spaß. Und gemeinsam mit Sarah und Johnny bin ich auch viel umgänglicher als sonst, versprochen.«

Theatralisch beugte ich mich etwas über den Tisch, als würde ich ihr gleich ein Geheimnis zuflüstern, dennoch sprach ich laut genug, damit es die anderen hören konnten. »Außerdem willst du mich nicht mit den beiden alleine lassen, die knutschen ständig rum, was ich nur schwer verdaue. Und ich kann dann auch mit niemandem reden.«

Dabei deutete ich mit dem Daumen zu Sarah, die mir die Zunge rausstreckte, und zu Johnny, der wie ein Idiot grinste und nickend ausholte: »Oh ja! Das kann ich bestätigen. Ich schlabbere seine Schwester die ganze Zeit ab und dann wird Nat immer ganz grün um die Nase, was ich ziemlich lustig finde. Aber der Idiot kann nicht wegschauen, weil er eine Holzbirne hat. Schau mal …«

Überschwänglich griff er nach Sarah auf dem Stuhl neben sich und zog sie prompt auf seinen Schoß. Dann fing er an sie wild zu küssen, schleckte über ihr Gesicht wie ein Hund und zerwühlte ihre Haare, wobei sie die ganze Zeit kicherte und ihm mehrere lieb gemeinte Schimpfwörter an den Kopf knallte. Abrupt hörte er auf und deutete auf mich. »Siehst du, ihm ist kotzübel und trotzdem guckt er nicht weg. Also bitte, bitte hilf ihm und komm mit, um ihn abzulenken. Übrigens bin ich richtig gut in Monopoly und je mehr Leute, die ich fertigmachen kann, desto besser«, beendete er seine Überredungskunst.

Neugierig auf ihre Reaktion, sah ich zu Ava, die mich lächelnd anschaute. So viel offener und hübscher, denn in Worte zu fassen. *Bezaubernd.*

»Okay, ich komme mit. Aber nur weil Nat ansonsten wirklich ein riesiges Problem hätte. Und du«, damit zeigte sie mit dem Zeigefinger auf Johnny, »solltest lernen deine Zunge anders einzusetzen. Das war nämlich wirklich eklig anzusehen.«

Ich gluckste und auch Sarah lachte. »Richtig, das kann ich nur bestätigen.«

»Ach, ist das so?«, fragte Johnny und hatte die Augenlider gefährlich gesenkt, sein Blick brannte auf Sarahs Gesicht und ich hatte eine Vorahnung, was jetzt kommen würde.

Jepp, just in dem Moment, in dem Sarah herausfordernd nickte, sprang er mit ihr in den Armen vom Stuhl und machte sich auf zur Treppe. Über die Schulter rief er einen Gute-Nacht-Gruß, dennoch war seine Drohung an Sarah gewandt im Raum zu hören. »Und dir, Kleine, werde ich jetzt zeigen, wie genau ich meine Zunge einsetzen kann.«

Sehr gut, das wollte ich wissen, während mein Zimmer gleich nebenan lag. Ich biss die Zähne zusammen. Johnny war zwar mein bester Kumpel, aber nein, zu viel Information war nicht förderlich für meinen erholsamen Schlaf.

Plötzlich spürte ich eine warme Hand auf meiner und Ava lächelte mir mit Schalk in den Augen entgegen. »Willst du da jetzt wirklich raufgehen oder tust du es dir an und schaust noch einen Liebesfilm mit mir?«

»Darf ich mir den Film aussuchen?«

Sie nickte. »Na schön, aber nur, damit du dich ablenken lässt.«

Während Kelsey sich ebenfalls gut gelaunt und grinsend für die Nacht verabschiedete, gaben wir den Vampir-Slasher ›Blade I‹ rein und ich machte uns noch eine Portion Popcorn, dieses Mal mit Karamell. Die mochte ich am liebsten und Ava musste sowieso etwas zulegen, sie war viel zu dünn und brauchte Kraft, wenn sie mit ihrem Lauftraining beginnen wollte.

Ich setzte mich zu ihr, bedacht auf genügend Abstand, da ich mir selbst nicht mehr traute.

Bevor der Film anfing, lächelte sie und flüsterte ein »Danke«, das ich nickend erwiderte: »Danke dir.«

Ava – Columbus Day in der Gegenwart

Nach einigen Stunden im Auto hielt Johnny den Wagen auf der Einfahrt eines netten Einfamilienhauses. Die Fahrt war angenehm gewesen, gefüllt mit Anekdoten aus den Leben der drei und viel Blödelei ausgehend von Johnny. Doch als das Gefährt zum Stehen kam, spürte ich meine Nervosität nach oben sprudeln und ja, eine Spur Übelkeit lag eindeutig auch darin. Was tat ich hier überhaupt?

»Alles in Ordnung?«, fragte Nat flüsternd, während die anderen vorne bereits ausstiegen. Klar dass er meine Unsicherheit gespürt hatte, er war einfach viel zu feinfühlig.

»Sicher. Lass uns reingehen. Alles gut«, versicherte ich ihm, riss mich am Riemen und hoffte, diese Worte wurden rasch Realität. Irgendwie würde ich das schon packen. Eineinhalb Tage und eine Nacht konnten nicht so schlimm werden. Außerdem war ich bloß eine gute Bekannte, eine Freundin mit zu Besuch und nicht als *die Freundin*, wie ich es selbst am Morgen gehört hatte, während Sarah ihre Großeltern angerufen und sie über die kleine Planänderung informiert hatte.

Nachdem ich aus dem Wagen gestiegen war, sah ich, wie sie soeben eine kleine, zierliche Frau mit asiatischem Aussehen an sich drückte und ein älterer Mann Johnny die Hand schüttelte. Ich hielt mich abseits, beobachtete wie Nat zaghaft näher trat, seine Umarmung eine Spur hölzerner stattfand, beinahe innerlich zu Eis erstarrt, was mir zeigte, wie schwer es ihm fiel eine neue Familie anzuerkennen und das hier zuzulassen.

Mit gestärkter Entschlossenheit diese Tage angenehmer für ihn zu machen, packte ich meine Tasche und trat ebenfalls näher, um so gut gelaunt wie möglich ihre Großeltern zu begrüßen. Die ältere Frau, die ihre schwarzen, mit Silbergrau durchzogenen Haare zu einem lockeren Knoten im Nacken gebunden hatte, reichte mir die Hand, dabei erschien ein Lächeln auf ihrem Gesicht.

»Hallo, du musst Ava sein. Mein Name ist Malie und das ist mein Mann Praphat. Wir freuen uns, dich kennenzulernen und Freunde unser Enkel zu treffen. Du kannst uns gerne beim Vornamen nennen, dann fühlen wir uns gleich viel jünger.«

Überschwänglich zeigte sie auf ihren Mann und wedelte dann mit den Armen, um uns ins Haus einzuladen, in dem uns bereits ein wunderbar würziger Geruch und ein nicht minder köstliches, thailändisches Essen erwarteten.

***

Johnny und Nat hatten wirklich Recht gehabt. Wie gestern großspurig von Johnny angekündigt, verbrachten wir die meiste Zeit des Tages damit, Monopoly oder andere Gesellschaftsspiele zu spielen. Tatsächlich war er richtig gut darin und machte uns in der ersten Runde ziemlich fertig. Dabei verging die Zeit am großen Tisch mit den Großeltern von Sarah und Nathan rasend schnell, bis es bereits Zeit für das Abendessen wurde, für das sie dieses Mal kein Essen kochten, sondern für alle Pizza bestellten, was mein hungriger Magen beglückt zur Kenntnis nahm.

Nats Großeltern waren freundliche, zuvorkommende Menschen und wirkten so bedacht darauf, es allen recht zu machen, dass es bei genauerer Betrachtung fast ein wenig krampfhaft wirkte. Sie suchten wohl die beste Verbindung des traditionellen Alten mit dem Modernen der Jugend, damit das hier funktionierte. Es war nicht zu übersehen, wie sehr sie sich diese

Familie, eine gute Beziehung zu ihren Enkeln wünschten. Ein wenig hatte Sarah über sie und die Hintergründe im Auto erzählt.

Sarah machte es ihnen nicht schwer, sie war mindestens ebenso von ihnen eingenommen. Nur Nat saß manchmal etwas zu still am Tisch, beobachtete mit nachdenklichen Augen, wie die anderen miteinander schwatzten und scherzten. Hin und wieder griff er unter dem Tisch nach meiner Hand, als suchte er Kraft darin, die ich ihm bereitwillig gab, soweit es mir mit einem aufmunternden Händedruck möglich war.

Nach dem Essen war die Stimmung gelöst und ich ließ mich von Johnny und Sarah sogar zu einer kleinen Jam-Session hinreißen. Schon am Morgen beim Einpacken unserer Taschen hatten sie meinen Geigenkoffer entdeckt und seitdem ging Johnny diese Idee – moderne Gitarrenklänge mit Geige zu kombinieren – nicht mehr aus dem Kopf. Dabei wirkte er schon fast ein wenig besessen, aber so mussten Vollblut-Musiker wohl ticken, um erfolgreich zu sein. Also machten wir versammelt im großen Wohnzimmer gemeinsam Musik, versuchten eine Symbiose aus Gitarrenschlägen und Geigensaiten zu finden, was uns nach einiger Zeit gut gelang – und es machte riesigen Spaß.

Sogar Nat saß entspannter auf dem Sofa, die Großeltern lächelten, während sie uns zuhörten, und wippten zur Musik wie diese lustigen Wackeldackel in Autos. Was mehr wert war als der klatschende Applaus, nachdem wir geendet hatten, oder das Lob von Johnny, der bisher merklich wenig mit meinem Instrument hatte anfangen können.

»Das war der Wahnsinn, hat viel besser gepasst, als ich mir das vorstellen konnte. Irre! Irgendwann musst du mal mit uns auf die Bühne.«

»Klar doch, und dann verkleiden wir uns als Schlümpfe und bringen den ›einen Ring‹ nach Mordor«, meinte ich knapp, woraufhin Sarah und Nat kurz lachten, Johnny jedoch verwirrt schien. Erklärend meinte Sarah an mich: »Er hat es nicht so mit Filmen, daher hat er keine Ahnung, wovon du redest.« Dann drehte sie sich zu Johnny: »Um zu übersetzten: Nein, das macht sie erst, wenn die Hölle zufriert.«

Mit einem schiefen Grinsen stellte er den geschlossenen Gitarren- und meinen Geigenkoffer an die Wand, strich dabei über die Hüllen der Instrumente und meinte selbstsicher: »Ach, darüber mache ich mir keine Gedanken. Ich kann sehr überzeugend sein. Irgendwann wird das klappen. Frag nur Sarah, die meinte zuerst auch, ich sei ein Idiot, und sieh uns jetzt an.«

Dabei legte er einen Arm um ihre Schultern und zog sie zu sich heran, während Sarah die Augen verdrehte und schief lächelnd zu ihm hochsah. »Ich habe nie behauptet, dass du kein Idiot mehr bist. Nur bist du jetzt eben mein Idiot.«

Johnnys Augenbrauen wackelten und er stieß mit der Hüfte Sarahs an, wandte sich aber an mich. »Siehst du. Hab ich doch gesagt.«

Dieses Geplänkel ging noch ein paar Minuten weiter, bis uns Malie und Praphat Bescheid gaben, dass das jährliche Feuerwerk losging. Geschlossen marschierten wir hinaus in den Garten, in dem wir eine tolle Aussicht auf den bunten Funkenregen am Himmel hatten.

Die zwei anderen Pärchen kuschelten sich aneinander, blickten in die schimmernd glitzerte Nacht hinauf, während Nat und ich etwas steif nebeneinander standen. Ich hatte keine Ahnung, wo wir uns befanden, wohin wir uns bewegten, doch jedes Mal, wenn wir einen Schritt aufeinander zu machten, wurden wir wieder zurück gerissen, entweder von uns selbst – den Ängsten und Dämonen, die uns innewohnten oder den Umständen. Dass wir etwas füreinander empfanden, konnte wohl keiner von uns mehr abstreiten. Wir mussten nur lernen, mit den äußeren Gegebenheiten, die uns voneinander fernhalten wollten, umzugehen.

Also rückte ich näher an ihn heran, spürte die Wärme seines Arms, der meinen über den Klamotten streifte, und verhakte meinen kleinen Finger mit seinem – ein unausgesprochenes Versprechen auf ein *Vielleicht*, auf ein *Mehr*.

***

Eine Weile standen wir noch im Garten vor dem Haus und beobachteten die letzten Funkenreste des Feuerwerks zum Columbus Day. Ich zog meine dunkelgraue Wollweste enger um meinen Körper, als eine frische Böe über den Rasen durch die Schichten meiner Klamotten strich.

Wie aufs Stichwort wedelte Malie wieder mit den Armen und wies uns an in das Haus zurück zu gehen: »Los, los. Gehen wir wieder rein, bevor wir uns noch alle eine Erkältung holen.«

Schließlich hatten wir uns im Haus mit einer Tasse Tee aufgewärmt und das erste müde Gähnen erklang in der Runde, gefolgt von weiteren. Was die Frau des Hauses bemerkte.

»Unser Stichwort euch auch den Rest des Hauses zu zeigen und uns für die Nacht fertig zu machen. Kommt schon, holt eure Taschen.«

Zwei Minuten später fanden wir uns in einem langen Gang im Obergeschoss wieder, der mit einem hellbraunen Teppich belegt war und blassgelb gestrichene Wände hatte. Farben, die harmonisch zu den weißen Fenstern und Türen passte. Alles im Haus war gut gepflegt, heimelig und einladend, was mich bei den Besitzern nicht wunderte. Soeben deutete sie auf die erste Tür auf der linken Seite des Korridors.

»Das ist das Gästezimmer. Hier wäre Platz für Sarah und Johnny. Es ist kein riesiges Zimmer, wir bekommen nicht mehr oft Besuch, aber wir hoffen, ihr fühlt euch wohl«, erklärte Malie übereifrig, die Tür nach innen öffnend. Ohne sich aufzuhalten, zeigte sie auf die nächste, obwohl Johnny sich kurz einschaltete und sie einen Moment etwas beredeten, was ich von meiner Position aus nicht hören konnte. Daher schob ich mich näher.

»Hier ist das Badezimmer für das Gästezimmer und das Zimmer daneben.«

Rasch ging sie weiter, deutete auf zwei Türen an der rechten Seite – ein Büro und ein Bügelzimmer – bevor sie am Ende des Korridors bei einer Tür an der linken Seite anhielt.

»Wenn ihr wollt, können hier Nat und Ava schlafen. Das hier ist das alte Zimmer eures Vaters«, beendete sie den Rundgang, während sie auch diese Tür zu einem Raum hin aufmachte, der in dunklen Schatten lag, was mich stocksteif stehen ließ und meine Atmung beschleunigte. Nicht wegen der Schatten, sondern weil ich ein Zimmer mit Nat teilen sollte. Jedoch wusste ich nicht, ob mein schnellerer Herzschlag der hellen Vorfreude oder panischen Angst geschuldet war. Ich schluckte schwer. Darüber würde ich mir später Gedanken machen.

»Danke«, antworteten wir vier unisono, wobei ich bemerkte, Nats und meine Stimme klangen um einiges tonloser als die der anderen beiden.

Es sollte noch schlimmer kommen, nachdem Sarah ihre Großmutter dankend umarmte und Nat sich plötzlich einfach umdrehte, um im Zimmer seines Vaters zu verschwinden.

Für einen Moment schien die Luft aus uns allen zu weichen, wir starrten uns wortlos an, bevor Sarah und ich gleichzeitig auf die geschlossene Tür zu marschierten. Verdattert sahen wir uns an. Meine Finger bereits um die kühle Türklinke gelegt, nach der Sarah ebenfalls die Hand ausgestreckt hatte. Gut möglich, dass es sich hier um eine reine Familienangelegenheit handelte, doch ich hatte das Gefühl ihm eher helfen zu können, weil ich verstehen konnte, wie er sich fühlte – fremd bei seiner eigenen Familie.

»Bitte, lass mich mit ihm reden«, bat ich sie, woraufhin sie ein wenig den Mund verzog.

»Danke für dein Angebot, das ist wirklich nett. Aber er ist mein Bruder und das ist eine Familiensache. Ich sollte mit ihm reden.«

Autsch, wie ich es mir gedacht hatte. Dennoch gab ich nicht nach und stellte mich demonstrativ vor die Tür. Von hinten legte Johnny den Arm um ihre Schultern.

»Sarah, ich weiß, du willst ihm helfen. Aber ich hab da so das Gefühl, dass er jetzt jemanden braucht, der eben nicht aus der Familie kommt. Lass sie nach ihm sehen. Er kriegt sich schon wieder ein.«

Ihr verbissener Ausdruck, der eigentlich nicht mir gegolten, sondern ihre Sorge ausgedrückt hatte, verwandelte sich in eine traurige Miene, die Augen hoffnungsvoll hoch zu Johnny gerichtet. »Denkst du?«

»Klar. Ich habe doch immer Recht.«

Sarah verdrehte die Augen, als ob genau das nicht der Fall wäre, nickte aber. »Na schön. Dann sieh du bitte nach ihm, Ava. Danke.«

Und das tat ich. Ohne zu klopfen öffnete ich die Tür und trat in den dunklen Raum, der voller Erinnerungen selbst auf mir schwer lastete.

16. *Kapitel*

Lifehouse – »Crash And Burn«

Nat – Columbus Day in der Gegenwart

Der Tag war eine ziemliche Anstrengung für mein Nervenkostüm gewesen, dennoch hatte ich ihn überstanden und keinen Scheiß abgeliefert wie beim letzten Mal. Zwar war ich auf das Äußerste angespannt, aber ich riss mich zusammen, obwohl ich fest schlucken musste, als Malie Johnny und Sarah ihr Zimmer zeigte und meinte, sie hoffe, es wäre nicht zu klein.

Das alles war jetzt beim zweiten Besuch noch immer so surreal und es wollte einfach nicht in meinen Kopf. Plötzlich hatten wir eine neue Familie und sie machten sich Sorgen um uns und Malie fragte sich, ob wir genügend Platz hatten? Sarah und ich waren früher bereits glücklich gewesen, wenn wir ein Bett gehabt oder regelmäßig zu Essen bekommen hatten. Was unsere Großmutter immer getan hatte, sobald sie ein beständiger Teil unseres Lebens geworden war, aber unsere Mum eben nicht – sie hatte andere *Dinge* zu tun gehabt, Wichtigeres, als sich um uns zu kümmern. Sarah war damals zu jung gewesen, ich konnte mich jedoch noch an das nagende Hungergefühl erinnern, an die Kälte in den unbeheizten Räumen, wenn unsere Mum *aus* gewesen war.

Bevor ich meinen Kloß richtig hinuntergewürgt hatte, konzentrierte ich mich auf Johnny, der mit einem amüsierten Funkeln meinte: »Danke, Miss Malie. Aber stört es Sie denn gar nicht, dass wir … ähm.«

Er hustete kurz und ich glaubte, er wurde sogar rot, was mich vollends aus meinen Gedanken riss. *Ha*, da war sie also: Johnnys Achillesferse – und sie bestand aus einer kleinen, thailändischen Großmutter. Wer hätte das gedacht.

»Sie wollen also wirklich, dass wir pärchenweise zusammen in den Zimmern schlafen? Hut ab, Ma'am, sie sind ziemlich ... tolerant.«

»Du bist ein guter Junge«, antwortete sie mit einem leichten Lächeln und tätschelte seine Wange, die noch roter wurde und mich vermutlich zum Lachen gebracht hätte, wenn ich nicht so angespannt neben der Spur gewesen wäre. Oder wenn sie nicht mit folgenden Worten fortgefahren wäre: »Die Zeiten haben sich geändert und auch wenn wir schon alt sind, wissen wir, wie die Jugend heute lebt. Wir haben einmal den Fehler begangen unserem Sohn Dinge vorzuschreiben und zu verbieten, die uns nicht zustanden, weil wir ihn nicht so selten sehen wollten. Und was ist passiert? Wir haben ihn vollständig verloren. Aus der Vergangenheit lernt man.«

Nachdem sie die Tür zum Zimmer meines Vaters geöffnet hatte, war der Kloß wieder da, der sich noch verdichtete, als Sarah mit leicht glitzernden Augen unsere Großmutter umarmte und ihr etwas zuflüsterte, was Malie wehmütig lächeln ließ.

In dem Bewusstsein ein Arsch zu sein, brachte ich bloß ein »Danke« aus meiner staubtrockenen Kehle und stürmte in das Zimmer meines verstorbenen Vaters. Dabei schloss ich sofort die Tür hinter mir, sperrte die anderen nicht nur in den Flur hinaus, sondern von mir weg.

Ein Idiot zu sein war mir schon vorher bewusst gewesen, aber nun schwer atmend in diesem Zimmer zu stehen, wurde mir diese Tatsache noch deutlicher vor Augen geführt. Überall an den Wänden hingen Fotos von ihm aus seinen Kindheitstagen, später vom Militär, Abzeichen und Urkunden, die er erhalten hatte. Diese waren neben den Fotos drapiert und zierten den Raum, der trotz all dieser Erinnerungsstücke so leer und furchtbar tot wirkte wie der ehemalige Besitzer.

Mein Vater – ein Vater, den ich nie gekannt hatte. Nicht wirklich.

Bruchstückhafte Erinnerungen verband ich mit dem Gesicht auf den Fotos ... von Lachen, kurzen Spielen oder von warmer Geborgenheit, wenn er mir als Kind das Fläschchen gegeben hatte, wobei das wohl eher Trugbilder waren, aus Wünschen gesponnen; nicht greifbar oder real. Waren diese Erinnerungen echt? War er wirklich dieser Bilderbuchvater gewesen, den ich mir in meinen Gedanken ausgemalt hatte? Spielte das überhaupt eine Rolle? Er war fort, wie Großmutter und Mum – niemanden hatte ich retten oder auch nur helfen können.

Plötzlich spürte ich eine zarte Berührung an meinen Händen und bemerkte erst jetzt, dass Ava zu mir ins Zimmer geschlüpft war. Sanft versuchte sie meine starren Finger zu lösen, die sich schmerzhaft fest zu Fäusten geballt hatten. Ihre hellgrauen Augen waren so klar und voller Fürsorge, was mir die Sprache verschlug. Am liebsten hätte ich sie an mich gezogen, meine Hände in ihren langen, schwarzen Haaren vergraben, und ihren Duft in mir eingesogen, inhaliert wie die Luft zum Atmen. Stattdessen verschränkte ich unsere Hände ineinander, hob den Arm zu meinen Lippen, um ihre Fingerknöcheln zu küssen.

»Danke«, hauchte ich und konnte eine Gänsehaut auf ihrem Arm erkennen.

»Für was? Ich habe gar nichts gemacht.«

Ihre Augen sahen mich verwirrt an, hielten meinem intensiven Blick stand.

»Du hast so viel mehr gemacht, als dir klar ist. Ich bin froh, dass du mitgekommen bist und das alles mit mir durchstehst. Es hilft zu wissen, dass du da bist.«

Nun stahl sich ein amüsiertes Funkeln in ihre Augen und sie lächelte ein wenig. »Du hast mir, ehrlich gesagt, keine Wahl gelassen.«

Vorsichtig, um sie nicht wieder zu überrumpeln oder zu schnell zu sein, zog ich sie in eine Umarmung und gestattete mir eine Minute Auszeit, in der ich die Augen schloss und bloß ihre Wärme spürte, ihren Duft einatmete. Eine Blumenwiese mit einer Spur Lavendel. Sofort fiel etwas von der Anspannung der letzten Zeit von meinem Körper, ich befand mich im Hier und Jetzt, wie immer, wenn ich mit Ava zusammen war. Sie war mein Anker der Gegenwart, hoffentlich auch meiner Zukunft.

Gerade als ich spürte, wie sich Ava immer mehr entspannte und sie ihre Wange an meine Schulter lehnte, klopfte jemand an der Tür – und holte uns aus unserem kleinen, abgeschotteten Reich.

»Ja?«, fragte ich laut genug, um auf der anderen Seite gehört zu werden.

Sarahs Stimme drang durch die Tür, bei der ich ihre Unschlüssigkeit spüren konnte. »Alles klar bei euch? Wollt ihr heute noch etwas machen? Ansonsten würden wir uns fürs Bett fertigmachen.«

»Ja, danke. Wir müssen nur kurz ins Badezimmer, dann gehen wir auch schlafen. Gute Nacht«, rief ich zurück, die Arme noch immer um Ava geschlungen.

»Okay. Gut ... dann eine gute Nacht.«

Danach war noch Gemurmel zu hören, als wollte Sarah noch etwas hinzufügen, wurde aber von Johnny davon abgehalten.

Wie sehr ich Sarah auch liebte, brauchte ich jetzt jedoch Zeit für mich, wollte nicht darüber reden. Zumindest noch nicht, aber mir war klar, ich musste die Vergangenheit verarbeiten. Mein Vorhaben, nach unserer Rückkehr endlich meinen Mann zu stehen und bei einem Psychologen einen Termin zu vereinbaren, nahm immer genauere Pläne an. Das war ich Sarah und meiner neuen Familie schuldig, genauso Ava, wenn wir eine Zukunft haben wollten. Und die wollte ich – mehr als alles andere. Jedoch erst, sobald ich mein Leben geordnet hatte. Bis dahin musste ich mich zusammenreißen.

***

Eine halbe Stunde später betrat ich ebenfalls bettfertig und mit Shirt und dunkler Sporthose bekleidet das Zimmer, nachdem ich Ava den Vortritt im Badezimmer gelassen hatte. Die Klamotten fühlten sich kratzig und eng auf meiner Haut an, da ich normalerweise nackt oder nur in Boxershorts schlief. Was ich Ava ersparen wollte, egal wie warm es im Zimmer war.

Habe ich nicht vorhin das Fenster geöffnet, um frische Luft rein zu lassen, weil es so heiß hier drinnen ist?, überlegte ich, die Tür schließend, während ein Rascheln vom Bett zu vernehmen war, in dem Ava lag. Ich schluckte, als ich sie mir unter der Decke vorstellte: frisch geduscht mit ihrem ganz eigenen Duft, der meinen Mund wässrig machte, ohne Make-up und ebenfalls nur leicht bekleidet. Sofort regte sich etwas in meiner Hose. *Verflucht.*

Tja, vielleicht lag es nicht am Zimmer und mir war aus ganz anderen Gründen furchtbar heiß. Kurz war ich hin und her gerissen zwischen der Überlegung zu bleiben oder nochmal eine Dusche zu nehmen – eine verdammt kalte Dusche. Doch stattdessen marschierte ich zum breiten Fensterbrett, auf dem mehrere kleine, blau gemusterte Zierkissen lagen, und schnappte mir eines davon, um mich damit auf den Boden zu pflanzen, fast direkt neben der Tür. Sprich, am weitesten entfernt vom Bett. Mir war nicht zu trauen und nicht mal der Geist meines toten Vaters beendete die Blutzufuhr in eine Gegend, die ich momentan so gar nicht gebrauchen konnte.

Es half auch nicht Avas irritierte, jedoch wie immer etwas heisere Stimme zu hören. »Was machst du denn da? Komm ins Bett. Es ist groß genug für uns beide.«

»Keine gute Idee.«

»Sei nicht lächerlich.«

»Ich meine es ernst. Mir ist nicht zu trauen.«

Auf diese Offenbarung hin schnaubte sie und ich konnte mir vorstellen, wie sie dabei die Augen verdrehte. »Du wirst mich schon nicht überfallen.«

»Davon bin ich nicht überzeugt.«

Sie lachte leise, ließ jedoch nicht locker. »Wir sind beide erwachsen und können gemeinsam in einem Bett liegen. Jetzt komm. Ich habe keine Angst vor dir.«

»Solltest du aber.«

»Verflucht, Nathan! Heb deinen Hintern hoch, sonst schwöre ich dir, komme ich raus und schleife dich eigenhändig hierher. Und das willst du nicht.«

Nein, das wollte ich wirklich nicht, aber nur aus dem einen Grund, weil ich dann ihre Klamotten sehen würde. Und wenn ich einmal wusste, was sie unter der Decke trug – womöglich nur einen Slip mit BH, ein Leibchen oder gar nur ein dünnes Top, das man viel zu leicht nach oben schieben konnte, dann würde ich heute Nacht definitiv kein Auge mehr zumachen. Daher sprang ich ruckartig auf und ging schnell – damit sie die verräterische Beule in meiner Hose nicht sehen konnte – zum Bett hinüber, murrte dabei: »Na schön«, bevor ich die Decke anhob, um darunter zu schlüpfen. Wohl bedacht darauf, am äußersten Rand der Matratze zu liegen, mit dem Rücken zu ihr gewandt.

Klarerweise rutschte sie etwas näher, berührte mich aber zum Glück nicht. Ich hatte ja gute Absichten, war jedoch noch lange kein Heiliger.

»Wie kommt es nur, dass du so eine schlechte Meinung über dich selbst hast?«

»Ich habe zu viel gesehen und erlebt. Ich weiß, ich bringe kein Glück und meine Meinung über mich ist berechtigt.«

»Das ist Schwachsinn. Du bist ein guter Mensch, dem Schlimmes widerfahren ist. Dafür kannst du genauso wenig wie ich für den Unfall, auch wenn ich das lange nicht verstehen konnte. Du musst loslassen. Wenn du willst, helfe ich dir dabei. Lass uns gemeinsam loslassen ... versprochen.«

Ihre Worte jagten eine Gänsehaut über meine Arme, meinen gesamten Rücken und ich wollte mich beinahe an sie klammern. Hingegen all meiner Vorsicht konnte ich nicht anders, als mich zu ihr umzudrehen und ihr in das Gesicht, in diese offenen Augen zu blicken, die leicht vom Licht außerhalb des Fensters erleuchtet waren. Sie war ein Engel – wenngleich auch ein kleiner Emo-Engel mit ihren schwarzen Haaren und dem ansonsten immer gezeichneten, fetten Kajalstrich um die Augen hatte Ecken und Kanten, die ich liebte. Verdammt, ich liebte womöglich mehr als nur diese Ecken und Kanten.

Mit ihrer Sanftheit und Aufopferung, obwohl sie selbst so viel erlebt hatte, holte sie mich zurück aus meinen Gedanken, von dem dunklen Ort, an dem ich festsaß, und war sprichwörtlich der rettende Anker. Einer, der mich erdete und dem ich auf einmal so nahe sein wollte – es musste –, wie es mir möglich war.

Einen Wimpernschlag später hatten meine Finger ihr Gesicht umfangen und meine Lippen lagen auf ihren, unser heißer Atem vermischte sich, wurde eins. Mein Hirn brannte wie von einer Zündschnur entfacht bei diesem Kontakt beinahe durch. Doch meine Welt wurde erst erschüttert, als ich spürte, wie sie ebenfalls mit einem Aufseufzen ihre Arme um meinen Hals schlang und mich mit gleicher Heftigkeit zurückküsste, anstatt mich wegzustoßen.

Sofort vertiefte sie den Kuss, strich mit der Zunge über meine Lippen, forderte Einlass, den ich ihr nur zu gerne gewährte. Sie schmeckte so köstlich wie in meiner Erinnerung, spielte aufreizend mit meiner Zunge, was mir ein Stöhnen abrang, während meine Hände an ihrem Rücken entlang strichen, schließlich hinab wanderten, um sie näher an mich heran zu ziehen. Dabei hielten meine Arme nicht inne, sondern glitten immer weiter, strichen über ihre geschwungene Hüfte, was sie kurz erzittern ließ, aber noch lange nicht genug war.

Meine gierigen Hände genossen das Gefühl ihrer samtweichen Haut auf den Fingerspitzen, von der Nähe, die sie mir erlaubte, und wanderten ungeniert weiter, noch tiefer, nachdem sie mir das Shirt über den Kopf gezogen, ich sie auf den Rücken gedreht hatte und auf die Ellbogen gestützt über ihr lag.

Unser Kuss züngelte ohne Unterbrechung weiter, meine Hände glitten über den Stoff ihrer Klamotten, wanderten kurz über den flachen Bauch und ihre perfekten Brüste – tatsächlich bloß ein Tanga und ein Shirt. Ich hielt nicht inne, als ich wieder nach unten strich und das Ende des Stumpfs erreichte, an dem ansonsten ihre Prothese begann, die jetzt neben dem Bett lehnte.

Kurz massierte ich diese Stelle, ließ meine Finger dann erneut über ihren Oberschenkel hinauf streichen, um an ihren Hintern zu fassen, ihn zu kneten und mich an ihren stöhnenden Wimmern zu erfreuen, was ganz verrückte Sachen mit mir anstellte. Besonders als sie mit ihrer Hüfte gegen meinen Schwanz stieß, sogar dagegen rieb oder mit ihren Nägeln über meinen nackten Rücken kratzte, Spuren hinterließ, die ich wie eine Trophäe tragen würde.

Dabei hielt ich mich zurück, war nicht so fordernd, wie ich gerne wollte, dennoch bestimmt genug, damit sie spüren konnte, wie sehr ich sie wollte, wie viel sie mir bedeutete und wie wenig mir die Sache mit ihrem Bein ausmachte. Die ganze Zeit über küsste ich sie, klammerte mich an Ava, als würde ich sie nicht küssen, sondern einatmen, wie ein Ertrinkender, der endlich wieder Land erblickt. Ich wollte sie, ich wollte sie so verdammt dringend, was mir gehörige Angst machte, während meine Hand wieder auf ihrem Stumpf zum Liegen kam, ich diese Stelle streichelte – jetzt langsamer, viel nachdenklicher.

Sollten wir das wirklich tun, konnte ich das zulassen? Ich sollte ihr vorher alles von dem erzählen, was ich getan hatte. Würde sie mich dann noch immer wollen oder mich hassen, wenn sie die gesamte, grausame Wahrheit kannte?

Als hätte sie diesen kurzen Sinneswandel gespürt, stöhnte sie rau: »Ja, genau so ... vergiss deinen Kummer. Ich bin bei dir, Nathan.«

Sofort war mir speiübel, Eis durchlief meine Adern und ich ließ ruckartig von ihr ab. Erinnerungen durchfluteten mich, ließen mich zu einer Salzsäule erstarren.

»Nat?«, fragte sie beinahe tonlos, während ich mich höher auf meine Ellbogen stützte, weg von ihr.

Keuchend und verwirrt starrte sie zu mir hoch, ihr wunderschönes, schwarzes Haar wie ein Fächer um ihr Gesicht auf dem Kissen ausgebreitet. *Zu schön, zu gut.*

»Ich kann das nicht.«

Mit einem Satz sprang ich aus dem Bett, griff nach meinem Shirt und zog es mir hastig über. Schneller als sie etwas sagen oder fragen konnte, stürmte ich zur Tür, hielt jedoch kurz inne, um ein ersticktes »Es tut mir leid« zu flüstern, bevor ich hinausschlüpfte, die Tür schloss und mich zum Schlafen aufs Sofa ins Wohnzimmer schlich.

Ava – Columbus Day in der Gegenwart

»Was zur Hölle war das jetzt?«, fragte ich laut, aufrecht im Bett sitzend, obwohl ich mich ganz alleine in einem dunklen Zimmer befand und irritiert die Tür anstarrte, aus der Nat geflüchtet war. Die Atmung zu beschleunigt, das Blut noch in Wallung. Frustriert ließ ich mich zurücksinken, schlug einige Male mit den Fäusten auf die Matratze ein. Solange, bis aus dem Frust Nachdenklichkeit und noch größere Verwirrung wurde, während mir alle möglichen Fragen durch den Kopf schossen.

Was war passiert, dass er plötzlich abgehauen war? Hatte ich etwas falsch gemacht? Aber was nur?

Er hatte das genauso sehr wie ich gewollt, was nicht zu übersehen gewesen war, wie ich es ganz genau hatte spüren können. Aufgrund seiner hitzigen Berührungen, den fordernden Küssen, seinem Stöhnen oder der erregten Härte, die auf meinen Bauch gepresst gewesen war. Ich hatte mir das nicht eingebildet, das waren eindeutige Signale gewesen. Dieser ganze Kuss, die glühende Nähe und kribbeligen Empfindungen hatten sich zu gut angefühlt – ein leidenschaftlicher Strudel, der mich hinweggefegt hatte, bis Nat von einer Sekunde auf die andere aufgehört hatte, vollständig schockgefroren.

Die Augen zusammengekniffen, spielte ich die letzten Minuten noch einmal durch, was mir erneut erhitzte Wangen und ein Pochen zwischen den Beinen bereitete, bis ich zu dem Moment kam, an dem Nat ausgetickt war. Ich konzentrierte mich genauer auf die Bilder der Erinnerung, anstatt auf die einhergehenden Empfindungen, scrollte innerlich vor und zurück.

Plötzlich fand ich den Augenblick und musste schwer schlucken. Mit neuer Klarheit konnte ich mich erinnern, wie er seine Hand auf meinen Beinstumpf gelegt hatte, bevor er meinte, er könnte das nicht. Bei dieser Erkenntnis verschlug es mir den Atem, das Luftholen tat auf einmal unglaublich weh, als hätte ich einen Fußtritt in den Magen bekommen. Meine Augen brannten, aber ich biss mir auf die Lippen. So fest, bis ich glaubte, Eisen im Mund zu schmecken.

Ganz bestimmt würde ich jetzt nicht heulen und keine weiteren Tränen vergießen – ich hatte genug geweint, ich hatte mein Schicksal und die Konsequenzen akzeptiert. Wenngleich es anderen anscheinend nicht möglich war.

Ich verkroch mich unter der Decke. Mit fest zusammengepressten Lidern versuchte ich Schlaf zu finden, alles zu vergessen, um im Nichts zu verschwinden.

17. Kapitel

Barcelona – »Come Back When You Can«

Ava – 1 Tag nach dem Columbus Day, Gegenwart

Der nächste Tag begann und ging genauso vorüber, wie der vorherige geendet hatte: *total scheiße!*

Kurz vor Morgengrauen hatte sich Nat in das Zimmer geschlichen, wahrscheinlich um sich frische Klamotten zu holen, und war wortlos verschwunden. Ich hatte es nur bemerkt, weil ich die Tür gehört hatte und Nat, als ich später aufstand, bereits geduscht und umgezogen mit seinen Großeltern am Esstisch saß, um Pfannkuchen zu essen. Komisch, plötzlich hatte er kein Problem mehr in ihrer Nähe und mit dem ganzen Familienzeugs, was mich innerlich zum Kochen brachte. Ich sollte mich für ihn freuen, das wollte ich wirklich, aber ich war so verdammt wütend auf ihn.

Den restlichen halben Tag bei seinen Großeltern oder im Wagen auf dem Weg zurück nach San Francisco sprachen wir kein Wort miteinander, obwohl, das stimmte nicht ganz. Ein oder zwei Mal meinte ich ihn beim Vorbeigehen Flüstern zu hören, wie leid es ihm täte oder er hätte das so nicht gewollt. Tja, ich auch nicht, trotzdem war es passiert.

Daher kam es mir ganz recht, im Auto auf müde zu spielen, mich mit dem Kopf an die Fensterscheibe zu lehnen und mich sofort nach Ankunft in mein Zimmer zum Schlafen zu verabschieden. Zwar konnte ich die fragenden Blicke von Sarah und Johnny spüren, die sie austauschten, sie hielten mich jedoch nicht auf. Sollten sie Nat deswegen ausquetschen. Ich wollte mich lieber einigeln, meinen Frieden vor allen anderen haben – am besten für die nächsten Wochen.

Bei dieser Planung hatte ich nicht mit meiner Lieblingscousine Kelsey gerechnet, die für tags darauf ihre große Party ankündigte. Natürlich wollte sie diese im Haus schmeißen, weshalb ich mich nicht einmal in meinem Zimmer hätte verkriechen können, wie ich es vorhatte.

Außerdem hatte sie mich mit ihrem *Hundewelpen-Blick* und der Ankündigung geködert, arbeitstechnisch die nächsten Tage wieder durch das Land zu streifen, daher musste unsere Rückkehr und ihre Abreise noch einmal richtig gefeiert werden. Wenn man es genau nahm, fand Kelsey immer einen wichtigen Grund für eine Feier, der eigentlich total banal war, aber wenn sie es formulierte plötzlich total viel Sinn machte. Eigentlich gäbe sie die perfekte Politikerin ab.

Deswegen stand ich am nächsten Tag in einem kurzen, schwarzen Lederrock, blickdichter blauer Strumpfhose in schwarzen, kniehohen Stiefeln und einem blauen, engen Top mit schwarzen Glitzersteinen am Ausschnitt vor dem Spiegel, um mich mit einem schwarzen Kajalstrich zu schminken, was meine hellgrauen Augen im Kontrast noch heller wirken ließ. Als ich an Nats Worte im Pool dachte, ich bräuchte diesen Kajal nicht, legte ich wütend eine dickere Schicht auf und ließ meine schwarzen Haare in Wellen über meine Schultern gleiten. Zwar hatte er es nie gesagt, ich hatte jedoch eine Ahnung, sie gefielen ihm so am besten – offen und bereit, um mit einer Hand hinein zu greifen und sich in den vollen Strähnen zu vergraben, wie er es bereits getan hatte.

War ich kindisch? *Verdammt, ja.*

War ich wütend? *Und wie.*

Hatte er das verdient? *Womöglich nicht.*

Die Antworten der ersten zwei Fragen übertönten die der dritten. Also marschierte ich erhobenen Hauptes aus meinem Zimmer und glitt in das verdunkelte, mit buntem Discolicht durchwobene Wohnzimmer, das mit Leuten gefüllt war, die ich nicht kannte, und in dem Musik plärrte, die einen beinahe taub machte. Typische Party, typisch Kelsey.

Die wie auf das Stichwort hin an meiner Seite erschien, einen Drink in der Hand, den sie mir reichte. Sie trug ein eng anliegendes, schwarzes, kurzes

Kleid mit dezentem pinken Muster und hammerhohen, neonpinken High Heels, in denen ich mir selbst vor der Zeit mit der Prothese das Genick gebrochen hätte. Zusätzlich hatte sie ein Band in der gleichen Farbe in ihre langen, blonden Haare geflochten, deren lockerer Zopf über ihre linke Schulter baumelte, was durch die kurzgeschorenen Haare auf der anderen Schläfe ihr feingliedriges, hübsches Gesicht mehr als sonst betonte.

»Wow, Ava! Du siehst superheiß aus. Machst du das nur für meine megageile Party oder hast du dich für einen speziellen Typen herausgeputzt?« Dabei wackelte sie auffällig mit den Augenbrauen, was mich zum Lachen brachte.

»Danke! Das musst du gerade sagen, Miss Umwerfend höchstpersönlich!«

Wie erwartet, ließ das Kompliment sie ihre vorherigen Fragen vergessen und Kelsey grinste mich überglücklich an, vibrierte vor Energie und Lebenslust, als sie sich bedankte und mich umarmte.

Während wir an unseren Getränken nippten, stellte sie mir einige Leuten vor, schleifte mich durch das Getümmel, machte Späße und brachte mich zum Lachen, als könnte sie spüren, wie wichtig für mich gerade heute eine Ablenkung war. Dennoch konnte ich nicht umhin Ausschau nach Nat zu halten, oder mein Körper nicht damit aufhören immer genau zu spüren, wo im Raum er sich befand. Nicht um zu ihm zu gehen, sondern mich wie von selbst in die entgegengesetzte Richtung zu bewegen – es war wie ein grausamer, furchtbarer Tanz.

»Hier haben wir Randall. Er spielt Bass in meiner neu unter Vertrag genommen Band ›Mosquitos never die out‹. Das hier ist Ava. Das tolle Aussehen liegt übrigens in der Familie, falls du dich das gefragt hast. Sie ist meine Cousine und sie spielt Geige«, stellte sie mir einen Typen mit verwuschelten, braunen Locken vor.

Gerade wollte sie noch etwas sagen, wurde jedoch von der Seite angequatscht, was verdächtig nach irgendeinem schlimmen Problem klang – Musikerzeugs –, weshalb sie mit der Hand wedelte. »Tut mir leid, die Pflicht ruft. Ich muss mal kurz einige meiner Babys beruhigen. Komme gleich wieder. Unterhaltet euch doch in der Zwischenzeit über … eure Instrumente!«

»Oh Mann. Kelsey und ihre ungeschickten Verkupplungsversuche«, stöhnte Randall mir gegenüber und riss darauf die Augen auf. »Tut mir leid, das habe ich nicht böse gemeint, auch wenn es so klang. Du siehst wirklich toll aus, es ist nur ... du weißt schon, deine Cousine ist nicht besonders subtil«, erklärte er schnell, schluckte dabei. Seine dunklen Augen musterte mich eindeutig interessiert, was ein leichtes Hochgefühl in mir auslöste. Nach der Sache mit Nat brauchte ich wohl einen kleinen Ego-Booster, um aus meiner Höhle voller Selbstzweifel zu kriechen. Daher nickte ich lächelnd.

»Wem sagst du das? Ich glaube, das Wort kommt nicht mal in ihrem Sprachgebrauch vor.«

Randall sah wirklich gut aus, jedoch drängte sich immer wieder Nats attraktives Gesicht in meine Gedanken, obwohl ich es vehement zurückschob, gemeinsam mit den Gefühlen für ihn, der Wut und der Enttäuschung. *Ach Mist!*

»Ava? Hast du mich gehört?«, fragte Randall stirnrunzelnd.

Sofort bekam ich ein schlechtes Gewissen. Er schien nett zu sein und ich hörte ihm nicht einmal zu, wegen eines Kerls, der mich offensichtlich nicht wollte. Ich holte tief Luft, um mich zu sammeln. »Tut mir leid, was hast du gesagt?«

»Ob du Lust hast zu tanzen?«

Auf keinen Fall.

»Das lassen wir lieber, wenn du nicht willst, dass ich über meine eigenen Beine falle«, meinte ich im Scherz, knapp an der Wahrheit dran.

»Wie wäre es mit ein wenig frischer Luft?«, fragte er weiter und deutete auf die Terrassentür zum Garten hinaus.

Wieder kreisten einige Gedanken Nat betreffend durch meinen Kopf, hielten mich zurück, versuchten mich zu stoppen, um später nicht etwas zu bereuen. Doch die Erinnerung an die Scham, die Verletzung nagte an mir, die die Entscheidung schließlich für mich traf. Außerdem war nichts dabei mit einem freundlichen Typen im Freien ein wenig zu plaudern.

Draußen auf dem Terrassenweg gingen wir ein paar Schritte, während Randall mir von seiner Band erzählte, die er vor einigen Jahren mit seiner

Zwillingsschwester und seinem bestem Freund gegründet hatte. Eine Zeit, in der sie noch von den Eltern in den Keller gesperrt wurden, weil sich das Geschrei ja niemand anhören konnte.

»Manche Leute wissen Heavy Metal einfach nicht zu schätzen«, beendete er schmunzelnd seine kleine Anekdote über seine bisherige Musikerkarriere, die noch in den Kinderschuhen steckte.

»Einfach unvorstellbar! Aber soll ich dir etwas sagen? Selbst meine Eltern, obwohl sie wollten, dass ich das Instrument lerne, haben mich zuerst nur in der Garage üben lassen. Du kannst dir gar nicht vorstellen, wie schmerzhaft sich schiefe Geigentöne in die Nerven schneiden. Die Worte meiner Mutter«, meinte ich lächelnd. Wir gingen gerade seitlich beim Haus vorbei und kamen zu einem breiten Baum, an dessen Rinde ich mich mit der Schulter lehnte und Richtung Golden Gate Bridge blickte, die mit Lichtern versehen in der Ferne rötlich schimmerte.

Da Randall verstummt war, drehte ich mich fragend zu ihm herum. Er stand direkt neben mir, dichter als ich zuvor bemerkt hatte, und ein komischer Ausdruck lag auf seinem Gesicht. Bevor ich zurückweichen konnte, da ich den blöden Baumstamm im Rücken hatte, lehnte er sich vor und drückte seine Lippen auf meine. Warum musste ich mit einem fremden Typen alleine in die Nacht hinausgehen. *Wie blöd kann man eigentlich sein?*

Obwohl seine Lippen weich waren, er gut roch und sicherlich einen passablen Flirt oder gar Freund abgeben würde, konnte ich es nicht, egal wie sehr mich Nat verletzt hatte. Daher ließ ich meine Lippen geschlossen, legte die Hand an seine Brust und schob ihn sanft zurück. Sofort verstand er den Wink, trat einen Schritt von mir weg und fuhr sich mit der Hand über das Gesicht.

»Hoppla, das habe ich wohl falsch verstanden, tut mir leid. Ich dachte, du würdest mich auch nett finden und du hast … du hast gerade so schön ausgesehen.«

»Mir tut es leid. Ich finde dich nett, aber nicht so …«, gab ich zu, als sich hinter uns plötzlich jemand räusperte.

Vor Schreck keuchte ich auf wie Randall, der kurz zusammenzuckte, nachdem wir uns beide umgedreht und Nat erblickt hatten. Breitbeinig, fast schon furchteinflößend stand er vor uns und machte ein derart finsteres Gesicht, woraufhin ich selbst schlucken musste. Seine Augen waren nicht auf mich, sondern vollkommen auf Randall fixiert. Obwohl seine Körperhaltung kleine, mordlüsterne Wellen ausstrahlte, war seine Stimme beherrscht, beinahe eisig ruhig. »Alles in Ordnung hier?«

Randall nickte rasch mehrmals auf und ab, hörte gar nicht mehr damit auf wie ein aufgezogenes Spielzeug, bis ich ihm zur Beruhigung eine Hand auf den Unterarm legte. Was ihn zwar innehalten ließ, jedoch dazu führte, dass Nat seinen Blick auf mich richtete. Wow, er sah wirklich nicht gerade erfreut aus. Daher ließ ich die Hand sinken, reckte stattdessen unnachgiebig das Kinn vor. »In bester Ordnung, danke.«

Jetzt, da sich Randall gefasst hatte, fand er seine Stimme wieder. »Und wer bist du eigentlich?«

»Ich bin ihr Freund«, kam postwendend und ohne einen Funken Unsicherheit über Nats Lippen.

Erschrocken riss Randall wieder die Augen auf, den Mund ebenfalls – vollkommen überrascht von dieser Offenbarung. Ich musste seinen Ausdruck wohl spiegeln, denn das war vollkommener Schwachsinn. Der Typ hatte Nerven!

»Ups, oh sorry, Mann, tut mir leid. Das wusste ich nicht.«

Da sind wir schon zwei.

Verlegen strich sich Randall durch die Haare, wodurch sie wild in alle Richtungen vom Kopf abstanden. »Ähm, das ist aber toll … richtig toll. Du hast eine tolle Freundin … sie … sie sieht klasse aus … wirklich hübsch«, stammelte er mit Komplimenten um sich werfend, als würde es die Situation besser machen. Ich zog die Augenbrauen zusammen, wollte ihn stoppen, doch er quasselte sich weiter um Kopf und Kragen. »Du kannst dich glücklich schätzen, sie kann echt gut küssen.«

Das hat er jetzt nicht wirklich gesagt, oder doch? Mein Blick schoss kurz nach oben in den Himmel, in dem ich mir ganz gut meinen Schöpfer vorstellen konnte, der uns vergnügt mit einer Schüssel Popcorn auf dem Schoß zusah und sich dabei totlachte. *Danke auch.*

Dann glitt mein Blick zu Nat. Er stellte ein versteinertes Gesicht zur Schau, was mich nicht täuschte. Besonders nicht, da ich seine Hände bemerkte, die fest zu Fäusten geballt waren, und eine verdächtig heftig zuckende Ader an seinem Hals hervorstach wie bei einem Stier, kurz vor dem Explodieren. Wozu er absolut kein Recht hatte, was ich ihm gleich verklickern würde, sobald sich Randall außerhalb der Gefahrenzone befand.

»Randall, du solltest vielleicht besser gehen. Es war nett, was du über mich gesagt hast, danke.«

Ich lächelte ihm aufmunternd zu, was er nickend annahm und sich nach einem Blick auf Nats drohende Gestalt davonmachte, und zwar richtig schnell.

Nachdem er weg war, wirbelte ich wütend zu Nat herum. »Was sollte dieser Mist? Was fällt dir überhaupt ein, nach dieser Nacht ... nach allem?«

»Was? Wolltest du etwa, dass ich dich mit ihm alleine lasse? Soll ich ihn für dich zurückholen?«

»Darum geht es nicht und das weißt du.«

Er seufzte tief, stieß lange den Atem aus, was ihn fast in sich zusammenfallen ließ, gemeinsam mit seiner bedrohlichen Wirkung, der versteinerten Maske und dem Eis in seinen Augen, die nun wieder ein warmes Braun aufwiesen. Auf der Stelle war er wieder der nette Kerl von nebenan, der attraktive Typ, der mich vor einer Prügelei mit Kimy Kinsky gerettet hatte, mit dem ich mein Essen teilen, ins Wasser tauchen oder gemeinsam tanzen konnte. Der meine Atmung beschleunigte, mein Herz rasend zum Flattern brachte und den Magen heiß kribbeln ließ. Und in den ich mich sehr wahrscheinlich Hals über Kopf verliebt hatte. Wenn er manchmal nur nicht so ein Idiot gewesen wäre.

18. Kapitel

Leona Lewis – »A Thousand Lights«

Nat – Gegenwart

Gute Vorsätze – mich von Ava fernzuhalten, um sie nicht immer wieder zu verletzen und weil ich sie nicht verdiente hin oder her –, sobald ich sie an diesem Abend erblickte, in diesem sexy Outfit, worin sie einfach nur wunderschön aussah, waren sie alle dahin. Verpufft wie Seifenblasen, als wären sie nie existent gewesen. Daher tat ich etwas, was mich davon abbringen konnte, auf der Stelle vor ihr zu Kreuze zu kriechen und mich für mein blödes Verhalten zu entschuldigen, ihr die gesamte verkackte Wahrheit zu erzählen – ich schüttete den dritten Tequila in mich hinein, dessen Flüssigkeit in meiner Kehle brannte. Das schien mir die einzige Lösung zu sein, um nicht wieder etwas Dummes anzustellen, obwohl ich es nicht mochte zu trinken. Vor allem seit jener Nacht. Genauer betrachtet hatte mich der Alkohol damals noch weiter in die Scheiße geritten. In jener Nacht, in der ich den Streit mit Mum gehabt hatte, ich abgehauen und sie gestorben war. Die Erinnerung daran war noch glasklar:

Es war keiner meiner Glanzmomente, der mich dazu geritten hatte, nach dem Streit in mein Stammlokal zu gehen, in dem ich nach einem Match manchmal mit meinen Fußballerkollegen abhing. Doch an diesem Abend war kein bekanntes Gesicht anwesend und mein einziger Freund war der Alkohol, der meine Kehle hinabfloss, meine Gedanken betäubte, die Schreie dämpfte und die Gefühle in mir abstellte. Ich wollte nur mal eine Pause. Die Sorgen und Ängste um meine Mum vergessen, wenn auch nur für einen kurzen Moment.

Also trank ich immer weiter. Völlig planlos und solange, bis jemand an meinem Arm zupfte. Wie sich herausstellte, ein blondes Mädchen – eines, das sich irgendwie drehte und verschwommen aussah, bis ich die Augen zusammenkniff. Ah, das Mädchen war Bianca, die beste Freundin meiner Schwester.

Sie war die Einzige, die über unsere Mutter und die Umständen Bescheid wusste, mit der ich manchmal abhing, nur so, zum Reden. Trotzdem half sie immer wieder aus, war zur Stelle, wenn Sarah oder ich sie brauchten.

»Komm, Nat. Bringen wir dich nach Hause«, meinte sie streng, schob einen Arm um meine Taille, um mich vom Barhocker zu bugsieren.

Ich will hierbleiben, ich will noch nicht nach Hause, sagte ich, oder zumindest meinte ich es laut gesagt zu haben, war mir aber dessen nicht ganz sicher, da sie weiter an meinem Arm zog und mich Richtung Ausgang zerrte.

Wie durch einen Nebel hörte ich sie »Danke, Olli, fürs Bescheid geben. Gute Nacht« rufen, dann schlug frische Luft über mir zusammen, was meinen Schwindel noch viel schlimmer machte.

Mein Kopf war in Watte gepackt. Ich bekam irgendwie nichts richtig mit, außer Schritte, die ich aus der Ferne hörte oder durch eine langsame Bewegung spürte. Zumindest musste ich mich bewegt haben, da ich plötzlich auf einen Sitz geschoben wurde und kurz darauf ein dumpfer Knall ertönte. Ich wirbelte herum – Autotür rechts neben mir. Okay, mit einer Autotür konnte ich umgehen. Zwar müde, aber mit neuer Klarheit im Kopf sank ich bequemer in den Sitz und streckte den Arm aus, als Bianca auf den Fahrersitz rutschte, mit der Hand bereits beim Zündschloss.

»Nicht … bitte bring mich noch nicht nach Hause. Ich kann … da nicht hin. Noch nicht«, bat ich sie, bemerkte selbst meine zittrige Stimme. Ich schluckte den Kloß hinunter und schloss die Augen, um einen kläglichen Rest meiner Würde zu behalten.

Zwar konnte ich hören, wie Bianca den Schlüssel drehte, aber nicht den Motor startete, sondern bloß das Radio anmachte.

Erleichtert stieß ich ein Seufzen aus. »Danke.«

»Was ist heute passiert, Nathan?«, fragte Bianca.

»Können wir … einfach nur hier sitzen? Ich will nicht reden.«

Auf einmal lag eine warme Hand auf meinem stoppeligen Kinn und als ich die Augen aufschlug, war Biancas Gesicht direkt vor meinem. »Ist in Ordnung. Aber ich bin da, wenn du mal darüber reden willst. Also richtig reden, nicht immer nur, wenn du Hilfe beim Einkaufen oder so brauchst. Verstanden?«

Ihr Gesicht war voller Gutmütigkeit, ihr Daumen streichelte meine Wange, ihre Stimme war zart, aber bestimmt. Die Wärme ihrer Berührung sickerte durch meine Haut, in meine eiskalte, ausgedörrte Brust, und mein Innerstes schrie nach mehr. Nach mehr Berührung, nach mehr Wärme wie dieser, die ich so lange nicht mehr gekannt hatte.

Plötzlich griffen meine Hände wie automatisch nach ihr, ich drückte sie an mich, küsste sie und obwohl Bianca sich für ein paar Sekunden überrascht verspannte, ließ sie es gleich darauf geschehen. Sie fuhr mit den Fingern durch meine blonden Locken, küsste mich heftig und fordernd, genau wie es meine Hände waren, die sie rittlings auf meinen Schoß zogen und unter ihr Sommerkleid rutschten.

Es ging alles viel zu schnell, viel zu erhitzt und wir waren knapp davor, ein Kondom aufzureißen, als Bianca heiser und eher zu sich selbst – nicht für meine Ohren bestimmt – flüsterte: »Oh mein Gott! Das passiert gerade wirklich.«

Was mich innehalten ließ, doch erst als sie leise weitersprach »Vergiss deinen Kummer. Ich bin bei dir, Nathan«, kam ich vollends aus dem Takt. Ich konnte das nicht.

Nicht nur, weil Bianca eindeutige Gefühle für mich hatte – wie mir nun endgültig klar wurde und die ich nicht erwiderte –, sondern auch, weil sie das hier vielleicht auch tat, um mir zu helfen, mich von meinen Sorgen zu befreien. Das war nicht richtig, es war sogar vollkommen falsch.

Ich entschuldigte mich hastig, schob sie von mir, um aus dem Auto zu flüchten, die Hose zuzuknöpfen und nach Hause zu torkeln, wo der nächste Schrecken auf mich wartete …

Vielleicht nicht genauso, aber ähnlich war es mit Ava im Zimmer meines Vaters gewesen. Wieder war ich bedrückt wegen meiner Familie gewesen, fast die gleichen Worte waren über ihre Lippen gekommen, die mich an diese Nacht vor einigen Monaten erinnert hatten. Die mir in den Kopf pflanzten, sie wollte das Ganze vielleicht gar nicht wirklich, hatte es nicht richtig durchdacht und mir nur etwas geben, mir etwas schenken, um mir meinen Kummer zu nehmen. So sollte es nicht sein, ich wollte niemanden ausnutzen.

Außerdem kannte sie noch immer nicht die ganze Wahrheit, die sie wahrscheinlich sowieso von mir fortziehen würde. Dessen wurde ich mir immer sicherer, je besser ich sie kannte. Sie hatte Schlimmes erlebt, war aber eine Kämpferin und gestärkt daraus hervorgegangen, während ich genau das Falsche getan hatte. Es würde sie anwidern, sie würde mich dafür hassen.

Ich legte den Kopf in den Nacken und Tequila Nummer vier zog seinen feurigen Weg durch meine Eingeweide. Gerade den nächsten einschenkend, bekam ich einen Stoß gegen die Rippen. Johnny stand dicht neben mir, die Augen in eine andere Richtung geheftet.

»Hey, Mann. Ich weiß ja nicht, was da zwischen dir und Ava abgeht, und es geht mich eigentlich nichts an. Aber –«, meinte Johnny. Bevor er weitersprechen konnte, schnitt ich ihm übellaunig das Wort ab: »Dann lass es, bitte.«

Erst jetzt bemerkte ich Sarah neben Johnny, die mich genau beobachtete, den Blick zwischen meinem Gesicht und der Flasche Tequila in meiner Hand hin und her wandernd. »Alles okay mit dir? Willst du reden oder ein wenig rausgehen, um frische Luft zu schnappen?«

Ich konnte ihre Hoffnung auf ein Ja spüren, die Sorge, die darin mitschwang, ich könnte mich womöglich nicht mehr einkriegen. Doch bevor ich eine Antwort geben konnte, mischte sich Johnny ein, der sich eine schwarze Haarsträhne hinters Ohr schob. »Sehr guter Vorschlag. Mann, du solltest echt da rausgehen. Ava ist gerade mit so einem Typen in den Garten marschiert. Ich dachte, das möchtest du vielleicht wissen.«

Überrascht hielt ich den Atem an, da ich nicht auf die stechende Eifersucht und den einhergehenden Schlag in meiner Magengegend gefasst gewesen war. Was mir klar machte, ich konnte sie nicht einfach so gehen lassen und zusätzlich schuldete ich ihr die Wahrheit. Wenn sie mich danach nicht mehr wollte, würde ich mich umdrehen und gehen, versuchen musste ich es zumindest. Heute hatte ich bereits den ersten richtigen Schritt getan und einen wichtigen Termin ausgemacht. Jetzt würde ich den zweiten tun – ich konnte gar nicht mehr anders. Ich musste das mit Ava klären. Ein für alle Mal.

Dankbar klopfte ich Johnny auf die Schulter und wandte mich zum Gehen. »Danke, Kumpel.«

»Immer wieder gerne. Ich weiß ja, wie das ist. Außerdem schulde ich dir so viel, weil du mir damals bei Sarah vertraut hast.« Mit seinen Worten legte er den Arm um ihre Taille und drückte Sarah an seine Seite. »Jetzt geh und hol dir dein Mädchen.«

»Mach ich.« *Hoffentlich.*

Zielstrebig marschierte ich durch das vollgestopfte Wohnzimmer, kam an einer Ecke vorbei, in der Kelsey und Lourdes wild herumknutschten. Ich hoffte, mir würde es mit Ava genauso ergehen – wir unsere Probleme, wie sie jeder in irgendeiner Form hatte, beilegen konnten, um einfach zusammen zu sein.

Ich schritt zwischen der Glastür nach draußen auf die Terrasse, ein kleiner Windhauch streifte über den Rasen, nicht kalt, sondern angenehm nach der klebrigen Hitze im Inneren des Hauses. Mein Blick wanderte umher, bis er an einem Pärchen neben dem großen Baum im Garten hängenblieb. Sofort war sie wieder da, die Anspannung und, ganz klar, die siedende Eifersucht.

Keine zwei Minuten später war ich wie eine bescheuerte Dampflok zu ihnen gerast und obwohl ich mich zurückhalten wollte, befand ich mich nun mitten im Streit mit Ava, nachdem wir den Typen losgeworden waren. Aber sie hatte etwas an sich, was meine Vorhaben ständig durchkreuzte, meine Gefühle zu einem wirren Konstrukt machte. Wenn ich mit ihr zusammen war, wollte ich nur eins – ihr noch näher sein, sie einfach für immer in den Armen halten.

Seufzend fiel alle Wut und Anspannung von mir ab, ich gab mich geschlagen. Jetzt oder nie. »Es tut mir leid, was passiert ist, dass ich dich im Bett einfach zurückgelassen habe. Aber deine Worte … sie haben bei mir eine Erinnerung ausgelöst …«, begann ich meine Entschuldigung und erzählte ihr in kurzen Sätzen, was mit Bianca beinahe geschehen war und wie es geendet hatte.

»Das ist also das Dartscheiben-Mädchen?«

Ich nickte. »Richtig. Seitdem habe ich sie nicht mehr gesehen, nur kurz im Krankenhaus, weil ich ihr aus dem Weg gegangen bin. Echt beschissen von mir, ich weiß.«

Ava zuckte mit den Schultern. »Schon, ein wenig. Ich habe zwar Mitleid mit ihr, aber du hast das Richtige getan, indem du es nicht durchgezogen hast. Es tut mir leid für dich, dass du das alles mit den Sorgen und deiner Mum durchmachen musstest.«

Irritiert schluckte ich, hätte nicht mit diesen Worten gerechnet. Sie war zu einfühlsam.

Kurz musste ich mich räuspern, um wieder einen Ton rauszubekommen. »Danke. Das sehe ich anders, es hätte nie so weit kommen dürfen. Aber darum geht es nicht. Ich habe dir das erzählt, damit du weißt, warum ich bei dir aufgehört habe. Deine Worte ... sie klangen fast genauso wie die von Bianca und plötzlich wurde mir klar, dass ich dich bedränge, du mir vielleicht nur den Kummer nehmen und das Ganze gar nicht richtig willst. Es tut mir leid, ich hätte –«

Plötzlich fluchte sie und ich konnte ihre Wut beinahe auf der Haut prickeln spüren. »Du selbstgefälliges Arschloch!«

Okay, mit diesem Ausbruch hatte ich an dieser Stelle nicht gerechnet. Zumindest nicht während meiner Entschuldigung. »Ja, ja, da hast du Recht und das habe ich verdient, ich –«

Wieder unterbrach sie mich unwirsch, schrie mich beinahe an: »Halt deine Klappe, Nat. Du hast keine Ahnung! Nicht von dir selbst, wie du wirklich bist, oder in dieser Hinsicht von mir. Sag mir nicht, was ich fühle, und entscheide du nicht, was schlecht für mich ist. Ich wollte das mit dir, genauso wie du, ohne den ganzen Mist rundherum, den du dir zusammenreimst. Dabei ging es nur um uns. Ich wollte ... dich.«

Ihre Wut verpuffte von einem Moment auf den anderen. Nun blickte sie zu Boden und sprach leiser weiter: »Als du ohne Erklärung verschwunden bist, dachte ich, du wärst von meinem Stumpf angewidert ...«

Das konnte sie doch nicht ernst meinen? »Was? Nein, nie im Leben! Daran habe ich keinen Moment gedacht ...«, begann ich, unterbrach mich aber fluchend, als ihre Augen größer wurden. Verdammt, das war komplett falsch rausgekommen. Ich seufzte, fuhr mir mit der Hand über den angespannten Nacken. »Ich meine, ich sehe dich als Ganzes, nicht das, was du glaubst, was dir fehlt ... ich weiß nicht, wie ich es sagen kann.«

»Ich weiß, Nat. Ich weiß, wie du es meinst«, erwiderte sie lächelnd, doch für mich war es noch nicht genug, ich musste es ihr begreiflich machen.

»Nein, lass mich bitte ausreden. Ich ... ich sehe dich, wie du bist. Du hast so viel durchgestanden, was dir passiert ist. Du bist so lebensbejahend, viel mutiger und stärker, als ich je war, du bist unglaublich. Und wunderschön, umwerfend, witzig, gutmütig, sexy – einfach echt. Für mich bist du in allem ... perfekt.«

Sie schluckte. »Wow, das ist das Schönste, was jemals wer zu mir gesagt hat«, flüsterte Ava und machte einen Schritt auf mich zu, was mich in kurze Panik versetzte, weil ich Angst hatte, den Rest nicht mehr über die Lippen zu bekommen, wenn sie mich erst einmal berührte.

»Warte. Da gibt es noch etwas, das du wissen musst.«

Sie schüttelte den Kopf. »Gibt es nicht. Es wird nichts an meinen Gefühlen für dich ändern.«

»Dessen bin ich mir nicht sicher. Womöglich hasst du mich danach«, gab ich düster zu bedenken, während sie frustriert schnaubte. »Glaube ich kaum. Also gut, wenn du dich dann besser fühlst, erzähl es mir.«

Die Stunde der Wahrheit hatte geschlagen und mir war kotzübel, als ich zwischen den Zähnen ausstieß: »Dass mit dem Auto ... das war kein Unfall. Ich bin absichtlich gegen den Baum gefahren.«

Oh mein Gott, es war draußen! Die Wahrheit laut ausgesprochen, die Lüge endlich aufgedeckt, die mich innerlich zerfraß, jedes Mal, wenn ich mitleidige Blicke oder Hilfe angeboten bekam. Es fühlte sich an, als könnte ich endlich wieder frei atmen.

Stille herrschte, sie sagte kein Wort, ich konnte nur das Rauschen meines Blutes hören, das heftige Pochen in meiner Brust, als wäre auch eine Last von meinem Herzen gefallen, das nun wieder schneller schlagen konnte. Aber ich täuschte mich, es war nicht still, denn hinter uns keuchte jemand,

Schritte schlurften über das Gras und nachdem ich mich herumgedreht hatte, sah ich Sarah mit schockierten, aufgerissenen Augen. Sie hauchte ein: »Nat!«, dicht neben Johnny stehend, der ebenso vor Schreck erstarrt war.

Verflucht! Ich wusste ja, dass ich ihnen irgendwann die Wahrheit hätte sagen müssen, aber nicht gleichzeitig heute, nicht allen auf einmal. Meine Nerven lagen bereits blank.

Vorsichtig blickte ich mich mit wild pumpenden Herzen zu Ava um. In Erwartung, sie wäre auf mein Geständnis hin verschwunden. Doch sie war noch da, direkt vor mir, mit feuchten Augen und schlang die Arme um mich. Ich konnte es nicht fassen, drückte sie verwirrt an mich, ganz fest, fast schon verzweifelt.

»Du bist noch da?«, wisperte ich ganz leise, beinahe erstickt.

Ihre Stimme zitterte leicht. »Natürlich, ich gehe nicht mehr weg. Es tut mir leid. So leid, dass du so einen Schmerz in dir hattest, du geglaubt hast, dies sei der einzige mögliche Ausweg.«

»Mir tut leid, was ich getan habe und ich dich damit belasten muss, nachdem, was du durchgemacht hast ...«

Meine Stimme zitterte jetzt ebenfalls, während Avas wieder fester wurde, wenngleich ein Flüstern blieb. »Hast du ... hattest du davor etwas getrunken?«

Beide mussten wir an den Alkolenker denken, der schuld an ihrem Unfall gewesen war. Bestimmt schüttelte ich den Kopf. »Nein. Ich war vollkommen nüchtern, es war niemand außer mir in Gefahr.«

Ava hauchte mir einen Kuss auf den Hals. »Danke für deine Ehrlichkeit.« Dann gab sie mir noch einen auf die Wange, löste sich von mir, drückte meine Hand und blieb neben mir stehen. Gemeinsam drehten wir uns zu den anderen herum, die bisher geschwiegen hatten. Johnny hatte von hinten die Arme um Sarah geschlungen, in deren Augen Tränen glitzerten.

Mit ausgebreiteten Armen ging ich auf sie zu. Johnny ließ sie los und sie rannte zu mir, drückte mich und weinte, während ich ihr über die Locken strich und ihr zuflüsterte, wie leid es mir tat, wie lieb ich sie hatte und wie sehr ich das alles bereute.

Schließlich versiegten ihre Tränen und nachdem wir uns beide räusperten und ausgeschnäuzt hatten – ja, ich hatte auch geweint –, fühlte es sich gut an. Es war ein weiteres Loslassen.

»Mach das nie wieder, sonst tu ich dir weh!«, fauchte Sarah mich an, lehnte sich dabei niedergeschlagen an Johnny, der ihren Oberarm auf und ab streichelte.

»Werde ich nicht, versprochen. Nie wieder. Ich hatte mich mit Mum überschätzt und als sie tot war, ist alles über mir hereingebrochen«, gab ich erstickt zu und Sarah wischte sich eine neue Träne von der Wange.

Ihr schlechtes Gewissen spiegelte sich in ihren Augen. »Das ist furchtbar. Es tut mir so leid. Ich hätte euch nie allein lassen sollen.«

Rasch schüttelte ich den Kopf. »Es ist nicht deine Schuld. Mir ist klargeworden, niemand kann etwas dafür. Mir tut es leid, dass ich damals nicht stärker war. Jetzt ist es anders.«

Sarah und Johnny sahen nicht überzeugt aus und Ava neben mir griff nach meinen Fingern, verschränkte sie mit ihren.

»Ich bin jetzt stärker, ich bin nicht gefährdet und ich wollte das nie … wirklich. Kurz vor dem Baum habe ich das Lenkrad herumgerissen und gebremst, da war es schon fast zu spät. Wollt ihr die ganze Geschichte hören?«, fragte ich angespannt und als sie nickten, gingen wir hinüber zur Sitzgarnitur neben dem Pool, um Platz zu nehmen.

Einen Moment holte mich die Vergangenheit ein, während ich ihnen von jener Nacht erzählte, einen Abend, nachdem ich unsere mit Drogen und Tabletten vollgestopfte, leblose Mutter gefunden hatte. Ich allein gab mir die Schuld an ihrem Tod, es war mein Versagen als schlechter Sohn gewesen. Also hatte ich mich in den Wagen gesetzt, um herumzufahren, den Kopf freizubekommen, und weil ich es in der Wohnung, in der sie gestorben war, einfach nicht aushielt.

Alleine der Gedanke daran, dort zu schlafen, machte mir eine beschissene Angst, lähmte mich vor Kummer und Selbstvorwürfen. Einige Zeit war ich planlos durch die Nacht, durch die ländliche Gegend gefahren, mit dem Ziel der WG-Wohnung in Wien vor den Augen, als der leichte Regen eingesetzt hatte und mir plötzlich in einer Kurve der Gedanke kam, ich müsste aufpassen, nicht zu schnell zu fahren, sonst könnte ich ins Rutschen geraten. Nur, dieser Gedanke machte mir in diesem Moment keine Angst, sondern klang wie eine Befreiung, die minutenlang in meinen Kopf kreiste, als eine noch schärfere Linkskurve kam. Mein Hirn setzte aus und ich ging dieses Mal nicht vom Gas, lenkte nicht das Steuer herum, sondern bretterte mit vollem Karacho von der Straße und holpernd über den Acker. Ich fühlte mich taub, auf eine gute Art. Bald würde es vorbei sein.

Frei, frei, frei ... atmen!, schrie es durch meinen Schädel. Und auf alles, worauf ich mich sonst noch konzentrierte, war ein Baum, auf den ich zusteuerte, immer schneller, immer weiter.

Doch mit einem Mal sah ich Sarah vor meinem geistigen Auge. Ihr Lächeln, wenn sie lustige Begebenheiten erzählte, ihre Sorgenfalten, wenn sie an Mum oder Großmutter gedacht hatte, ihre Lachtränen, wenn ich sie zu viel gekitzelt hatte. Ich konnte sie nicht auch noch alleine lassen. Fast vor dem Baum angekommen, wurde mir mit heftiger Übelkeit klar, dass ich nicht nur wegen ihr nicht gehen konnte – ich wollte selbst noch nicht sterben!

Ruckartig presste ich mein Bein auf die Bremse und riss das Lenkrad herum. Aber die feuchte Wiese war rutschig, die Geschwindigkeit riss mich mit, direkt auf den Baum zu. Obwohl das alles nur Sekundenbruchteile gewesen sein mussten, konnte ich den Baum mit einer irritierenden Langsamkeit auf mich zukommen sehen, wie in Slow Motion. Danach war alles anders gewesen.

Kopfschüttelnd riss ich mich von der Vergangenheit los und beendete meine Erzählung. Alle drei sahen mich an, konnten mir nun wohl bis in die Seele blicken. Ich hatte ihnen alles offengelegt und obwohl es schwierig war und sich merkwürdig anfühlte, das alles zuzugeben, war es der richtige Zeitpunkt gewesen. Ich war bereit, die Vergangenheit hinter mir zu lassen, endlich nach vorne zu blicken und genau das sagte ich ihnen.

Wieder nickten sie, ich sah jedoch die Traurigkeit über das Erzählte, genauso Hoffnung für die Zukunft in ihren Gesichtern widerspiegeln. Die gleiche Hoffnung, die ich selbst in mir trug, obwohl ich wusste, es würde nicht leicht werden und ein langer Weg lag vor mir.

»Es wird vielleicht hart werden, das alles zu verarbeiten, aber ich werde einfach einen kleinen Schritt nach dem anderen machen. Wie bei einer Treppe, oder beim Krafttraining, immer ein Stückchen weiter – langsam, jedoch konstant. Deswegen habe ich mir heute einen Termin bei einem Therapeuten geben lassen. Zur Physio möchte ich ebenfalls öfter gehen, um die Schmerzen im Bein leichter zu machen. Und jetzt, Leute, bin ich müde.«

Mein Blick zu Ava zeigte mir, sie verstand, und sie nickte mit einem aufmunternden Lächeln. Daher stand ich auf und zog sie mit mir hoch, während Johnny und Sarah ebenfalls aufsprangen, um mich in eine Umarmung zu nehmen. So standen wir einen Moment da, bevor mir Sarah über die Wange strich und Johnny mir gegen den Arm boxte. »Mann, mach so einen Scheiß noch mal und friss alles in dich hinein, ohne mit uns zu reden, und ich prügle dich windelweich.«

Ich lächelte leicht, die Stimmung hatte sich gewandelt. War nicht mehr so ernst, sondern beinahe leicht. »Pff. Glaubst du denn, du würdest bei einer Schlägerei gewinnen?«

Seine dunkelblauen Augen funkelten amüsiert, gleichzeitig gefährlich. »Klar, du bist zwar jetzt ein Mini-Bulle mit deinen ganzen hübschen, kleinen Hantelscheiben. Aber ich kämpfe schmutzig mit fiesen Tricks, das solltest du wissen.«

»Wie ich das weiß, Kumpel! Habe ich selbst einige Male am eigenen Leib gespürt.«

Plötzlich musste ich lachen, ganz tief aus dem Bauch heraus, und Johnny stimmte mit ein. Vermutlich dachten wir beide das Gleiche: an seine verrückten Blödeleien und fiesen Scherze, bei denen ich schon Haare lassen oder Peinlichkeiten hatte wegstecken müssen. Wenigstens war ich so zuverlässig und hatte es ihm immer mit gleicher Münze heimgezahlt.

19. *Kapitel*

Ed Sheeran – »Photograph«

Ava – Gegenwart

Nachdem wir den anderen gute Nacht gewünscht hatten, zog Nat mich mit fest verschränkten Fingern hinter sich her Richtung Haus, hinein in das Partygetümmel, das in der Zwischenzeit etwas ausgedünnt war, und hinüber zu meinem Zimmer, was nervöse Loopings in meinem Magen auslöste. Vor meiner Tür blieb Nat stehen, drehte sich zu mir um und hob unsere Hände, um meine Fingerknöchel hauchzart zu küssen. Die Loopings wurden dadurch nicht weniger. Aus der Nervosität wurde ein aufgeregtes Kribbeln, voller Wärme und Zuversicht.

»Willst du mit reinkommen? Also nur zum Reden und zum Schla… Schlafen?«, stotterte ich wenig eloquent.

Nach einem Blick durch den Raum, in dem noch immer Discolicht flackerte und Musik wummerte, meinte er: »Mehr als gerne, das weißt du. Ich denke aber, ich sollte dich zu deinem Zimmer bringen und anschließend in meines gehen. Das war heute viel auf einmal.«

»Wir reden nur. Eventuell werden wir uns auch berühren, küssen oder uns halten. Ich würde heute gerne in deinen Armen liegen, ich muss irgendwie einfach in deiner Nähe sein, wenn du das auch willst?«

»Das würde ich lieber als alles andere«, gab er heiser zu.

»Dann entspann dich. Mehr wird heute Abend nicht passieren. Vertrau mir.«

Daraufhin lächelte er, streckte den kleinen Finger in die Höhe und wisperte: »Versprochen?«

»Versprochen.«

Wie zwei alberne Teenies schlüpften wir durch meine Tür und sperrten sie hinter uns ab. Nicht weil wir über uns herfallen würden – obwohl ich damit ganz gut hätte leben können –, sondern wir uns zurückziehen wollten, uns fühlen, als wären wir zwei ganz alleine auf diesem Planeten, obwohl gleich im nächsten Zimmer gefeiert wurde. Was wir aber bald vergaßen, nachdem ich mich nach Nats Katzenwäsche im angrenzenden Bad abgeschminkt und für das Bett fertiggemacht hatte.

Als ich in Shirt und Slip bekleidet ins Zimmer kam, lag er bereits auf die Seite gedreht in meinem Bett und streckte die Arme nach mir aus. Sofort der Einladung folgend, war es mir egal, wie es vielleicht aussah, aber ich humpelte rasch zu ihm hinüber, schnallte die Prothese ab und rutschte zu ihm unter die weiche Decke.

Eine Weile lagen wir einfach aneinander gekuschelt da und genossen die Zweisamkeit. Schließlich wurden die Partygeräusche immer weniger und irgendwann wurden die Discolichter abgedreht, die zuvor noch unter dem Türschlitz zu sehen gewesen waren – die Feier war beendet. Nat drückte mir einen Kuss ins Haar und seufzte zufrieden.

Ich lächelte, schloss dabei selig die Augen.

»Danke, Ava. Danke für alles. Danke, dass du noch da bist, mir zugehört hast, mich nicht verurteilst und nicht weggelaufen bist. Ich wollte es dir schon länger erzählen, aber ich hatte solche Angst, ich könnte dich dadurch verlieren.«

Vorsichtig wand ich mich aus seinen Armen, um mich umzudrehen und ihm durch die leichte Beleuchtung, die von draußen durch das Fenster hereinschien, in sein Gesicht zu sehen.

»Ich bin froh, dass du es uns allen gesagt hast. Du musst keine Angst mehr haben, mich zu verlieren. Falls du das Offensichtliche noch nicht mitbekommen hast: Ich liebe dich.«

Da waren sie, die drei Worte, die immer so wichtig waren und doch nichts änderten. Die Veränderung setzte schon viel, viel früher ein. Dennoch hatten sie eine ganz eigene Macht über frisch Verliebte – sie zwangen einen sie auszusprechen und gleichzeitig gierte man danach sie zu hören, obwohl die Herzen längst wussten, dass sie wie eines schlugen.

Andächtig hauchte mir Nat einen Kuss auf die Lippen, strich mir zärtlich über die Wange und flüsterte: »Wow, das fühlt sich unglaublich an. Ich liebe dich auch.«

»Ich weiß«, erwiderte ich lächelnd.

»Ach, ist das so?«, fragte Nat mit amüsierter Stimme, aber einem ungläubigen, von den Worten sichtlich faszinierten Blick.

»Ja, ich denke, dein Herz hat mich schon längst geliebt. Spätestens seit unserem Tanz, bei dem ich übrigens atemberaubend war. Dein Kopf konnte es nur noch nicht zulassen. Zuerst musstest du deine Dinge klären, die Vergangenheit für dich aufarbeiten, um nach vorne zu sehen, deine Gefühle zuzulassen. Kommt das in etwa hin?«, gab ich mich selbstsicher – übertrieben selbstsicher –, denn eigentlich wusste ich gar nichts, plapperte daher, um ihn wieder zum Lächeln zu bringen, zum Strahlen. Was mir beinahe gelang. Ein liebevolles Lächeln nahm ich genauso gerne entgegen.

»Zwischen-den-Zeilen-Leserin. Das bist du wirklich.«

Das brachte mich zum Lächeln. »Danke. Falls es mit dem Lauftraining nichts werden sollte, kann ich das ja beruflich machen.«

»Unbedingt. Aber ich bin mir sicher, du schaffst alles, was du dir vornimmst.«

Gerührt von seinen Worten lehnte ich mich vor und hauchte ein »Danke« mit einem Kuss auf seine Lippen. Das Gleiche machte ich auf seiner Stirn, seiner linken Wange, seinem Kinn, immer mit einem leichten Kuss und einem »Danke«.

Dann rutschte ich tiefer, setzte meinen Dankeskuss nach unten fort über seinen Hals, das linke Schlüsselbein entlang und auf seine muskulöse Brust, die sich durch seine beschleunigte Atmung schneller auf und ab bewegte.

Als ich noch tiefer Richtung Boxershorts glitt, griffen seine starken Hände nach meinen Arm. Bevor ich protestieren konnte, hatte er mich auf den Rücken gedreht und thronte über mir auf. Sein Kuss versengte meine Lippen, teilte sie mit seiner Zunge und versprach ungezähmte Leidenschaft, nach der ich mich verzehrte, jetzt, da es keine Mauern mehr zwischen uns gab, nur noch unsere rohen Gefühle. Gefühle und Emotionen, die mich beinahe schwindelig machten, gleichzeitig jedoch alle meine Sinne schärften.

Vollständig in seinem Geruch und seiner Wärme versunken, nahm ich jede seiner Berührungen kristallklar wahr – jedes Streicheln über meinen Oberarm, meinen Bauch und Brust. Jede raue Fingerspitze, die zuerst nach meinem Shirt griff, um es mir über den Kopf zu ziehen, die danach über meinen Oberkörper wanderte und tiefer glitt, dorthin, wo es bereits aufgeregt pochte.

Mein Körper erblühte für Nat. Bei ihm fühlte ich mich wunderschön, ganz Frau und vollkommen ohne jeden Makel. Wir waren mehr als bereit für diesen Schritt, auch wenn ich ihm versichert hatte, wir würden an diesem Abend nicht mehr als kuscheln und reden. Doch das dunkelviolette Licht von draußen zeigte mir, dass längst der Morgen danach begonnen hatte, daher brachen wir keine Versprechen.

Freudige Anspannung machte sich in mir breit, während er sich die Shorts auszog und ein Kondom aus seiner Jeans neben dem Bett hervorzauberte. Kurz darauf bahnte er sich einen küssenden Weg zwischen meine Beine, berührte und streichelte mich mit seinem Mund, mit seiner Hand, machte mich bereit. Solche Zärtlichkeiten waren schon so lange her, ich fühlte mich beinahe überreif, konnte es kaum erwarten. Daher griff ich kurzerhand nach Nats Schultern und zog ihn zu mir hoch, wodurch sein harter Körper über mir schwebte. Er schenkte mir einen vielsagenden Blick, wackelte kurz mit den Augenbrauen, als wüsste er genau, wie sehr ich mich nach ihm – einem Uns –sehnte.

Bevor ich mich deswegen peinlich berührt fühlen oder etwas sagen konnte, drückte er seine Lippen auf meinen Mund. Nat küsste mich leidenschaftlich, nahm mir erneut den Atem und den Verstand. Dennoch konnte ich ihn dicht an mir meinen Namen stöhnen hören, in demselben Moment, als er endlich mit einem Stoß in mich glitt, mich ausfüllte und zugleich begann, sich in mir zu bewegen.

Heiße Glut loderte durch meinen Körper, ließ alle Gedanken verbrennen und mich nur noch empfinden, mich in ihm und dieser Hitze verlieren.

***

Die folgenden Tage vergingen in himmlischer Routine. Eine, an die ich mich gut und gerne gewöhnen konnte. Meist schlich sich Nat spätabends in mein Zimmer, um bei mir zu schlafen, weil er einerseits noch lange lernte und wir andererseits versuchten diskret zu sein. Zwar waren wir alt genug, ich fühlte mich trotzdem komisch, wenn seine Schwester im selben Haus schlief.

An der Uni kehrte ebenfalls Alltag ein, genauso wie am heutigen Nachmittag, während ich mit Lourdes beim Ausgang stand und auf Nathan wartete. Bevor er auftauchte, kam ausgerechnet Kimy Kinsky aus dem Haupteingang, erstarrte für einen Moment, als sie Lourdes und mich auf der Seite des Gehwegs erblickte, ging dann mit einem fiesen Lächeln die Stufen hinab, auf uns zu.

Anstatt mich wie zuvor zu verspannen, wann immer wir uns begegnet waren, hob ich trotzig mein Kinn und sah ihr herausfordernd entgegen. In ihren Augen blitzte es gefährlich, doch ich würde nicht nachgeben, damit war ein für alle Mal Schluss.

Lourdes bekam von unserem Blickkontakt-Kampf nichts mit, da sie abgelenkt auf ihrem Handy tippte. Was gut war, dies hier war mein Kampf, damit musste ich lernen umzugehen. Egal, was es war, was Kimy gegen mich aufgebracht hatte, es würde ein Ende finden.

Ihre Stöckelschuhe klapperten über die Steinplatten und es kam mir vor, das *Klack-Klack*-Geräusch würde immer schneller, ähnlich wie der Takt der Hintergrundmusik im Film ›Der Weiße Hai‹, kurz bevor er zubiss.

Meine angewiderte Gänsehaut ignorierend, spannte ich in Angriffsstellung meinen Körper an, trat mit dem gesunden Bein nach hinten, um eine gute Stabilität zu haben, und, wie erwartet, wich Kimy nicht aus, sondern rammte mit der Schulter heftig gegen meine. Da ich vorbereitet war, strauchelte nicht ich zurück, sondern Kimy wurde durch den Aufprall keuchend zurückgeworfen und fiel beinahe nach hinten zu Boden, was sie mit wild rudernden Armen zu verhindern versuchte. Das zu meiner kleinen Genugtuung ziemlich lustig aussah. Lourdes sah auf und fluchte neben mir.

»Alles in Ordnung, Kimy?«, fragte ich übertrieben fürsorglich, woraufhin sie die Augen zusammenkniff. »Bestens. Danke.«

»Huhu, ihr Hübschen. Eure superschicke Taxifahrerin ist da«, ertönte ein Singsang und Kelsey tänzelte zu uns. »Oh, wen haben wir denn hier? Eine Freundin von euch?«

»Wohl kaum«, entgegnete Kimy schnaubend und ich hatte einfach genug. Es reichte.

»Was ist verdammt noch mal dein Problem? Was habe ich dir getan, damit du mir ständig ans Bein pissen musst? Verflucht!«

Während Kelsey kicherte und begeistert meinte: »Ava, wow, seit wann fluchst du denn wie ein kleiner Rohrspatz? Endlich fruchtet meine unnachgiebige Erziehung«, strich sich Lourdes die blau gefärbten Haare zurück und zischte: »Sie ist eifersüchtig. Wegen mir. Sie denkt wahrscheinlich, wir sind zusammen.«

Bestimmt trat Lourdes einen Schritt zwischen mich und Kelsey, bedachte Kimy dabei mit einem bösen Blick. »Ich habe es dir schon einmal gesagt: Es tut mir leid, aber ich will nichts von dir. Du musst Ava nicht mehr auf den Nerv gehen, denn ich habe nichts mit ihr, sondern mit ihrer Cousine. Kelsey ist meine Partnerin.«

Mit diesen Worten griff sie nach Kelseys brauner Lederjacke mit Nieten an den Schultern, riss sie an sich und küsste sie so leidenschaftlich, als wären sie alleine in einem dunklen Kämmerchen. Eine klare Demonstration, die Kelsey nicht zu stören schien, da sie näher heranrückte, die Finger in Lourdes blauem Haar vergrub und sie gegen die nächste Wand drückte.

Klasse, nun standen Kimy und ich da und schauten den beiden bei einer ziemlichen hitzigen Knutscherei zu.

»Was machst du da?«, fragte eine tiefe Stimme und ich fuhr erschrocken zurück. Nat war neben mich getreten und gab mir einen Kuss auf die Schläfe.

Ich zuckte mit den Schultern. »Einen Softporno schauen?«

»Du meinst, sie machen einen Softporno und du siehst ihn dir an.«

Ich konnte hören, wie er sich aufgrund der Szenerie ein Lachen zurückhalten musste.

»Nein. Ich und Kimy gucken ihn«, erklärte ich und drehte mich zu ihr um, doch ich war alleine, sie musste längst verschwunden sein – hoffentlich ein für alle Mal.

***

Um unseren kleinen Sieg zu feiern, wie Kelsey grinsend mit geschwollenen Lippen gemeint hatte, waren wir in ein kleines Café mit dem leckersten Eis der Stadt gefahren. Eines musste man ihr zugutehalten: Sie fand wirklich für alles einen Grund, um zu feiern, wie jetzt unseren überragenden Sieg gegen eine gemeingefährliche Zicke. Ihre Worte, nicht meine.

Diesen Sieg begingen wir mit einer unglaublichen Kalorienbombe, auch Eisbecher mit Triple Chocolate und Karamell genannt, im Eissalon ›The Original Ghirardelli Chocolate Manufacture‹ am North Point. Da es warm war, saßen wir draußen an den runden Holztischen mit passenden Stühlen und azurblauen Sonnenschirmen.

Hier erzählte uns Lourdes, dass sie und Kimy auf einer Party am Anfang ihrer Studienzeit etwas miteinander gehabt hatten, Lourdes aber noch in der Ausprobier-Phase gewesen war und nichts Ernsthaftes gewollt hatte. Für Lourdes war es ein Flirt gewesen, doch Kimy hatte sich mehr erhofft und daraus war leider diese Hass-Liebe von Kimy entstanden. Als ich schließlich eingezogen war, musste Kimy angenommen haben, ich wäre Lourdes' Freundin, und hatte mich deshalb erst wieder in Frieden gelassen, als Nat behauptet hatte, er wäre mein Freund – lange bevor es überhaupt gestimmt hatte. Heute hatte sie mich erneut mit Lourdes gesehen, was ausgereicht hatte, um sie zum Austicken zu bringen.

Erneut entschuldigte sich Lourdes, strich sich dabei eine Strähne hinters Ohr, die in der warmen Brise vor ihrem Gesicht tanzte. »Es tut mir leid, dass sie dich so lange traktiert hat. Warum hast du mir nichts gesagt? Dann hätte ich mich vorher eingemischt.«

»Konnte ja keiner ahnen, dass Kimy auf dich steht und mich deshalb hasst, während sie auf der Uni jede Woche einen anderen Typen abschlabbert.

Außerdem bin ich ganz froh darüber, wie es gekommen ist und ich nicht länger davongelaufen bin, sondern selbst versucht habe, etwas gegen sie zu unternehmen. Mit deiner Hilfe natürlich«, meinte ich augenzwinkernd, was Lourdes mit einem Lächeln nickend erwiderte.

Einige Zeit blödelten wir herum, ließen unangenehme Themen außen vor, genossen das Eis und das angenehme Wetter. Es war ein gelöster Ausklang des Nachmittags, nicht nur für mich, weil ich Kimy endlich die Stirn geboten hatte, sondern Lourdes und Kelsey gaben sich in der Öffentlichkeit ebenfalls viel gelöster, als ich sie je gemeinsam gesehen hatte.

Sicher, auf Partys oder hin und wieder zu Hause knutschten sie herum, dann stritten sie wieder und in der Öffentlichkeit hatten sie sich bisher nie als richtiges Paar gezeigt. Daher vermutete ich, es war ein großer Schritt für Lourdes gewesen, es heute so laut zu verkünden, besonders der Teil mit *Partnerin.* Was um einiges langfristiger gedacht und ernster klang als *Freundin.* Das wusste vermutlich auch Kelsey, die ihr Grinsen gar nicht mehr vom Gesicht bekam – es saß dort wie festgetackert. Ein wenig erinnerte sie damit an Heath Ledger als fieser Joker im Batmanfilm.

Nachdem wir die süße Sünde verspeist und bezahlt hatten, schlenderten wir über den kleinen Platz aus rotem Backstein, der zum Café gehörte und an dessen Seite kleine Steinbänke standen. Zwar war es ein hübscher Platz, nur zum Gehen war er für mich etwas beschwerlich, wie ich schon vorhin festgestellt hatte.

Ich war wohl nicht die Einzige, denn plötzlich hörten wir einen erschrockenen Ruf und als wir uns umdrehten, konnten wir einen älteren Mann sehen, der einige Meter von uns entfernt auf dem Boden lag. Nat drückte meine Hand, sah sich kurz zu mir um und nachdem ich nickte, lief er zu dem Mann hinüber, um den bereits einige Leute stehengeblieben waren und sich sogar ein netter Kreis gebildet hatte, um allen Schaulustigen eine gute Sicht zu geben. *Grauenhaft.*

Dennoch eilten Kelsey, Lourdes und ich ebenfalls hinüber – ich bildete die langsamere Nachhut – und schoben uns zwischen den Leuten hindurch. Dort angekommen, sah ich Blut hinter dem Kopf des Mannes zwischen die Rillen der Pflastersteine sickern. Eine kleine Pfütze hatte sich bereits gebildet und ich musste meinen Würgereiz hinunter schlucken.

Nat hingegen kniete beinahe unbefangen neben dem Mann, sah sich die Wunde an seinem Kopf an, sprach gleichzeitig mit einer aufgebrachten, älteren Frau, die anscheinend die Ehefrau des gestürzten Mannes war.

Sie redete irgendein wirres Zeug, zu schnell und zusammenhangslos, als dass es richtig Sinn machte, dennoch war *Stechen in der Brust* und *möglicher Herzinfarkt* deutlich herauszuhören.

Neben mir bemerkte ich, wie Kelsey bereits im Handy die Notrufnummer eingab und sich Lourdes neben Nat kniete. Sein Gesicht war nun etwas blasser, nachdem uns allen klargeworden war, wie ernst die Sache tatsächlich war, und ich selbst konnte deutlicher die Übelkeit spüren. Dann holte Nat jedoch tief Luft, war plötzlich wieder ganz ruhig und fokussierte sich vollkommen auf den Mann vor sich. Er riss sich den Pullover vom Leib, legte ihn zusammen und unter den Kopf des Verletzten, um die Blutung zu stoppen. Dann kontrollierte er zuerst die Atmung, überprüfte, ob sich die Brust hob und senkte, was sie nicht tat.

Anstatt auszuticken blieb er weiterhin ruhig, legte die verschränkten Finger auf die Brust des Mannes und lehnte sich darauf. Da ich wusste, wie schlecht Nat mit dem Takt war, schob ich mich näher und zählte mit ihm. Immer dreißigmal pumpen und zweimal beatmen.

Bei der zweiten Druckrunde stieß Nat, von einem Einfall gepackt, noch immer genau auf den Rhythmus konzentriert aus: »Summt mal jemand ›Staying Alive‹!«

Da erinnerte ich mich ebenfalls, einmal gehört zu haben, dass dieser Song von den Bee Gees genau den richtigen Takt für eine Herzdruckmassage hatte. Um ihm zu helfen, den richtigen Rhythmus beizubehalten, stimmte ich leise den Song an, in den Lourdes bald mit viel kräftigerer, wunderschöner Stimme mit einstieg. Ihre Stimme im Takt hallte laut über den Platz hinweg und bereitete mir, und vermutlich einigen anderen, eine Gänsehaut, während Nat pumpte, pumpte, pumpte.

Ich wusste nicht, wie lange es dauerte, bis endlich die Rettungskräfte eintrafen und Nat dankend ablösten. Doch er war bereits schweißgebadet und sichtlich müde, obwohl ein ganz neuer, aufgeregter Glanz in seinen Augen flackerte.

Nat – Gegenwart

Immer wieder spielte sich die Szene der letzten Stunden vor meinem geistigen Auge ab. Das Blut, das vom Hinterkopf des Mannes auf den Pflasterstein getropft war. Die Angst der Ehefrau, die besorgten Rufe der Leute, die herumgestanden und geglotzt hatten wie Besucher in einem Zoo.

Oder am Anfang das Gefühl der Panik, das sich bald in Triumph und irgendwie in Stolz verwandelt hatte, nachdem ich jemand anderem selbständig hatte helfen können. Rhythmisch hatte ich mit meinen Händen auf den warmen Brustkorb gedrückt, nach mehreren Bewegungen Mund-zu-Mund-Beatmung gegeben. In diesem Moment war ich wertvoll gewesen, hatte jemandem nicht nur geholfen, sondern demjenigen tatsächlich das Leben gerettet. *Unglaublich.*

Dieses Glück und die Zufriedenheit, die ich dabei empfunden hatte, als der Mann wieder geatmet, mich angesehen hatte und die Rettungssanitäter eingetroffen waren, konnte ich noch immer nicht in Worte fassen. Würde ich vielleicht nie. Obwohl die Erinnerung an diese Gefühle, die noch immer in mir nachhallten, nie wieder verschwinden würde.

Gerade als ich mit den Händen über meinen Nacken strich, mir dann über die Augen und den Mund rieb, um dieses unpassende, dennoch glückselige Lächeln von meinem Gesicht zu wischen, klopfte es an der Tür. Eigentlich hatte ich Ava erwartet. Stattdessen lugte Sarahs wilde Mähne zuerst durch den Türspalt, der sie gleich darauf folgte und die Tür hinter sich schloss.

»Hey, da bist du ja. Kann ich reinkommen?«

»Bist du doch bereits. Und du weißt, du musst das nicht fragen. Nie«, antwortete ich und klopfte auf den Platz neben mir.

Leichtfüßig huschte Sarah durch den Raum, ließ sich dann unelegant neben mir auf das Bett plumpsen, vollkommen entspannt, durch eine Vertrautheit, die nur zwischen engsten Freunden oder Familienangehörigen möglich war.

»Wie war dein Tag so?«, fragte sie wenig subtil mit unschuldigen Augen, obwohl ich die Sorge darin lesen konnte. Ständig machte sie sich Sorgen um mich, aber ich glaubte, es war nun endlich ein Punkt erreicht, an dem diese unbegründet war.

»Kelsey?«, gab ich fragend zurück, da ich wusste, sie hatte Johnny und Sarah sicherlich alles bis ins kleinste Detail geschildert.

»Ja, wir wissen jetzt über so ziemlich jede Sekunde des Vorfalls Bescheid und auch, wie sich Kelsey in jeder einzelnen davon gefühlt hat. Gleich als Johnny und ich durch die Tür rein sind, hat sie uns haarklein alles berichtet. Du bist jetzt ihr unumstrittener Held, das ist dir hoffentlich klar.«

Verlegen kratzte ich mich im Nacken, obwohl es ein gutes Gefühl war, der Grund für etwas Positives zu sein. »Danke. Obwohl ich nicht weiß, ob ich mit der Rolle als Kelseys Held umgehen kann. Dafür brauche ich dann wohl täglich einen Liter Red Bull, um mit ihr mitzuhalten.«

»Mindestens«, lachte Sarah, bevor sie wieder ernst wurde. »Geht es dir gut? Wie war es für dich?«

»Ganz in Ordnung.« Ich sah zur Tür, erwartete eigentlich, Johnny würde ebenfalls jeden Moment hereinstürmen, um sich zu vergewissern, ob ich okay war.

Wieder erahnte Sarah meine Gedanken. »Kelsey hat ihn in Beschlag genommen. Meinte, sie braucht jetzt ihre Freunde, eine Ladung Eis mit Karamell-Popcorn und einen seichten Liebesfilm, um den Horror des Tages zu bewältigen. Jetzt sitzen sie bei ihr und keiner darf sich auch nur einen Schritt davonbewegen, sonst droht sie mit einem Nervenzusammenbruch.«

»Dabei waren wir gerade erst in einem Eissalon, um massenweise davon zu futtern«, warf ich grinsend ein und Sarah stimmte mit ein. »Sie ist eben manchmal ein Fass ohne Boden.«

Wir tauschten einen Blick, schmunzelten über unsere gemeinsame Freundin, wenngleich ich wusste, sie liebte Kelsey in ihrem Leben genau für diese Dramatik.

»Sieht ihr gar nicht ähnlich, ihre Freunde so in Beschlag zu nehmen«, tat ich überrascht. »Dachte mir aber, Ava wäre bei ihr.«

»Ist sie auch, aber du kennst ja Kelsey. Sie hat gleich alle drei zu so einem Film genötigt. Einer links, zwei rechts von ihr und sie schön kuschelig in der Mitte.«

Wieder sahen wir uns grinsend an, so wie früher, während wir noch klein gewesen waren und uns über die gleichen Dinge kaputtlachen konnten, die sonst niemand verstanden hatte. Wir waren als Kinder oft in unserer kleinen, eigenen Welt gewesen, um dem Schrecken in der Realität zu entfliehen. Obgleich wir es vom Kopf nicht verstanden hatten, unser Gefühl hatte gewusst, dass etwas nicht stimmte, etwas nicht so war, wie es eigentlich hätte sein sollen.

Anscheinend stellte Sarah gerade die gleichen Überlegungen an, denn sie runzelte die Stirn. »Kelsey hat was von Blut erzählt?« Sie schüttelte sich, ihr Gesicht verlor an Farbe.

Vorsichtig nickte ich. »Ja, aber war nicht so schlimm.«

Das hatte sie nicht überzeugt, denn die Falte zwischen ihren Augen wurde bloß tiefer.

»Ehrlich, mir hat es nichts ausgemacht. Sarah, kannst du dich an damals erinnern ... an die Sache mit Mum und der Tür?«

Sofort wurde ihr Gesicht noch bleicher, als ich diese Erinnerung ausgrub, die uns beide vermutlich nie ganz kalt lassen würde. Tröstend griff ich nach ihren Fingern und drückte sie und sie drückte zurück. Wie damals, wie heute, wie immer.

»Mir macht Blut nicht so viel aus wie anderen, weißt du. Damals war das für mich ebenfalls nicht so schlimm. Also das Blut. Das wirklich Schlimme war das taube Gefühl. Mir wurde aber nie schlecht, während du fast alles vollgereihert hättest.«

»Was ja eine absolut rationale Reaktion auf das ganze Blut war, nachdem du durch die Glastür gelaufen und über und über mit Blut besudelt warst«, verteidigte sich Sarah und setzte mit etwas eisiger Stimme hinzu: »Und dann Mum mit ihrer psychischen Episode ... ich werde nie vergessen, wie sie mit deinem Blut Männchen an die Wand gemalt hat. Auch wenn ich noch so klein war.«

Ihre Stimme zitterte, doch darauf wollte ich gar nicht hinaus. Nicht auf die schlechte Erinnerung, sondern ich wollte etwas ganz Anderes damit sagen. Langsam fasste ich Fuß in meinem Leben, konnte mir im Spiegel wieder in die Augen sehen. Heute hatte ich mich richtig, richtig gut gefühlt, ich hatte jemanden gerettet. Und Ava, Ava war genauso ein Stützpfeiler, an den ich mich immer mehr anlehnen konnte.

Was ich fühlte war, wieder eine Zukunft zu sehen – eine, auf die ich mich freute. Das versuchte ich Sarah zu erklären und fügte am Ende hinzu: »Ich glaube, das wäre etwas für mich. Damit könnte ich arbeiten, eine Ausbildung machen.«

Sarah schien verwirrt. »Was? Mit … Blut?«

Neben ihrer bleichen Gesichtsfarbe wurde sie jetzt sogar etwas grün um die Nase und ich prustete los: »Nein, du Nuss!«

Einen Moment musste ich aufgrund ihrer verwirrten Miene und ihrer Frage noch lauter lachen – ich konnte einfach nicht anders, bis ich mich einkriegte und japsend erklärte: »Nein. Ich meine, ich könnte mich als Rettungssanitäter ausbilden lassen und Menschen helfen. Mein derzeitiges Studienfach habe ich nur begonnen, um später genug Geld zu verdienen, damit ich für Mum oder Großmutter sorgen kann. Jetzt habe ich die Möglichkeit mich umzuentscheiden, etwas zu machen, was mir wichtig ist. Und das würde mir gefallen, es gäbe mir einen Sinn im Leben.«

Sarah drückte erneut meine Hand und lächelte voller Stolz. »Weißt du, das klingt wirklich gut. Darin könnte ich mir dich gut vorstellen. Außerdem ist es viel besser, als mit Blut herumzuspielen.«

20. *Kapitel*

Gavin DeGraw – »Follow Through«

Nat – Gegenwart

Verschlafen drehte ich mich herum, landete auf dem Bauch und schmerzhaft auf meinem Ständer. *Autsch.* Schnell richtete ich ihn unter den Boxershorts und öffnete blinzelnd ein Auge, während mir der blumige Duft mit einem Hauch Lavendel in die Nase stieg. Seufzend vergrub ich mein Gesicht tiefer in den weichen Kissen, fühlte mich wohl, hier in Avas Bett aufzuwachen, obwohl es noch gewöhnungsbedürftig war.

Gestern Nacht hatte ich mich wie die letzten Tage nach dem Vorfall mit der Herzattacke heruntergeschlichen. Trotzdem glaubte ich, wir machten uns nur etwas vor und alle wussten längst Bescheid. Da heute Morgen das ganze Haus leer gewesen war, hatten wir uns nach dem Frühstück wieder in ihr Zimmer verkrümelt und danach musste ich eingeschlafen sein.

Einen Moment schloss ich noch einmal die Augen. Nicht um weiterzuschlafen, sondern um den erregenden Tagträumen, beziehungsweise den Erinnerungen an gestern Nacht und heute Vormittag, nachzuhängen. Wie sich Ava angefühlt hatte, tief in ihr vergraben; wie sie geschmeckt hatte, während wir uns atemlos geküsst hatten. Ich war noch nie nach etwas süchtig gewesen, hatte diesen Zwang bisher nicht verstanden, wie man von einer Sache so eingenommen sein konnte, dass es einem nicht möglich war, an etwas Anderes zu denken. Aber verdammt, nun erging es mir genauso – ich war vollkommen, ganz und gar süchtig nach Ava, doch es machte mir keine Angst mehr. Und mein bestes Stück war genau derselben Meinung, pochte immer stärker und verlangte nach ihr. Mit geschlossenen Augen griff ich auf die linke Betthälfte, da Ava immer auf dieser Seite schlief, damit sie ungehindert aufstehen konnte. Was sie wohl schon getan hatte, wie ich eben feststellte. Ihre Seite war bereits kalt, was bedeutete, sie war schon vor längerer Zeit aus dem Bett geschlüpft. *Schade.*

Mühsam stemmte ich mich hoch und setzte mich auf den Bettrand, den Blick auf das Zelt meiner Boxershorts gerichtet: »Tja, Pech gehabt, Kumpel. Wir werden uns gedulden müssen.«

Ich stand auf, stieg über ein paar Handbücher und Broschüren von Schulen über Sanitäterausbildung hinweg, die neben dem Bett aufgestapelt lagen, zog mir ein Shirt und eine lange Trainingshose über, um aus Avas Zimmer zu schleichen, das mit der Zeit immer mehr Spuren von mir aufwies. Was mir mehr als ein wenig gefiel.

Grinsend öffnete ich langsam die Tür, schlüpfte auf Zehenspitzen hinaus, nur um von Kelseys trällernder Stimme begrüßt zu werden, die gerade am offenen Kühlschrank stand. »Ah, da ist er ja. Hallo Vinny! Oder soll ich dich Dornröschen nennen? Was ist dir denn lieber an so einem sonnigen Nachmittag, an dem man den Sex noch an dir riechen kann?«

Breites Grinsen folgte und ich seufzte tief. Nun war es auch schon egal und ich stapfte zu ihr hinüber, im selben Moment, in dem mein Magen vor Hunger rumorte.

»Dir auch einen schönen Tag, obwohl ich bestimmt nicht nach Sex rieche. Du kannst mich gerne Nat oder Nathan nennen, das ist nämlich mein Name, weißt du?«

Hungrig wie ein Bär holte ich mir Käse, Schinken – viel Schinken – und Tomaten aus dem Kühlschrank, belegte mir zwei dicke Sandwiches und setzte mich zu Kelsey, die genüsslich einen Himbeerjoghurt löffelte, an den Esstisch. Während ich schweigend das Essen in mich hineinstopfte, musterte mich Kelsey über den Tisch hinweg, mit diesem ganz besonderen Funkeln in den Augen, das nie etwas Gutes bedeutete. Daher schlang ich schnell den letzten Rest hinunter und fragte, um sie abzulenken: »Wo sind denn die anderen alle hin?«

»Wir wissen beide, dass du mit alle eigentlich Ava meinst«, entgegnete sie feixend, stellte den Joghurtbecher zur Seite und begann ihre blonden Haare seitlich zu einem dicken Zopf zu flechten. »Jedenfalls wollte sie dich schlafen lassen. Sie ist mit Lourdes zur alten Wohnung gefahren, um ein paar Dinge aus dem Räucherofen zu holen. Sie kommen anschließend direkt zum Spiel. Johnny und Sarah sind spazieren und kommen zu Fuß zur Uni, was bedeutet, du darfst mit mir ganz alleine dorthin düsen.«

Ach ja, das College Football Match. Das hatte ich fast vergessen. Wir wollten heute etwas ganz Normales, typisch Amerikanisches machen, bevor Johnny und Sarah wieder für ein paar Wochen unterwegs auf Tour sein würden. Ich schaute hoch auf die silberne Wanduhr in der Küche und spülte den Teller ab.

»Mist, hätte ich fast vergessen. Wann müssen wir los? Ich muss mich schnell frisch machen und umziehen. Hättest du mich überhaupt geweckt, wenn ich nicht aufgestanden wäre?«

Sie grinste wieder und kam zu mir rüber geschlendert, um den Becher in den Müll zu werfen.

»Wir sollten in circa einer halben Stunde los. Und klar doch. Ich wollte nach dem Snack hier in das Zimmer stürmen und auf der Matratze rumhüpfen, um dich zu wecken. Aber dann hast du mir den ganzen Spaß verdorben.« Schmollend schob sie die Unterlippe vor, sah jedoch überhaupt nicht ernst aus.

»Tja, damit werde ich wohl leben müssen.« Ich zwinkerte ihr zu, wollte eigentlich nach oben gehen. Doch Kelsey trat nicht zur Seite, sondern blieb zwischen der Küchenzeile und Insel stehen und versperrte mir dadurch den Weg. Ihr Grinsen war verschwunden, ihr Gesicht hatte einen ernsten, gleichzeitig friedvollen Ausdruck angenommen.

»Du siehst glücklich aus. Bist du es auch?«

»Ja, das bin ich.«

»Das ist schön. Ava ist auch glücklich, das kann ich sehen. Ich weiß, ihr habt euch nicht gegenseitig geheilt oder so etwas, ihr musstet vieles selbst für euch verarbeiten. Aber es ist schön, dass ihr euch gefunden habt.«

Nun war ich komplett platt, besonders als sie langsam nach vorne trat und einen Moment meine Hand hielt. »Danke, dass du für Ava da bist. Ihr seid ein tolles Paar.«

»Du musst mir nicht danken. Ich liebe sie. Ich würde alles für sie tun.«

»Oh Gott, ihr seid so süß! Süßer noch als kleine Hundewelpen«, quietschte sie etwas erstickt, ließ meine Hand los, fächelte sich damit Luft ins Gesicht und blinzelte mehrmals. »Okay, lassen wir das nun besser, Vinny. Bevor ich noch zu heulen anfange, denn dann ist mein Make-up im Arsch und wir kommen garantiert zu spät zum Spiel. Also hopp, hopp, hoch mit deinem aufgepumpten Body und mach dich fertig.«

Da war sie wieder, die quietschfidele Kelsey mit ihrer direkten Art. Ich lächelte ihr zu, drückte ihr einen Kuss auf die Stirn und sprintete zur Stiege, um hinauf in mein eigenes Zimmer zu kommen. Auf der Hälfte der Treppe rief sie mir hinterher: »Und habe ich es nicht gleich gesagt, ihr passt gut zusammen?«

»Hast du nicht! Du hast gemeint, ich solle auf sie aufpassen und auf sie achtgeben«, brüllte ich gut gelaunt zurück, was sie ebenfalls amüsiert und lautstark beantwortete: »Ja, das auch. Und ich habe genauso gesagt, du sollst mit ihr in die Kiste springen und einfach mal tollen Sex haben. Ich sag's doch, ich bin ein Guru, eine waschechte Hellseherin, ich wusste von Anfang an, dass Ava und dir der Sex guttun würde, um euch etwas locker zu machen. Ich sollte für meine Ratschläge eigentlich ganz viel Geld verlangen und –«

Plötzlich erstarb ihr Geschrei und ich sah mich verdutzt um, noch immer auf der Treppe stehend. Kelseys Gesicht wirkte blass um die Nase, ihr Blick nicht auf mich gerichtet. Irritiert sah ich in die gleiche Richtung, konnte aber nur noch eine schwarze Gestalt von hinten sehen, die überraschend schnell aus dem Haus stürmte. *Scheiße!*

»Ava, warte!«, brüllte ich und polterte die Stufen hinunter. Dabei ignorierte ich den stechenden Schmerz in meinem Bein und hastete weiter zur Haustür, um sie aufzureißen. Doch ich war zu langsam und das Auto, in das Ava gesprungen war, raste davon, wie in einem verfluchten Klischee der Sonne entgegen.

Aus der Puste, aber vor allem einfach nur kraftlos wegen dem, was gerade passiert war, ließ ich mich ächzend auf den Steinstufen zum Hauseingang nieder, rieb über mein Bein und anschließend über meinen Nacken, während ein tiefer Seufzer in mir emporstieg. Kopfschüttelnd ging ich das im Spaß gesprochene Gespräch mit Kelsey durch und überlegte, wie man das aufnehmen könnte, wenn man es zusammenhangslos mithörte. Natürlich musste man miteinrechnen, zu welchem Zeitpunkt jemand gelauscht hatte.

Klar, es war blöd gewesen und unnötig, aber man würde doch hören können, dass es nicht ernst gemeint gewesen war. Oder? Zumindest versuchte ich mir das schönzureden. Avas rascher Abgang sprach aber eine komplett andere Sprache. Hastig fischte ich mein Handy aus der Hosentasche und wählte Avas Nummer. Besetzt. Ich wählte erneut. Wieder kam ich nicht durch. *Verfluchter Mist!*

Ich stieß mehrere laute Flüche aus, bis mir jemand leicht auf den Hinterkopf schlug. »Na, jetzt beruhig dich mal wieder, sonst glauben die Nachbarn noch, ich beherberge Irre in meinem Haus.«

»Danke auch«, brummte ich und versuchte erneut Ava anzurufen. Dieses Mal hatte ich Glück und ich hörte es rascheln.

»Ava!«

Doch statt ihrer Stimme blaffte mich Lourdes an: »Was ist daran so schwer zu kapieren, wenn immer wieder aufgelegt wird? Sie will nicht mit dir telefonieren.«

»Gib sie mir bitte, Lourdes. Es ist wichtig«, bat ich im flehendsten Tonfall, obwohl ich wusste, damit bei ihr nicht weit zu kommen.

»Tz, ist mir egal, ob du es für wichtig hältst. Du und Kelsey habt echt Nerven«, schnaubte sie abfällig und neben mir verspannte sich die zweite Angesprochene, die mithörte, jedoch schwieg. Stattdessen entschuldigte ich mich, doch das schien Lourdes genauso wenig zu erweichen, vielmehr bewirkte es das Gegenteil. »Lass dieses Gesülze. Du bist schon wie Kelsey. Könnt ihr nicht vorher denken, bevor ihr Scheiße macht? Wir sind stinksauer und ihr könnt uns den Buckel runterrutschen und –«

Plötzlich brach Lourdes ab, stieß ein »Aua! Was hab ich denn gesagt?«, aus, worauf ein Gerangel und leises Zischen mit »Ava, hör auf nach mir zu schlagen!«, im Hintergrund zu hören war.

Okay, alles ganz normal. Hoffte ich zumindest.

Angestrengt presste ich das Handy an mein Ohr und lauschte, konnte den Streit von den beiden aber nicht mitverfolgen, da Lourdes wohl die Hand darauf gelegt hat. Schließlich sprach sie wieder mit mir, wobei zuerst ein genervtes Seufzen zu hören war. »Ich soll mich entschuldigen, und ich soll dir ausrichten, dass sie momentan sauer auf dich ist und nicht mit dir reden möchte, aber sich schon wieder beruhigt. Sie braucht nur ein paar Stunden, um sich abzureagieren. Zufrieden?«

Da ich nicht wusste, ob sie diese Fragen an mich oder Ava stellte, antworte ich schnell mit »Ja, danke, und sag ihr, wie leid es mir tut, es war bloß Spaß und dass ich sie –«, doch weiter kam ich nicht, denn Lourdes hatte längst aufgelegt und ich hörte nur noch den unverkennbaren Piepton.

»Siehst du, gar nicht so schlimm!«, verkündete Kelsey neben mir und stieß mich spielerisch mit der Schulter an.

Ungläubig drehte ich den Kopf zu ihr herum. »Nicht so schlimm? Ava ist stinksauer. Lourdes übrigens auch, falls du es nicht mitbekommen hast.«

Bei der Erwähnung ihrer Freundin verblasste ihr Lächeln etwas, aber nicht ganz, so als ob der Gedanke an Lourdes sie immer lächeln ließ, egal in welcher Situation sie steckte.

»Sie kriegen sich schon wieder ein. Sie wissen, wir haben nur Spaß gemacht«, versuchte Kelsey mich zu beruhigen.

»Vielleicht. Kann sein. Trotzdem war es idiotisch, und das weißt du.«

»Jetzt jammere nicht so rum, Vinny. Es wird sich alles von alleine regeln. Außerdem habt ihr jetzt endlich euren ersten Streit, dafür musst du dankbar sein.«

»Inwiefern?«, fragte ich, obwohl ich es wahrscheinlich bereuen würde.

»Sieh mal, ihr seid ganz frisch zusammen, schwebt quasi noch auf dieser kitschigen, rosa Wolke Sieben herum. Alles ist schön und perfekt und man findet keinen einzigen Makel, den man am anderen nicht mag oder kritisieren würde. Aber erst nach einem Streit ändert sich das«, erklärte sie hochtrabend und schien sehr von ihren Worten überzeugt zu sein.

»Worauf möchtest du hinaus?«

Kelsey legte die Hände zusammen, verschränkte die Finger ineinander, legte ihr Kinn darauf und starrte nachdenklich geradeaus. »Ganz einfach: Ich habe einmal gehört, eine Liebe muss nicht perfekt sein, sondern echt. Genauso ist es mit einer Beziehung. Man muss sich zuerst einmal streiten, richtig fetzen und die andere Seite des Partners sehen. Erst dann habt ihr eine *echte* Beziehung.«

Trotz allem musste ich kurz auflachen, obwohl es irgendwie wahr klang, doch so ernste Worte von Kelsey kamen etwas überraschend. »Ich sage es ja nicht gern, aber irgendwie klingt das verwirrend richtig. Wie immer frage ich mich, ob du nicht Psychologie studiert hast, Kelsey.«

»Ach Hübscher, das passiert einfach. Das nennt man die Schule des Lebens«, meinte sie etwas wehmütig, gleich darauf zwinkerte sie mir vielsagend zu. »Außerdem darfst du dich auf unglaublichen, heißen Versöhnungssex freuen, mein Lieber. Das ist das Beste an der ganzen Sache!«

Ich verdrehte die Augen und schnaubte. Sicher kein Thema, das ich mit Kelsey besprechen würde.

»Trotzdem, ich möchte nicht, dass Ava irgendwas Falsches denkt oder es einen Keil zwischen uns treibt, weil sie etwas glaubt, das nicht stimmt. Ich will auch nicht warten, bis sie sich wieder beruhigt hat, selbst wenn es nur ein paar Stunden sind.« Kopfschüttelnd fuhr ich mir über den Nacken und strich mir fahrig über das Gesicht, überlegte, wie ich das anstellen konnte.

»Tja dann, Vinny, musst du dir eine grandiose Entschuldigung einfallen lassen«, entgegnete Kelsey und rieb sich die Hände, als würde das helfen Ideen zu erwecken.

Ich schüttelte verstimmt den Kopf. »Denke schon Minuten darüber nach, aber alles wirkt zu abgedroschen oder zu langweilig.«

»Stimmt, was Langweiliges können wir nicht gebrauchen, sondern etwas Spektakuläres, Dramatisches, das sie vom Hocker fallen lässt. Fällt dir etwas ein, was ihr gefallen könnte?«

»Warum nur wundert mich das nicht?«, murmelte ich leise, schloss die Augen, während ich angestrengt nachdachte, unsere Gespräche und alles, was wir bisher erlebt hatten, Revue passieren ließ. Es musste doch etwas geben, mit dem ich sie so sehr überraschen konnte, damit sie hin und weg wäre, und dabei vergaß, auf mich sauer zu sein. Aber nicht nur das. Es sollte genauso etwas sein, das ihr zeigte, wie viel sie mir bedeutete. Streit hin oder her, es war längst an der Zeit, etwas für sie zu machen, etwas richtig umwerfend Spektakuläres, wie Kelsey gesagt hatte.

Ich grübelte weiter, die Minuten vergingen und ich konnte förmlich Kelseys ungeduldigen Blick auf mir spüren. Und plötzlich machte es Klick in meinem Kopf.

»Oh nein, scheiße. Ich hab's!«

»Das ist doch klasse!« Kelsey klatschte dabei erfreut in die Hände, ließ sie dann abrupt fallen und starrte mich mit zusammengekniffenen Augen an. »Warum scheiße?«

»Weil es äußerst unangenehm und peinlich wird. Aber ich bin mir ziemlich sicher, dass es ihr gefallen wird.«

»Peinlich für dich oder für sie?«, hakte Kelsey nach.

»Etwas peinlich für sie, aber vor allem sehr, sehr peinlich für mich. Etwas Schlimmeres habe ich noch nie getan und werde ich hoffentlich nie wieder tun müssen.«

Kelseys Strahlen kam beinahe der Sonne gleich, während sie mich breit angrinste. »Dann, mein Lieber, ist es perfekt.«

Mit neuer Energie sprang ich auf, um nach oben zu stürmen, rief dabei Kelsey über die Schulter zu: »Also gut, ich muss schnell rauf, mich umziehen und Bestechungsgeld holen. In fünf Minuten können wir los.«

»Alles klar, Al Capone. Ich starte schon mal den Fluchtwagen.«

21. Kapitel

Taylor Swift – »Shake It Off«

Ava – Gegenwart

Es könnte sein, dass ich womöglich etwas übertrieben reagiert hatte. Nun gut, ich hatte definitiv überreagiert, wie eine Verrückte aus dem Haus zu stürmen und in den Wagen zu springen, als hätte ich eine Bank überfallen, um dann Lourdes anzubrüllen: »Fahr los! Schnell, schnell, los. Und halt ja nicht an!«

Doch ich war so verdammt wütend geworden, nachdem ich das Gespräch von Nat und Kelsey mitangehört hatte. Genauso später, während Lourdes mit Nat telefoniert hatte. Bevor Lourdes rangegangen war, wäre ich fast soweit gewesen, das verdammte, ständig klingende Ding aus dem Autofenster zu werfen, aber meine Freundin hatte mich von diesem Einfall abgebracht und stattdessen abgehoben. *So sieht also irrationales Verhalten aus – interessant.*

Sicher, ich war noch immer über beide Ohren verliebt in Nat und ich kannte ihn so gut, dass ich wusste, er hätte nie wegen Kelseys blödem Gerede mit mir geschlafen. Das war mir daher beinahe egal, was mir aber nicht egal war, war die Sache, die Kelsey zuvor gesagt hatte, und zwar, ihn gebeten zu haben, auf mich aufzupassen.

Bisher war mir nicht bewusst gewesen, wie schön und wichtig ich es bei unserem ersten Kennenlernen gefunden hatte, wie er – ein Wildfremder – mir geholfen hatte. Zuerst gegen Kimy und später auf der Uni, einfach dadurch, weil er da gewesen war. Ein netter Mensch unter unzähligen namenlosen Gesichtern, der *mich* gesehen, der mich herausgepickt hatte – beinahe schicksalshaft. Doch jetzt stellte ich das alles infrage.

War das alles nur passiert, weil Kelsey ihn darum gebeten hatte auf mich achtzugeben? Was davon war wirklich echt? Und war sogar unser erstes Aufeinandertreffen an der Laufbahn nur inszeniert gewesen?

Bei diesen Überlegungen wurde mir schlecht. Es änderte zwar nichts an meinen Gefühlen für Nat, wir hatten uns erst danach richtig gefunden und ineinander verliebt, aber es beraubte dem Beginn unserer Freundschaft, aus der später Liebe geworden war, ein ganz großes Stück seiner Magie. Dabei dachte ich, ich wäre nach dem Unfall längst zu abgebrüht, um nach wie vor wie eine Prinzessin an Glitzerstaub und Ritter in der weißen Rüstung zu glauben. Jetzt bemerkte ich, wie ich das bei Nat unbewusst doch getan hatte, und das war nun alles zerstört, verpufft wie eine samtweiche Wolke im Himmel.

»Ava, alles okay? Willst du woanders hinfahren und reden?«

Ich konnte die Besorgnis in Lourdes' Stimme hören und drehte mich herum. »Danke, ist nicht notwendig. Lass uns einfach zum Spiel fahren. Ich glaube, ich sehe jetzt sogar sehr gerne ein paar Typen zu, wie sie sich wegen eines Footballs die Nasen einschlagen und sich wie Bullen über den Haufen laufen.«

Lourdes lachte zweimal bellend, dann meinte sie trocken: »Passive Aggressionstherapie. Gefällt mir.« Sie betätigte den Blinker und bog nach rechts Richtung Uni ab. »Keine Angst, dass er auch auftauchen wird?«

Ohne lange darüber nachzudenken, schüttelte ich den Kopf. »Nein. Nat ist keiner dieser impulsiven Typen, sondern überlegt und bedacht. Er wird mir sicherlich die nächsten Tage meinen Freiraum lassen, um runterzukommen, und mich dann mit Selbstgebackenem um Verzeihung bitten. Das hat er schon einmal getan und du glaubst gar nicht, wie lecker das war.«

Lourdes lächelte schief. »Oh doch, es waren noch zwei Muffins übrig und die habe ich mir klammheimlich geschnappt. Himmlisch.«

Daraufhin musste ich trotz allem lächeln und rieb über meinen Bauch. »Ja, die waren echt toll. Irgendwie freue ich mich sogar schon auf das Gebäck.«

Nun wurde ihr Grinsen sogar etwas bösartig. »Vielleicht haben wir Glück und er hat ein so schlechtes Gewissen, dass er mehr backt oder sogar eine Torte macht! Ich mag Schokotorte mit Vanillecreme und Kirschen oben drauf.«

***

Als wir ankamen, war bereits Dreiviertel der Tribüne gefüllt und unten in der dritten Reihe entdeckten wir Johnny und Sarah, die uns Plätze freigehalten hatten. Zwar hätte ich gerne eine kleine Auszeit gehabt, bevor ich von seiner Schwester mit Fragen gelöchert wurde, aber es wäre unhöflich, uns woanders hinzusetzen.

Wie erwartet, fragte sie mich nach ihm und obwohl ich lieber nicht darüber geredet hätte, erzählte ich ihnen kurz, was passiert war. Immerhin konnte ihre Neugierde verstehen. Nat war ihr Bruder und sie machte sich Sorgen um ihn, besonders nach den Enthüllungen und Geschehnissen der letzten Tage. Wenn es um meinen Bruder Aston ginge, wäre ich nicht anders gewesen. Außerdem war das hier, bevor die beiden wieder auf Tour gingen, ihr letzter gemeinsamer Tag, den sie typisch amerikanisch verbringen wollten. Eigentlich sollte Nat da sein, nicht ich.

Mist! Schlechtes Gewissen packte mich mit festem Griff und ich verzog den Mund. Schnell holte ich mein Handy hervor, um zu retten, was noch zu retten war.

»Ich werde besser gehen und Nat eine Nachricht schreiben, dass er herkommen soll. Dann könnt ihr den Tag noch zusammen verbringen. Ich weiß gar nicht, warum ich nicht eher daran gedacht habe.«

Noch immer über mich kopfschüttelnd wollte ich bereits aufstehen, doch Sarah griff nach meiner Hand. »Nicht, Ava, das ist doch Blödsinn. Tut mir leid, dass ich dich mit meinen Fragen genervt habe. Du musst nicht gehen. Wir wollen, dass du bleibst.«

»Ich bin total fehl am Platz. Ich sollte wirklich gehen und Nat hier sein.«

Erneut schüttelte Sarah den Kopf, noch verbissener, fast schon stur. »Auf keinen Fall, bleib. Bitte.«

Gerade als ich etwas erwidern wollte, war das unverkennbare Knacken eines Mikrofons zu hören, was ich ignorierte, besonders da Johnny uns unterbrach: »Hey, Mädels. So gerne ich auch einmal einen Frauenkampf sehen würde … aber erstens fehlt uns der Schlamm und zweitens, ist es nicht mehr notwendig.«

Während Sarah lachend ein »Schwachkopf«, von sich gab, fragte ich: »Was meinst du?«

Er grinste blöde, hatte ein Handy in der Hand und sah dabei so aus, als wüsste er, dass gleich etwas Einmaliges passieren würde. Mit dem Zeigefinger deutete er über unsere Köpfe hinweg. Gleichzeitig drehten Sarah, Lourdes und ich uns um und ich kniff die Augen zusammen, suchend nach dem, was er meinte. Im gleichen Moment hörte ich eine Stimme: »You're just to good to be true«, singen und bekam eine Gänsehaut, nachdem ich bei dem Gesang »Can't take my eyes off of you ...«, Nats Stimme erkannt hatte. »You be like Heaven to touch, I wanna hold you so much ...«

Heiliger Besenfresser! Das tat er nicht wirklich, oder doch? Sofort musste ich an unser Gespräch nach dem Film denken, als ich ihm erzählt hatte, ich würde einem Typen alles verzeihen, wenn er so etwas für mich machte. Doch dabei hätte ich nie damit gerechnet, dass Nat so ein Theater auch nur in Erwägung ziehen würde, egal wie fest die Schlinge um seinen Hals saß.

Ich sah mich um, während der leise Gesang weiterging und da stand er plötzlich – ganz oben in der letzten Reihe mit einem Mikro in der Hand. Dann ertönte ein lauter Pfiff, Kelsey sprang, in ein grün-schwarzes Cheerleader-Outfit gekleidet, hinter Nat hervor auf die Tribüne, wackelte wie irre mit zwei grün-goldenen Pompons, während eine Musikfanfare einsetzte. Diese kam zwar aus den Boxen und nicht wie im Film von einer bestochenen Musikkapelle, dennoch hatte es einen unglaublichen Effekt.

Einige Leute mussten die Szene erkannt haben oder klatschten einfach nur so mit im Takt. Nichtdestrotz setzten belustigte Rufe, Pfiffe und sogar Gelächter mit ein.

Und ich? Ich stand ungläubig auf und war danach wie schockgefroren, konnte nicht glauben, was er da tat. Vor allem, da er überhaupt nicht singen konnte, besonders als das Lied anschwoll und er »I love you baby, and it's quite alright, I need you, baby ...« brüllte.

Schiefer Ton hin oder her, dafür konnte er tanzen, wie man nun erkannte, während er sich einmal um die eigene Achse drehte und sich anschließend trippelnd einen Weg zwischen den Leuten auf der Tribüne herunter suchte, genau auf uns zu. Dabei folgte Kelsey ihm dicht auf den Fersen und schwang mit vollem Einsatz und Begeisterung ihre Pompons. Manchmal streckte sie von hinten die Arme nach vorne zu Nats Gesicht und wackelte wild, was ihm fast die länglichen Fäden verschlucken ließ und einige Takte aus dem Song riss, aber alle anderen zum Lachen brachte. Inklusive mich.

Ich musste mir sogar mit beiden Händen die Tränen aus den Augen wischen, wobei diese nicht nur vom Lachen kamen, sondern weil ich von seiner Geste derart gerührt war, ich glaubte, meine Brust würde gleich zerspringen. Das hier tat er nur für mich und er tat es nicht gerne, wie sein hochroter Kopf bewies. Dennoch stand er seinen Mann, sang immer weiter in falschen Tönen und näherte sich beständig, hatte uns zum Ende des Liedes fast erreicht – nur noch zwei Reihen trennten uns.

Mit dem finalen Refrain, den er laut brüllend ins Mikro schmetterte, sprang er die letzten Reihen hinunter und landete direkt vor mir. Wie geprobt, streckte er Kelsey das Mikro nach hinten, die es sofort annahm und irgendetwas hineinquasselte, was die Leute dazu animierte zu grölen, zu lachen und zu klatschen, bevor sie verschwand und sich die Menge beruhigte.

Aber das Ganze nahm ich eher aus der Ferne wahr, denn meine Augen, mein Blick, mein Herzschlag waren vollkommen auf Nat ausgerichtet, der zögerlich die Hand nach mir ausstreckte.

Ach, verflixt! Ich warf mich in seine Arme und genoss die innige Umarmung, als er mich ganz fest an sich zog und mir immer wieder ins Haar flüsterte, wie leid ihm das alles täte und was für ein Idiot er gewesen war.

Schließlich beruhigten sich meine Emotionen und ich zog mich so weit zurück, dass er mich zwar noch halten, ich ihm aber ins Gesicht sehen und ihm einen verspielten Klaps auf die breite Brust verpassen konnte. »Hast dich ja ganz schön ins Zeug gelegt mit deiner Show. Ein kleines, schlechtes Gewissen?«

»Kein schlechtes Gewissen, trotzdem eine Entschuldigung und eine Einladung, die du nicht ausschlagen kannst. Das hast du selbst nach dem Film gesagt.«

»Eine Einladung? Red weiter«, fragte ich äußerst interessiert, was Nat lächeln ließ.

»Eine Einladung in ein richtig schickes Restaurant. Irgendwo am Hafen mit Blick auf die Golden Gate Bridge und wo man tanzen kann bis spät in die Nacht zu romantischer Musik. Ich in einem zwickenden Anzug, du in einem kurzen Kleid … Würde dir das gefallen?«

»Hört sich … annehmbar an«, meinte ich zuerst etwas gelangweilt, konnte das Grinsen dann doch nicht verbergen. Unser erstes richtiges Date. »Also gut, es klingt traumhaft.«

Nat lächelte etwas verhalten, strich mir eine schwarze Strähne hinters Ohr und legte die warmen Finger anschließend auf meine Wange. »Das ist schön. Wir hätten längst so etwas Normales wie ein Date haben sollen, bei all den anderen Sachen, die wir bisher erlebt haben. Noch mal, das war heute nur Spaß, trotzdem tut es mir –«

»Muss es nicht, ich habe überreagiert und hätte nicht einfach weglaufen sollen. Ich weiß, du liebst mich und hättest nie mit mir geschlafen, nur weil Kelsey manchmal Blödsinn quatscht.«

»Ja, ich liebe dich«, bestätigte Nat. Worte, die mir immer wieder die Brust erwärmten und ganz komische Dinge mit meinem Magen anstellten, besonders wenn Nat sich so wie jetzt kurz nach vorne lehnte, um mir einen Kuss auf die Lippen zu hauchen. »Aber warum bist du dann davongelaufen?«

»Wie gesagt, weil ich … überreagiert habe? Und ich es schade fand, weil unser Kennenlernen kein schicksalhaftes Aufeinandertreffen war, sondern eingefädelt.«

»Wieso eingefädelt? Wir kannten uns bereits vorher – von der Laufstrecke, von der Uni, den gemeinsamen Mittagessen«, gab Nat stirnrunzelnd zurück, gleichzeitig ertönte Kelseys laute Stimme hinter uns. »Ihr kanntet euch schon? Wieso weiß ich davon nichts?«

Nun war ich an der Reihe, verwirrt zu sein. »Ja, das haben wir dir an dem Abend erzählt, als wir zu euch gezogen sind.«

Ich drehte den Kopf zu ihr herum, obwohl ich keine Ahnung hatte, wie sie es in der kurzen Zeit geschafft hatte, sich aus dem Cheerleader-Kostüm zu zwängen, in normale Klamotten zu schlüpfen, zu uns runterzukommen und uns auch noch zu belauschen. Jetzt gerade wedelte sie mit dem Zeigefinger vor unseren Gesichtern herum.

»So ist das nicht richtig. Ihr habt nur gesagt, ihr kennt euch von der Uni. Da dachte ich, ihr habt euch mal gesehen, aus der Ferne. Aber ich hatte keine Ahnung, dass ihr schon miteinander geredet habt. Nat habe ich erst an dem Abend nach dem Feuer von dir erzählt, nachdem du angerufen hast, um zu fragen, ob du bei uns wohnen kannst.«

Ich stieß ein eloquentes »Oh!« aus, während ich von der Seite ein »Ist ja krass« hörte, das uns beide dazu veranlasste, noch weiter den Kopf herumzudrehen. Dort dicht neben Kelsey saßen die anderen drei zusammengerückt und beobachten uns ganz genau, als wären wir eine Fernsehsendung – Soap Opera oder Ähnliches.

Den gleichen Gedanken schien Nat zu haben, der seinen Griff um meine Taille verstärkte und sich an die anderen wandte. »Wollt ihr vielleicht noch Popcorn, oder sonst was?«

Lourdes schnaubte abfällig und widmete sich schnell dem Spiel, das anscheinend schon angefangen hatte.

Sarah nuschelte ein »Sorry« und wurde etwas rot dabei.

Nur Johnny hob den Daumen und meinte: »Eigentlich wären mir Nachos mit Käsesoße lieber. Und könntest du etwas lauter reden, dann muss ich mich nicht so weit hinüberbeugen. Du weißt schon, das bekommt meinem Rücken nicht.«

Dafür kassierte er einen Schlag von Sarah, die aber gleichzeitig versuchte, sich ein Lachen zu verkneifen.

Nat sah zu Kelsey. »Hast du vielleicht noch Pompons übrig oder sonst etwas, das ich werfen könnte?«

Nachdem sie den Kopf geschüttelt und sich zu den anderen gesetzt hatte, seufzte Nat, griff nach meinem Arm und wollte mich wegziehen. »Los komm. Lass uns wohin gehen, wo wir alleine reden können, anstatt von allen studiert zu werden, als seien wir ein Forschungsobjekt.«

Doch ich stemmte mich dagegen. »Müssen wir nicht. Es gibt nichts mehr zu bereden, es ist alles gut. Bleiben wir hier, bei deiner Familie und deinen Freunden. Sehen wir uns das Spiel an.«

Verblüfft hielt er inne. »Müssen wir nicht. Du weißt, ich würde sofort gehen. Ich will alles richtig gestellt haben zwischen uns.«

Ich nickte. »Ja, ich weiß. Komm, sonst verpassen wir das ganze Spiel.«

Nat trat näher, seine Wärme drang durch meine Kleidung, und er verschränkte unsere Finger miteinander. »Ganz sicher?«

»Nat, manchmal machst du es einem richtig schwer«, meinte ich nickend wie ein Wackeldackel. »Alles ist bestens zwischen uns. Natürlich könntest du mich während des Spiels auf deinem Schoß sitzen lassen, dann wäre es noch besser.«

Nun grinste er wieder. »Das ließe sich machen. Aber eine Sache noch, bevor wir das abhaken und uns setzen. Okay?«

Er zog mich zu sich heran, Brust an Brust, wodurch sich unser Atem beinahe vermischte und meine Sinne schummrig machten. Mehr tat oder sagte er nicht. Erst da fiel mir ein, dass er auf eine Antwort von mir wartete. »Ja, okay. Wenn es nur eine Sache ist. Versprochen?«

»Verspochen, nur ein Kuss«, raunte er ganz dicht an meinen Lippen, im nächsten Moment küsste er mich, als hätte er es seit Jahren nicht mehr getan und sich nach mir verzehrt wie ein Schiffbrüchiger nach dem rettenden Boot.

Sein Geschmack lag auf meiner Zunge, die fordernd über meine glitt, eine Hand schob er unter meinen Pullover auf die nackte Haut meines Rückens, die andere vergrub er in meinen Haarsträhnen. Er hüllte mich komplett ein, versengte mich mit diesem besitzergreifenden Kuss. An ihn geschmiegt verlor ich durch ihn und diesen Kuss jeglichen Halt in der Realität, so lange, bis sich jemand räusperte, woraufhin sofort Kelseys belustigte Stimme folgte.

»Ich habe ja nichts gegen öffentliche Liebesbekundungen. Aber ihr Hübschen solltet euch langsam setzen. Ihr wollt doch nicht den anderen eine gratis Peep-Show bieten. Nur damit ihr's wisst, ich habe schon gefragt, aber die wollen tatsächlich nichts dafür bezahlen.«

22. Kapitel

Kelly Clarkson – »Catch my Breath«

Nat – Ein halbes Jahr später

Zufrieden blinzelte ich in die Vormittagssonne, die durch den Vorhang lugte, und wälzte mich im Bett herum, das in unserem Zimmer stand. Ja genau, nicht länger Avas Bett oder Avas Zimmer, sondern seit einiger Zeit unser gemeinsames Zimmer.

Meines hatte ich Lourdes überlassen, nachdem ich die meiste freie Zeit sowieso bei Ava verbrachte, und da Lourdes eigentlich immer bei Kelsey schlief, war aus meinem alten Zimmer genau genommen ein Gästezimmer geworden. Oder wir fanden einen weiteren Verrückten, der in die überdrehte ›Casa Kelsey‹ einziehen wollte. Platz wäre genug, da jedes Zimmer über ein eigenes Bad verfügte, nur brauchte man hierfür starke Nerven, wie ich es hin und wieder selbst erlebte.

Eigentlich machte es mir überhaupt nichts aus, dass es hier oft etwas chaotisch zuging, Kelsey sich in Sachen einmischte, die sie nichts angingen, oder Sarah manchmal immer noch überfürsorglich war, wenn sie mit Johnny hier wohnte. Genau genommen fühlte sich das alles wie eine richtige Familie an und ich war jeden Tag dankbar dafür, dieses Glück erleben zu dürfen.

Ich war auch für viele andere Dinge sehr dankbar, besonders für Ava, oder für die Gefühle, wenn sie sich an mich schmiegte, wir uns ineinander verloren, und über die Tatsache, dass sie noch immer nicht die Nase voll von mir hatte. Im Gegenteil, es war wie am ersten Tag. Wir konnten die Finger nicht voneinander lassen und nutzten jede freie Minute. Ein zufriedenes Grinsen breitete sich auf meinem Gesicht aus, eines, das ich einfach nicht abstellen konnte.

So schön es hier im Bett war, langsam musste ich aufstehen und Avas gutem Beispiel folgen, die sich bereits im Bad frisch machte. Ich grinste schief. *Streberin.*

Obwohl heute Wochenende war und wir theoretisch ausschlafen konnten und nicht zur Physio, zur Uni oder Schule mussten, waren Johnny und Sarah diese Woche wieder einmal bei uns. Weshalb wir vorhatten gemeinsam zu kochen, und für den Nachmittag hatten wir etwas vollkommen Normales geplant, als wären wir gewöhnliche Touristen: eine geführte Tour durch Alcatraz. Worauf Johnny und ich uns am meisten freuten und was einige Überzeugungsarbeit bei den Damen gekostet hatte.

Mit neuem Elan richtete ich mich auf, schnappte mir ein T-Shirt, Boxershorts und kurze Hose, die neben dem Bett auf dem Nachttisch lag – auf dem Stapel meiner Anatomieund Chemiebücher, in denen ich für die Ausbildung zum Rettungssanitäter büffeln musste.

Angezogen marschierte ich zur Tür des angrenzenden Badezimmers, während mein Blick über die Laufprothese glitt, die Ava speziell für ihr Leichtathletiktraining bekommen hatte. Gleich daneben lag eine zweite, die noch viel High-Tech-mäßiger aussah, und die sie hauptsächlich für letzte Trainingsläufe und vor allem für Wettbewerbe nutzte. Damit hatte sie bereits einen Pokal und zwei Medaillen abgeräumt, und jedes Mal, wenn ich sie zu Wettkämpfen mit unseren Freunden oder ihrer Familie begleitete, schwoll meine Brust vor Stolz an, quoll beinahe über.

Den gleichen Stolz und Freude darüber konnte ich in den Augen ihrer Eltern sehen, die mir zu Beginn etwas skeptisch gegenübergetreten waren, mich jedoch nun immer mit offenen Armen begrüßten. Nach einiger Zeit hatte sich Ava mit ihnen zusammengerauft, besonders mit ihrer Mutter. Diese arbeitete daran loszulassen und Ava nicht länger wie ein überbehütetes Kind zu behandeln, sondern sie ziehen und ihr Leben selbst leben zu lassen.

Und das machte Ava unglaublich gut. Sie war etwas ganz Besonderes, das Beste, das mir passieren konnte, und ich wurde es nicht leid, ihr das jeden Tag aufs Neue zu sagen.

Einen Moment beobachtete ich sie von der Tür aus, wie sie sich nachdenklich im Spiegel betrachtete, dann hielt ich es nicht mehr länger aus – mein Körper wurde magisch von ihr angezogen – und ich ging zu ihr. Ich musste ihr einfach nahe sein, sie immer wieder berühren.

Ava – Zur gleichen Zeit

Nat trat hinter mich, schlang die Arme um meine Taille und legte das Kinn auf meine Schulter, wodurch wir uns über den Spiegel hinweg in die Augen sahen. »Was geht dir durch deinen hübschen Kopf, wunderbare Frau?«

»Erstens, danke für das Kompliment, zweitens, wie kommst du darauf, dass ich über etwas grüble?«

»Keine Ahnung, weil ich dich kenne und in deiner Mimik lesen kann?«, meinte er und fuhr schnell fort, als ich den Mund aufmachte, um zu widersprechen. »Das brauchst du jetzt gar nicht abzustreiten. Du weißt, ich habe Recht, Süße.«

»Oh, da ist aber jemand gut gelaunt. Liegt das daran, wie ich dich heute Morgen geweckt habe?«

»Womöglich. Und? Schieß los«, entgegnete Nat und drückte mir lächelnd einen Kuss auf die Wange, was seine Grübchen zeigte und dazu führte, seufzend nachzugeben und mich noch fester gegen seine Brust zu lehnen. Mit den Händen strich ich mir durch die immer noch schwarzen, inzwischen schon hüftlangen Haare, hielt mir eine Strähne genauer vor Augen, zupfte sie zur Seite und betrachtete erneut mein Spiegelbild, das mir so lange Schutz und Sicherheit gegeben hatte, aber nun immer mehr wie eine Maske wirkte, die ich nicht mehr brauchte.

»Was hältst du davon, wenn ich meine Haare nicht mehr schwarz färbe, sondern sie natürlich in Hellbraun trage?«

»Mein Gott! Wie kannst du mich das nur fragen? Ich meine, ich steh total auf deine schwarzen Haare, wenn du die anders hast, bist du ein komplett anderer Mensch, das würde alles verändern«, meinte er übertrieben geschockt, sein Griff um mich wurde jedoch fester, er hüllte mich komplett ein – mit seinem Körper, seinem Geruch, seinem ganzen Sein.

Ich klapste ihm auf den Oberarm. »Ha ha, du bist nicht so witzig, wie du vielleicht denkst.«

Nat zuckte die Schulter, die Lippen zu einem Lächeln verzogen. »Nicht immer, aber ich habe meine Momente.«

Bestimmt drehte er mich zu sich herum, damit wir uns gegenüberstanden, die Arme vertrauensvoll auf meine Hüfte gelegt. »Mir ist es piepschnurzegal, wie du deine Haare trägst. Ich liebe dich. Egal, wie du aussiehst.«

Jedes Mal, wenn er das zu mir sagte, machte mein Herz einen freudigen Sprung, egal wie oft er es schon gesagt hatte. Trotzdem wusste ich, wie sehr ihm meine langen Haare gefielen, wie mir selbst. Dennoch musste ich jetzt weiter nachhaken, als wäre das ein kleines Spiel, das ich ausreizen musste. »Und was ist, wenn ich sie mir kinnlang abschneide?«

Nachdenklich rieb er sich über sein stoppeliges Kinn. »Tja, dann könnte ich mir die Haare kinnlang wachsen lassen und wir würden mit der gleichen Frisur durch die Gegend laufen. Das wäre einmal ein schöner Partnerlook.« Einen Moment verzog er das Gesicht. »Obwohl, wenn ich mir die Haare so lang wachsen lassen würde, hätte ich einen ziemlichen Lockenkopf und ich weiß nicht, ob das so cool rüberkommt.«

»Locken, so richtige?«, fragte ich grinsend nach, konnte mir das bei ihm überhaupt nicht vorstellen, als ich über seine Stoppelhaare strich.

»Du kennst doch Sarah? Das sollte Anhaltspunkt genug sein.«

Bei dieser Vorstellung musste ich lachen. »Ehrlich, solche Korkenzieherlocken, nur in blond? Wow, das stelle ich mir allerdings komisch vor.«

Nun tat er etwas beleidigt. »Ähnliche Locken, aber meine sind viel weicher. Eher wie Engelslocken. Das haben zumindest meine Mum und Oma immer behauptet.«

Mein Herz zog sich für ihn schmerzhaft zusammen, und ich verlor das Lächeln auf meinem Gesicht.

»Das tut mir leid«, sagte ich traurig, wegen allem, was er verloren und hatte durchstehen müssen.

Doch er lächelte weiter, küsste mich schnell auf den Mundwinkel. »Du musst nicht immer Mitleid mit mir haben oder Angst, es sei zu schwierig für mich, wenn ich sie erwähne. Ich will mit dir über sie reden, über sie erzählen. Über die guten Dinge, die schlechten, über alles. Und mich mit dir an sie erinnern.«

»Ich höre dir gerne zu. Und du hast Glück, da ich vorhabe, noch ganz lange in deiner Nähe zu bleiben, um mir alle Geschichten anzuhören.«

Er nickte, während er mir tief in die Augen sah, sein Lächeln wich einem ernsten Blick, in dem so viel Liebe schimmerte. »Manchmal kann ich mein Glück gar nicht fassen, dass du in mein Leben gestolpert bist.«

»Im wahrsten Sinne des Wortes«, antwortete ich lächelnd, doch bevor ich mehr sagen konnte, beugte sich Nat zu mir hinab, küsste mich auf die Lippen, um mir den Atem zu stehlen. Zuerst war er hauchzart und behutsam, aber schnell wurde sein Kuss leidenschaftlicher, während ich die Arme um seinen Nacken schlang. Fordernder glitt er mit der Zunge in meinen Mund, um über meine Lippen zu streichen, während er mich noch fester an seinen Körper presste, als wollte er mit mir verschmelzen. Ich gab ein Stöhnen von mir, nachdem er mir an den Hintern gegriffen, mich ruckartig auf den Waschtisch gehoben und ich meine Beine um seine Hüften geschlossen hatte, wo ich spüren konnte, wie bereit er für mich war, schon wieder.

Gierig rieb ich meine empfindliche Stelle an seiner, was ihm einen Schauer über den Körper jagte und ihn einen erstickten Laut ausstoßen ließ, der verdächtig nach »Ava« klang. Daher antwortete ich, abgelenkt von seinen Händen und Küssen – in Kombination waren sie wirklich irritierend ablenkend –, ein einsilbiges »Mhm?«

An den feuchten Lippen konnte ich sein Lächeln spüren, das in seiner Frage mitschwang: »Wollten wir nicht für ein gemeinsames Mittagessen aufstehen? Außerdem haben wir schon das Frühstück verpasst.«

Statt verbal zu antworten, küsste ich ihn noch heftiger, glitt mit den Händen unter sein Shirt, um sein Sixpack nachzufahren, was mir immer wieder eine erregte Gänsehaut auf den Armen verursachte. Doch mein Körper wollte nicht mitspielen, denn mein Magen quengelte vor Hunger lautstark.

»Da hat jemand wohl eine ganz eigene Meinung zum Thema Essen«, gluckste Nat und rückte zurück.

Ich kniff grimmig die Augen zusammen und starrte böse auf meinen Bauch. »Verräter.«

Nat lachte laut, bevor er sich umdrehte und mich huckepack nahm. »Also dann. Nächster Halt: Futterstation. Bevor du mich noch auffrisst.«

»Ich bin mir sicher, du würdest köstlich schmecken«, meinte ich gut gelaunt und schlang von hinten die Arme um seinen Brustkorb, während er zur Tür Richtung Wohnzimmer schritt.

»Bestimmt. Aber ich behalte gerne alle meine Teile dort, wo sie jetzt sind.«

»Oh ja, ich mag gewisse Teile auch ganz genau dort und so, wie sie jetzt sind.«

Erneut lachte er laut auf. Ein tiefer Klang, der mir durch und durch ging, den ich ewig hören könnte, für immer.

Nat – Zur gleichen Zeit

In letzter Zeit war ich viel besser drauf, als noch vor Monaten, doch heute hatte ich ganz besonders gute Laune. Außerdem brachte mich Ava ständig zum Lachen, zum Schmunzeln, zum Glücklichsein.

Nachdem ich aufgehört hatte zu lachen, öffnete ich die Tür nach draußen und meinte grinsend: »Ich mag es, wenn du so eindeutig zweideutig wirst.«

»Das habe ich schon gemerkt und das war ich früher nie. Ich mag deinen schlechten Einfluss«, flüsterte Ava in mein Ohr und knabberte anschließend an meinem Ohrläppchen, was kitzelte und gleichzeitig ungeheuer sexy war.

Wir waren wir bereits im Wohnzimmer angelangt und ich wollte etwas erwidern, als Sarah erschrocken vom Sofa aufsprang und uns mit dem Finger an den Lippen bedeutete, leiser zu sein. Dabei hatte ich gedacht, die anderen hätten längst angefangen, die Sachen für unser großes Mittagessen vorzubereiten. Daher schlich ich neugierig näher, um zu sehen, was der Grund für die Verschiebung war, nur um auf dem Sofa Johnny zu sehen, der ausgestreckt auf den Rücken lag und leise vor sich hin schnarchte.

Einen Moment blieb ich regungslos stehen, betrachtete ihn stumm, während sich eine Idee in meinem Kopf formte. Vorsichtig ließ ich Ava von meinem Rücken gleiten und lächelte breit. Womöglich zu breit, vielleicht auch eine Spur verrückt, was Ava zu einem »Nathan? Was ist? Hast du einen Schlaganfall?« hinriss, und auch Sarah fragen ließ: »Warum guckst du so komisch? Das kann nichts Gutes bedeuten.«

Ich wandte mich an meine Schwester. »Weißt du noch, die Sache mit dem nassen Handtuch, bei dem man pinkeln muss? Oder kannst du dich noch erinnern, als ich vor drei Jahren mit einer kompletten Glatze durch die Gegend gelaufen bin?«

Sarah nickte langsam. »Und ob, den Handtuchtrick habe ich selbst live miterlebt. Was war mit der Glatze, das hast du nie erzählt?«

»Wer, glaubst du, war es, der sie mir geschoren hat, anstatt mir die Haare zu kürzen? Dein lieber Freund hier. Und das ist noch nicht alles. Einmal im Sommer bin ich in der WG oberkörperfrei eingeschlafen bin und dieser Sack hier hat mir Wachsstreifen auf die Brust geklebt. Nachdem ich aufgewacht war und die Streifen entfernt habe, bin ich tausend Tode gestorben.«

Ava kicherte neben mir und Sarah riss grinsend die Augen auf, um gleich darauf ungläubig den Kopf zu schütteln. »Oh Mann, nein. Johnny hat es wirklich mit Haaren! Das ist ein ganz besonderer Fetisch.«

»Was du nicht sagst. Jedenfalls hatte ich bis dato keine Gelegenheit, mich zu revanchieren«, meinte ich mit den Augenbrauen wackelnd und rieb mir bereits freudig die Hände.

Mit Panik in den Augen wollte Sarah dazwischenreden, aber ich beruhigte sie rasch. »Keine Angst, ich schneid ihm schon nicht seine Rabenfedern ab. Ich weiß ja, wie sehr du auf die stehst. Ich habe da an etwas … Anderes gedacht.«

Leise sprintete ich in unser Zimmer, machte einen Abstecher in die Küche, um alles Notwendige zu besorgen, und kam anschließend mit meiner Beute ins Wohnzimmer geeilt. Gerade in diesem Moment kamen Lourdes und Kelsey die Treppen runter, um sich zu uns zu gesellen. Ihnen deutete ich ebenfalls an, leise zu sein, und Kelsey war sofort Feuer und Flamme, nachdem sie meinen Blick und den schlafenden Johnny bemerkte.

Neugierig folgten Sarah und die anderen mit den Blicken meinen Händen, während ich vorsichtig Johnnys Schnürsenkel zusammenband. Mit gleicher

Sorgfalt öffnete ich die Knöpfe seiner Jeans, ignorierte die entgeisterten Blicke der anderen und sprühte zum Abschluss noch Schlagsahne aus der Dose in seine geöffnete Hand, die auf seinem Bauch ruhte. Irgendwie sah er damit richtig süß aus.

Damit fertig, fischte ich eine Feder aus meiner Tasche und beugte mich grinsend über seine schlafende Gestalt. Bevor ich jedoch ans Werk ging, wedelte ich mit dem freien Arm in Richtung der anderen, musste mich zusammenreißen, um nicht schon jetzt loszuprusten. »Ähm, macht ihr mir Platz? Könnte sein, dass ich gleich schnell weg muss.«

Sobald ich freie Bahn hatte, hob ich theatralisch die Feder und kitzelte damit Johnnys Nase. Zuerst tat sich nichts, außer dass er mit seiner Nase wackelte. Aber so leicht würde ich nicht aufgeben. Ein zweiter Versuch, ein dritter und dann passierte endlich das Erhoffte.

Im Schlaf schlug sich Johnny mit der Hand voller Schlagsahne ins Gesicht und riss verdattert, und genauso schockiert, die Augen auf. Dabei machte er ein so verwundertes Gesicht, dass ich ihm alle Späße zuvor auf einmal vergab und ich mich vor Lachen nicht mehr halten konnte, in das die anderen mit einstimmten.

Sein Blick strich über uns, schoss schließlich zu mir, als wüsste er ganz genau, wer der Übeltäter sein musste – die Feder in meiner Hand war wohl ein zu eindeutiges Indiz – und wischte sich mit einem selbstgefälligen Grinsen die Schlagsahne vom Gesicht.

»Gut gespielt, mein Freund, gut gespielt. Dir ist schon klar, was jetzt passiert?«, fragte er ganz lässig, wobei ich bereits erkannte, wie seine Augen die beste Laufroute ausmachten, um mich am schnellsten zu erwischen. *Nur zu, Bro.*

Damit er nicht auch den Rest bemerkte, ließ ich die Feder fallen und trat einige Schritte zurück, was seine Aufmerksamkeit sofort vollständig auf mich zog.

»Sei ehrlich, du hast längst auf eine Retourkutsche gewartet. Jetzt ist es endlich soweit, also nimm es wie ein Mann. Und komm – als würdest du mich erwischen ...«, stichelte ich und machte einige Schritte von der Couch weg Richtung Terrassentür, was ihn aus der Reserve lockte.

Mit einem Satz sprang er vom Sofa hoch, stolperte zugleich über die zusammengebundenen Schuhe, fing sich gerade noch an der Sofalehne ab und eine Sekunde später rutschte seine Jeans vom Hintern. Zum Glück trug er eine enge Boxershorts darunter. Trotzdem sah er zum Brüllen komisch aus und als er hilfesuchend zu Sarah sah, hielt die sich lachend den Bauch und anstatt ihm zu helfen, versuchte sie ihre Hand still zu halten, um mit dem Handy ein Foto von ihm zu schießen.

»Ihr seid echt Geschwister, das kann man nicht bestreiten.«

»Danke«, meinten wir beide und wechselten einen schnellen Blick.

Daraufhin grinste Johnny fast schon wölfisch, warf seine schwarzen Haare zurück und stellte sich für sie mit herabhängender Hose in Pose, was die anderen noch lauter zum Lachen brachte, bevor er die Jeans hochschob, zuknöpfte und feixend meinte. »Nur damit du es weißt, Kleine. Das bekommst du heute noch zurück, darauf können du und dein kleiner, süßer Hintern gefasst sein.«

Auf diese Ankündigung hin wurde sie rot und ich näherte mich weiter der offenen Terrassentür, als ich meinte: »Das will keiner hören, wirklich, Kumpel. Das geht uns nichts an.«

»Ja, ja, schon kapiert. Mit dir habe ich ja auch noch ein Hühnchen zu rupfen«, meinte er ganz gemächlich und bückte sich langsam, um zuerst einen Schuh, dann den zweiten auszuziehen. Seine lässige Haltung konnte mich nicht täuschen, jeden Moment würde er lospreschen, um mich zu erwischen. Gut, denn meine Beine juckten bereits und freuten sich auf eine Runde Laufen.

»Versuch's doch, Kumpel.«

Ava – Zur gleichen Zeit

Diese Einladung ließ sich Johnny kein zweites Mal geben und auf einmal schoss er schnell wie ein Pfeil nach vorne, um nach Nat zu greifen. Der schien nur darauf gewartet zu haben und sprang schneller durch die Terrassentür, als ich es ihm mit seinem Bein zugetraut hätte. Zwar humpelte er ganz leicht, wenn er auftrat, dennoch war er verdammt schnell, vielleicht so schnell wie damals in seiner aktiven Fußballzeit.

Gut gelaunt und alle mit einem Grinsen im Gesicht folgten wir den Jungs nach draußen, die wie zwei kleine Kinder im Garten herumtollten und Fangen spielten. Natürlich sahen sie dabei viel besser aus und flogen förmlich über den Rasen, der in Sonnenlicht getaucht war. Trotzdem war die Stimmung ähnlich heiter und gelöst.

Kelsey und Lourdes hatten es sich auf den Liegen neben dem Pool gemütlich gemacht, während Sarah und ich etwas abseits standen. Unsere Augen folgten den Jungs, als sich Sarah mit einem offenen Lächeln zu mir umwandte.

»Danke, Ava.«

»Für was?«, fragte ich verwundert.

»Dass du bist, wie du bist, und somit anscheinend genau das, was mein Bruder gebraucht hat, um zu uns zurückzukommen.«

»Er war doch nie weg.«

»Doch, ein Teil von ihm schon«, sagte sie mit einem wehmütigen Seufzen, während auf einmal Nat neben uns vorbeirannte, mir dabei einen Klaps auf den Hintern gab und schon wieder weg war, bevor ich überrascht aufkeuchen konnte.

Johnny folgte ihm auf den Fuß und die beiden hasteten zwischen den Terrassenmöbeln umher und sprangen über eine Liege. Für einen flüchtigen Moment legte mir Sarah die Hand auf den Arm, drückte ihn dankbar und ging ebenfalls zu den Liegen, um sich neben Kelsey zu setzen.

Nachdenklich sah ich ihr nach, drehte Sarahs Worte hin und her und widersprach ihr in Gedanken. Für mich hatte nie ein Teil gefehlt. Nat war für mich immer schon *ganz* und etwas *Besonderes* gewesen.

Ein lautes Platschen riss mich aus meinen Überlegungen. Die Jungs waren in den Pool gesprungen, rangelten darin herum, versuchten den anderen unterzutauchen und ließen das Wasser wild um sich herum spritzen.

Ich verdrehte die Augen, ging aber trotzdem grinsend näher und sah ihnen eine Weile zu, bis sie genug hatten und sich prustend und schnaubend am Rand festhielten, während sie sich gegenseitig aufzogen.

Erst nachdem sich Nats Atem beruhigt hatte, sah er sich um und als er mich entdeckte, fokussierten sich seine warmen Augen vollkommen auf mich. Mit einer Hand deutete er mir an, näherzukommen, ein gefährliches Grinsen im Gesicht.

Vorsichtig schlich ich näher an den Poolrand, warnte ihn aber. »Falls du vorhast mich in den Pool zu ziehen – die Prothese darf nicht nass werden.«

»Dann zieh sie aus«, gab er unumwunden feixend zurück, was mich zum Grinsen brachte.

Dennoch entgegnete ich wenig überzeugend: »Ich habe aber nur normale Klamotten an.«

Er sah an sich hinunter, auf seinen Leib, an dem das durchnässte Shirt klebte, zuckte mit den Schultern und streckte die Hand erneut nach mir aus. »Die kann man auch ausziehen.«

Gesagt, getan und er riss sich das Shirt über den Kopf, das schmatzend auf dem Poolrand landete. Das war dann wohl mein Stichwort, es ihm gleich zu tun, und das hatte absolut nichts mit seinem gutaussehenden, breiten Oberkörper zu tun, auf den ich meine Hände legen wollte. Zappelig knöpfte ich meine Hose auf, setzte mich an den Beckenrand, um sie abzustreifen, und die gleich darauf abgenommene Prothese daneben in das Gras zu legen.

Sofort war Nat zur Stelle und legte die Arme um meine Hüften, während ich meine Hände auf seine feuchten Schultern abstützte.

»Bereit abzutauchen?«, fragte er etwas rau, blickte zu mir hoch und ich verlor mich in seinen Augen mit den wunderschönen grünen Sprenkeln. »Ich hab dich und lass dich nicht mehr los.«

»Versprochen?«, fragte ich lächelnd.

»Versprochen.«

Damit ließ ich mich in seine Arme fallen und er sollte Recht behalten: Er ließ mich nie wieder los. Wir hatten zwar vieles verloren, wir waren zerbrochen, doch wir hatten vergeben und uns neu gefunden. Das hier war nun mein Leben, das ich mit ihm und den anderen teilte. Es war nicht immer perfekt, aber ich liebte jeden Moment darin.

ENDE von Band 2

Danksagung

Ein Buch schreibt sich nicht alleine, sondern wird gestützt von so vielen Leuten, die ihr Wissen, ihre Begeisterung und ihre Liebe mit einfließen lassen. Das war auch bei diesem Buch der Fall. Wie immer geht mein herzlichster Dank an meinen Mann, meine Familie und meine Freunde – ihr wisst, warum. :-)

An dieser Stelle möchte ich auch besonders meinen Testleserinnen der ersten Rohfassung danken. Anke Frey – danke für deine Freude an #Nava und deine Hilfe als Physiotherapeutin bei den Stellen mit der Prothese und den Therapien, wenn ich mir nicht sicher war, ob es realitätsnah genug ist. Sabrina Grau – danke für deine Begeisterung durch die ganze Entwicklungsgeschichte hindurch. Nadine Roth – danke für deinen Einsatz und Liebe zu den Impress Büchern. Du bist ein ganz besonderer Schatz und ohne dich und eure engagierte Facebook-Gruppe würde es »Road to Hallelujah« und »Road to Forgiveness« vermutlich nicht als Taschenbuch geben. Danke!

Ein dickes Dankeschön geht auch an meine Beta-Leserinnen Laura Evers, Martina Fussel, Veronika Schlotmann-Thiessen und Linnea Mühlherr, die beim Fehlerkorrigieren eine so tolle Arbeit geleistet haben, dass später nicht mehr allzu viel zu ändern war.

Ebenfalls ein großes Dankeschön an den Verlag und für das Vertrauen unserer Programmchefin Pia Cailleau und meiner Ansprechpartnerin Nicole Boske, diese Geschichte auch als Taschenbuch herauszubringen. Und vor allem an meine Lektorin Marion Lembke, die wie immer aus einer guten Geschichte noch den letzten Rest Potenzial herausgekitzelt hat.

Ein Danke und einen Wink an alle Blogger und Facebook-User und Autorenkollegen dort draußen, die mir mit Rat und Tat zur Seite gestanden oder mich mit ihrer Hilfe und Begeisterung unterstützt haben – so sehr, dass ich es noch immer manchmal gar nicht glauben kann. Allen voran Danke an meine liebste Schnuck-Schnuck und Einhörner-reitende-Queen Tanja Voosen.

Mit unseren romanähnlichen Mails könnten wir ganze Bücher füllen, aber das wollen wir der Öffentlichkeit nicht antun. :-)

Danke an Mirjam H. Hüberli für deine positive Energie und deine netten Worte, wenn ich an mir zweifle. Danke Carina Müller, dass du so eine coole Socke bist ^^. Danke Susanne Förster für deine Unterstützung und danke an Katharina V. Haderer fürs Quatschen und Zuhören.

Danke auch an viele andere begabte Autoren, bei denen ich mich glücklich schätze, sie kennengelernt zu haben und als Freunde bezeichnen zu dürfen: Danke an Felicitas Brandt, Jennifer Wolf, Catherine Blaine, Marie Graßhoff, Teresa Sporrer, Patricia Rabs, Julia Adrian, Amelie Murmann, Nina MacKay, Anne-Marie Jungwirth und, und, und. Es gibt so viele tolle Menschen und Autoren und ich kann hier gar nicht alle aufzählen, da ihr alle toll seid!

Zu guter Letzt danke ich auch dir, meinem Leser, dass du an meiner Geschichte teilgenommen und dich hoffentlich mitgerissen gefühlt hast. In diesem Sinne: Lasst euch nie unterkriegen, egal wie das Leben mit euch spielt – steht auf und kämpft weiter, denn irgendwann wird es wieder besser.

© privat

Martina Riemer wurde 1985 in Niederösterreich geboren und wohnt nun in Wien. Zurzeit ist sie als Sachbearbeiterin mit eher zahlenlastigen Arbeiten beschäftigt. Privat geht sie ihrer Leidenschaft Bücher zu lesen und eigene Geschichten zu schreiben mit Freude nach. 2014 hat sie ihre ersten beiden Bücher veröffentlicht und es damit bei Lovelybooks sogar auf Platz 3 der besten Debütautoren des Jahres geschafft.

Tauch ein in
romantische Geschichten.
HOL DIR
BITTERSÜSSE
STIMMUNG
AUF DEINEN
E-READER!
E-BOOKS VON IMPRESS HIER:
CARLSEN.DE/IMPRESS
im.
pre
ss
impress IST DAS DIGITALE LABEL DES CARLSEN VERLAGS FÜR GEFÜHLVOLLE
UND MITREISSENDE GESCHICHTEN AUS DER GEHEIMNISVOLLEN WELT DER FANTASY.

Romeo and Juliet never die …

Stefanie Hasse
Liebe keinen Montague
(Luca und Allegra 1)
213 Seiten
Softcover
ISBN 978-3-551-30067-6

Maskenbälle, unsternbedrohte Familiengeschichten und verfluchte Liebespaare kennt Allegra höchstens aus ganz alten Büchern, aber mit der Realität haben sie für sie nichts zu tun. Das ändert sich grundlegend, als sie bei einem Kurzurlaub am Gardasee erfährt, dass ihr Hotel von Nachfahren der Capulets geführt wird. Anscheinend ist ihre Fehde mit den Montagues auch nach Jahrhunderten noch intakt. Als sie aus purer Neugier die andere Seite des Sees erkundet, beginnen sich die Ereignisse unwillkürlich zu verdichten. Denn Allegra trifft auf Luca Montague und damit auf ihr magisches Schicksal …

www.impress-books.de

im.
pre
ss